艺林藻鉴

虞卫毅 著

天津出版传媒集团

百花文艺出版社

图书在版编目（CIP）数据

艺林藻鉴 / 虞卫毅著 . -- 天津 : 百花文艺出版社，
2024. 12. -- ISBN 978-7-5306-8991-2

Ⅰ . I206.7-53

中国国家版本馆 CIP 数据核字第 2024PN9773 号

艺林藻鉴
YILIN ZAOJIAN

虞卫毅　著

出 版 人 : 薛印胜
责任编辑 : 李　爽
封面设计 : 鸿儒文轩·末末美书
出版发行 : 百花文艺出版社
地址 : 天津市和平区西康路 35 号　　邮编 : 300051
电话传真 : +86-22-23332651（发行部）
　　　　　+86-22-23332656（总编室）
　　　　　+86-22-23332478（邮购部）
网址 : http://www.baihuawenyi.com
印刷 : 三河市华东印刷有限公司
开本 : 880 毫米×1230 毫米　1/32
字数 : 216 千字
印张 : 10
版次 : 2024 年 12 月第 1 版
印次 : 2024 年 12 月第 1 次印刷
定价 : 78.00 元

如有印装质量问题，请与三河市华东印刷有限公司联系调换
地址 : 三河市燕郊冶金路口南马起乏村西
电话 : 19931677990　邮编 : 065201

自　序（序一）

　　本文集收录了笔者自 20 世纪 80 年代以来撰写并发表于各类专业报纸、刊物上的文艺评论文章共 72 篇。其中美术评论 6 篇，篆刻评论 6 篇，书法评论 12 篇，书评、散论 12 篇，以及《红楼梦》研究琐谈 36 篇。它们集中反映了笔者的文艺评论思想与文艺评论风格，是笔者多年从事文艺评论活动的结晶，也是笔者与文艺界朋友们交流与切磋的精选文本。

　　文艺评论是文艺鉴赏与文艺批评的有效方式，是从鉴赏与批评两个角度对文艺作品进行的分析和评鉴。因此它既要对文艺作品的优长短缺作出分析和判断，还要通过对作者艺术观念与艺术经历的考察与了解，更深入地介绍作者的创作思想与作品优长短缺的成因。因此，评论家首先应是一位鉴赏家，要有较高的鉴赏眼光，这样才能作出中肯的评论。其次，评论家应有较全面的艺术修养，这样才能更深入地与作品、读者和作者展开对话。除此之外，评论家还必须有较高的撰述能力，能够用极简练、极精准的语言文字对作者与作品进行介绍、描述、分析和评论。

这本文集中所介绍和评论的书画家、篆刻家、作家，大部分都是笔者的友人和师长，因此它既是师友之间情谊的见证，同时也是因缘际会的结果。其中的记述与评论，反映了特定时期艺术家之间交游的情况，也反映了特定时期的文艺思潮与艺术风尚。由于涵盖面较宽，因此这本文集虽然收录文章不多，但内涵较为丰富，时代特征比较突出。

三十多年来，笔者曾撰写和发表了大量文艺评论文章，这本文集仅收录了笔者所撰写和发表的文艺评论文章中有代表性的一小部分，还有很多文章由于种种原因未能收录，这是需要特加说明的。

为了使本书收录的内容更加丰富，本书的后半部收录了笔者历年撰写的有关《红楼梦》研究的三十多篇琐谈文章，这些文章结合新发现的材料，对红楼梦研究中的一些疑难问题进行了解析与破解，提出了一些崭新的观点，可以说是新意迭出、考证精严，具有很高的学术性与很好的可读性。本书对热爱红楼梦研究的研红人士开启思路，获得新发现与新认知会有很多帮助。

虞生信英迈，崛起多才华

——《艺林藻鉴》品读有感（序二）

方川

在我认识和知道的一部分当代著名书法家里，不少人都是有军旅生涯的"军旅书法家"，堪称一道书坛风景线。我觉得，军旅书法家除了"老天爷赏饭吃"的艺术天赋外，他们后天在军营里摸爬滚打锻炼出来的纪律严明的约束力、顽强拼搏的意志力、开拓进取的战斗力、创新创造的想象力、爱憎分明的通透力等特质，都与书法研习、书法创作形成了一种"异质同构"效应。远者神交如孙晓云、刘洪彪、申万胜、张继、张铜彦等，近者直接交往如李士杰、虞卫毅、童树根等，均是如此。我与之打交道最多的是虞卫毅先生。他不仅是一位有着军旅生涯的书法家，而且是一位涉猎广泛的书法理论家、文艺评论家、文艺鉴赏家。在虞卫毅的文艺评论鉴赏集《艺林藻鉴》出版之际，他邀我写些品鉴性文字，出于对军旅书法家崇敬的情愫，我二话没说便欣然应允。

读大学时，我曾节衣缩食购藏过秦牧先生的《艺海拾贝》

《秋林红果》等谈艺论文的随笔集。这些随笔从感性处着笔，深入浅出，又能达到理性升华，让人不再觉得文艺理论那么高深，不是难以逾越的高墙。阅读这些著作不仅让我从此深深地喜爱上了文艺理论与文艺评论，也为我日后从事相关专业工作与学术研究埋下了伏笔。随着阅读面扩大，鲁迅的《艺术论》《门外文谈》《二心集》、朱光潜的《给青年的十二封信》《谈美》、宗白华的《美学散步》等美文式的文艺评论著作，也让我受益匪浅。后来，我又逐渐喜爱上了中国古代的诗论、词论、书论、画论，这样一来，对高头讲章、逻辑严谨的文艺理论著作，反而有了一种莫名的心理拒斥。

《艺林藻鉴》顺承了我对文艺理论著述的接受惯性，让我走进了书法家迷离莫测的艺术世界。其中的文章集中反映了虞卫毅从事文艺评论工作以来的基本概貌，是他从事文艺评论活动呕心沥血的结晶，是他与文艺界朋友们切磋文学创作技艺的真实记录与情感交流。全书折射出虞卫毅对所涉猎文艺领域的审美趣味与审美追求，闪耀着他对新时期以来各类文艺现象深邃的思考与探索的光华，彰显着他的文艺主张与文艺评论写作的美学品格。

赏读完《艺林藻鉴》，我感觉此著作具有以下几方面的特色。

一、"超以象外，得其环中"——观照文本，洞见艺理

《艺林藻鉴》中的文章虽然多为短篇文艺评论，但是作者视野开阔、思绪灵动，所论述内容覆盖面宽广。全书涉及文学、书法、篆刻、绘画、陶瓷、紫砂、红学等多方面的内容，全面展示了作者求书问学、交友赏艺的人生履痕。

　　具体到每一篇文章，可以说它们既有微观卓见，又有宏观论述，内涵无比丰富，时代特征也非常明显。在全书开篇的《借景造境，以笔传情——储云山水画艺术简评》一文中，虞卫毅先是对储云山水画创作进行了整体概括，接下来又对他的绘画语言形成的来龙去脉进行了描摹："储云的山水画创作承袭了黄宾虹山水画以笔写意、以景造境、以境传情的画法心诀，在写景、造境、用笔、用墨、设色、构图、布局、命意、题款、用印各个方面既师法宾翁，又能师造化、师心源，画面简洁明快，丰富多姿。其可贵处是能借古人笔墨，写自家胸臆，不造作，不因循，心有所感，笔有所现。"当描述过画家的杰出贡献之后，他还能跳出画家所处的艺术氛围，对整个山水画领域进行宏观的评价。他说："自然美景经过画家心与手的加工与提炼，得到物化和凝聚，最终取得'笔夺造化'和'造乎自然'的高深画境，这是中国山水画能夺人心魄、精妙超绝的根本原因。而中国传统哲学和传统文化对自然山水的深刻领悟与深情向往，也促使山水画创作在写景、造境、传情、达意中达到了'为天地立心'的至高境界。"这样的评论文章既能有的放矢，深入评论对象文章内在，作微观分析解剖，切中肯綮；又能"超以象外"，超越文章解读，对此类体裁发表宏观议论，就眼前的研究视域达到真理洞见。

　　虞卫毅提到，他曾经向著名写意篆刻家朱培尔索请刻制过两枚一寸见方的印章。其中一枚为白文印姓名章"虞卫毅"，一枚为朱文印书斋号"隐石庐"。其中，朱文"隐石庐"采用了朱氏独创的"阴阳互换法"，朱白相衬、巧拙互生，表现出"亦朱亦白""亦白亦朱"的特殊效果。白文"虞卫毅"

采用离合处理，将"毅"字省去右半部，形成疏密关系，印中"虞""卫"二字形正意密。"毅"字的简省挪让出奇制胜，加强了印面的灵动与呼应，刀法的洗练自然与章法的奇正相生使此印具备了一种奇巧之趣。

讲完这段故事后，虞卫毅笔锋一转，开始了他的评论："（朱培尔《印章中的明线》）将篆刻艺术理论研究推进到了现代艺术形式分析的高度，对促进篆刻艺术理论研究的深化与提高有着不容忽视的意义。培尔君的过人之处在于，他对篆刻传统有着全面、精深的把握，但在创作实践与理论研究上又不完全囿于传统。他从传统与现代两个方面认识篆刻艺术，又在理论与创作两个方面建构自己的篆刻艺术语言。"（《天机流露出精神——朱培尔印艺简评》）没有深切的文本研读探索，很难达到如此高度的评论境界。

二、"如觅水影，如写阳春"——静默观察，气韵生动

《艺林藻鉴》所涉及的评论对象，不是名家就是名作，可每一篇文章又都是虞卫毅有感而发、独出机杼。凭借着自己特有的艺术感悟力和深厚的理论修养，虞卫毅总是能"轻轻一抓"就触及艺术的要害，所以在书中你很少能看到那些"虚头巴脑"、凌空蹈虚的文章。在面对品鉴对象时，虞卫毅眼明心亮，敏于观察、直奔主题，就像饥饿的人扑倒在面包上一样，对作品进行着"全息透视"关注，先本着"最初一念皆本心"的审美直觉，直接抒发自己的艺术感悟，然后再运用理性，仔细辨析、咀嚼、寻味其中的艺术真谛。

在面对陈濂波的书法作品时，他静默观察，描摹精准："陈濂波书法创作的一个显著特征是不甜熟、不轻软，他的作品诸体融汇，一幅作品中真、行、草、隶、篆各种字形与体势随机应用，突破了帖学的程式化创作倾向。濂波君创作的另一特征是在用笔与取势上，濂波作书'腕灵笔活'，观其字势，迟速应心，沉着痛快，行笔爽利，呼应自然。细观濂波书作用笔，不难发现他做到了'能将此笔正用、侧用、重用、轻用、虚用，擒得定，纵得出，遒得紧，拓得开，浑身都是解数'。"（《追求陌生——〈陈濂波书法作品集〉序》）评论的语感语流可谓一泻千里、势不可挡、气韵生动。

钱锺书先生在《谈艺录》里说："理之在诗，如水中盐，蜜中花，体匿性存，无痕有味。"虞卫毅在开展文艺评论时，既能做到把作家诗人灵动的感性与理论家评论家严谨的理性结合起来，又通过自己扎实敦厚的文字撰述功力、通透的评论语言驾驭能力，将自己的观点近乎完美地表达出来。

面对叶鹏飞的书法创作，他写道："叶鹏飞的行草书宗王铎、张瑞图、黄道周，其过人之处在于虽规模于古人，而不拘泥于古人，能够融入个人的性情，变化出之。王铎的行草书气象奇伟，一泻千里，以势夺人；张瑞图的行草书刚健利落，奇崛险峭；黄道周的行草书起伏跌宕之中，见出一种生拙之气。鹏飞兄的行草书吸收了三家之长，而用笔上更显放逸自然，章法更重参差变化。虽然在总体上保持了三家的特征与体势，但在点画的形质特征上将黄道周的奇崛生涩化作潇洒利落，将王铎的奇伟之气化成飘逸之风。"（《〈叶鹏飞书法集〉序》）这种评论文字，显示出虞卫毅文艺评论的文风与评论个性。

除此之外，虞卫毅的评论文章还具有语言朴实生动、情真意切的特点。他这样评论书法家韦斯琴的散文创作："韦斯琴散文有着充分的女性化特征，宁静、淡雅，叙事中低吟浅唱、娓娓动听。她虽然多写生活中的一些小事，但是写得轻松自如，写得情趣盎然，读她的散文，能让你在不知不觉间跟随她的笔触进入一种画面，甚至是进入一种境界。作为女性作家，她的散文在谋篇布局、遣词造句上都有独到之处。她的散文作品，从结构到文句，从描述到点题，都像是一位技艺精湛的女子在编织精美的毛衣，开合有度，灵巧自如。纤手翻合间，一块块精美的图案便呈现在眼前。"(《"文心"与"诗情"——韦斯琴散文、书画艺术简评》)这样的文字有铺排、有白描、有比喻，因此又何尝不是一种美文呢?

三、"妙造自然，伊谁与裁"——求书问学，风雨兼程

翻开虞卫毅的履历可以发现，作为"生在新中国，长在红旗下"的"50后"，他既与其他同时代人有着相似的人生经历，也有自己独特的人生体悟。他出生于1958年，1978年高中毕业后，先是当了两年知青，后来响应党和国家号召，穿上绿军装，手握冲锋枪，参军入伍、保家卫国去了。部队服役的十年间，在繁重的军事训练之余，他也坚持学习文化、琢磨文学创作，后来他一举考上了军校，读了四年本科。1987年从部队转业后，他被安置在寿县检察院工作，在检察官的岗位上一干就是三十年。在工作之外，他不仅是中国书法家协会会员、友声书社执事，还担任寿县书法理论研究会会长、尚艺书画院院长，著有《隐石庐论书随笔》《友声书友逸事录》《当代书坛90家——虞卫毅书法作品集》等。《中国书法》《书法报》《中华书画家》《书谱》(中国香港)、《书道》(日本)等著名专业刊物上都有他的书法评论、书法理论研究的文章。此

外，他还曾荣获"首届全国97名德艺双馨书法家"和"安徽省首届十佳青年书法家"称号。退休之后，虞卫毅仍然笔耕不辍，丰富着自己的艺术世界，创作、评论、活动、交友不断，于是就有了这部《艺林藻鉴》。

《艺林藻鉴》虽然只有15万字，却显示了虞卫毅丰富的人生阅历、类别多样的艺术修养与学术修养。虞卫毅出生、成长在"中国书法之乡"寿县，浓郁的文化氛围陶冶着他幼小的心灵，使得他一心向学、一心向书，拜在书法名家司徒越门下。高中毕业，虞卫毅当兵进入了有着"天府之国"之称的四川。俗话说"自古文人皆入蜀"，在重庆的中国人民解放军后勤工程学院，虞卫毅学军事、学文化、学军队后勤保障经验知识。随着知识面不断扩大，他的学术视野不断开拓，便开始了书法创作和书法理论研习，并参加部队的书法展览；转业到地方后，他又以军人的一贯作风要求自己，严于律己、严守作息时间，坚持日课不辍、博览群书，同时积极参加各类书法创作和理论研讨活动，结识了无数书画名家与文人。诗人汪国真说过："既然选择了远方，便只顾风雨兼程。"在"读万卷书，行万里路""阅人无数"的基础上，再加上坚持不懈的创作实践与理论研究沉淀，虞卫毅的创作激情不断洋溢迸发出来，最终修成正果，加入中国书法家协会，创建了"友声书社"，团结了一大批学人型书法家。

我与虞卫毅的交往是在进入21世纪之后。在一次书法笔会上，我见他笔走龙蛇，楷书、行书、篆书、草书样样拿得起放得下，不禁颇为赞叹。可当时碍于主办方情面，不好当场求书。活动结束后，我与虞卫毅聊天特别投机，他签名送了我一本自己的书法理论专著《隐石庐论书随笔》，随笔集虽然不太厚，却篇篇是干货。其中，他与书法家司徒越的师生情、书法家于右任对书法家张树候的评论、他与书法家李百忍的交往等篇章，都给我留下深刻印象。后来我就打电话给他，交流阅读随笔集的学习体会，并请他在方便的时候，把于右任为张树候先生《书法真诠》一书出版题的诗"天际真人张树候，东西南北也应休。苍茫射虎屠龙手，种菜论书老寿州"写成一幅书法作品。那时我只是随口一说，可出乎我的预料，不到一个星期，单位收发室让我去取快递，打开一看，虞卫毅竟把这首诗写好寄来了。这四句诗用他风格独特的楷书写成，严谨而不失灵动，显示出他对于右任、张树候两位书法前辈的崇敬。由此可见，虞卫毅是一个重情重义、可信可交的性情中人。我想这也是虞卫毅"此生能成事、干啥成啥事"的关键因素与高贵品质。

四、"真力弥满，万象在旁"——勘探红学，言之有据

俗话说，艺术都是相通的。虞卫毅不仅著文写诗、创作书法作品，开展文学、书法、篆刻、绘画的评论，还触类旁通地钻研上了"红学"，并成瘾不辍。文学史上，当《红楼梦》于清代刊刻坊间之后，文人士子间的传播阅读、交流欣赏特别火爆，甚至出现"开谈不说《红楼梦》，读尽诗书是枉然"流行风。《艺林藻鉴》几乎近一半的篇幅是虞卫毅研读《红楼梦》的学术成果。他以《红楼梦》文本为切入点，找寻突破口，通过比对互联网时代的电子文本与纸质文本，在字里行间爬梳整理、钩沉思索，取得了不少"红学"新认知。具体成就有以下两个方面：第一，重视对红学研究中疑难课题的破解与考证；第二，提出了很多"红学"新观点、新见解，这对《红楼梦》研究领域的拓展与深入具有很好的启示意义。

虞卫毅的"红学"研究所涉及的都是实实在在的问题，包括但不限于《红楼梦》的精神品格、艺术价值、人物形象塑造、写实与虚构、作品结构、版本流变、作者辩证、脂砚斋点评等等。我个人觉得，虞卫毅对《红楼梦》作者的考证、前八十回与后四十回辩证、脂砚与曹雪芹的关系、十二钗的判词、生活真实与艺术虚构等内容用功最深。其中有两篇涉及《红楼梦》与书法的关系，引起了我的特别关注。

《曹雪芹有书法真迹存世吗？》一文说："梦稿本的作者既然是曹雪芹，那么梦稿本中大量出现的修改、增删字迹应该就是曹雪芹的字迹而不会是其他人的字迹。从字迹的放大情况来看，字体属行草书，具有流畅自然的特征。这些增添、修改文字是用特制的小楷毛笔写在过录文本的纸笺上，虽然是蝇头小字，但笔画清晰，具有很深的书法功力与人文气息。曹雪芹的书法字迹不仅存世，而且能够查看、复制。它就在梦稿本的书页上，有时疏疏朗朗，有时密密麻麻，尽管很小很细，但是它就是可供我们研究与玩味的真迹无疑。"作者认为《梦稿本》的修改稿就是曹雪芹的手迹，而且是文人小楷，值得研究玩味。

《脂砚有书法真迹存世吗？》又说："笔者通过对原抄本影印本笔迹的观察与鉴赏，发现正文与批语是同一人书写，这说明原抄本上精丽的字迹正是脂砚的手迹。某种意义上讲，现存脂批本红楼梦原抄本上的正文与批文字迹就是脂砚存世的书法真迹。从字迹来看，其书写端庄灵动，又具有女性书家特有的精丽气息，书风有苏东坡、黄庭坚行书笔意，虽属蝇头小楷，但笔画坚实、清雅，气息醇厚，具有很高的书法功力。脂砚之父何焯是清代中期书法四大名家之一，其弟子金农也是书艺超群，其独女脂砚生长于醇厚之文化家庭，具有很高的诗文、书法造诣也是正常之事。她与曹雪芹琴瑟和鸣，共同努力创作出不朽文学名著《红楼梦》，我们对脂砚应该给予更多的关注与研究。"从上述内容中不难看出，虞卫毅不仅揭示曹雪芹与脂砚的关系，对脂砚书法的渊源与书艺评价也非常高，而且认为她的书法超过了曹雪芹的水平。

总的来说，关于《红楼梦》研究的三十多篇琐谈文章，结合新发现的"红学"研究新材料、新手段，对《红楼梦》研究中的一些谜团和疑难问题进行了解析与破解，提出了一些崭新的观点，考证精严、新意迭出，具有很高的学术性与很好的可读性，热爱《红楼梦》、热爱"红学""曹学"的专业人士一定会有新发现与新认知。

虞卫毅不仅是文艺评论家，还是一位"专栏作家"。他在湖北的《书法报》等刊物开设有"手札里的故事"专栏，深受读者喜爱与赞美。他每一期都会选择一位与自己有过笔墨交往的书法家展开讲述。文章中会讲到他与书法家交往的背景、手札形成的原因、手札有何书法特色与审美价值等等。目前，他已写到七十多则，这是一件非常不容易坚持的事，是他本人有过军人履历的"顽强拼搏的意志力"的体现。这一方面显示出了作者对书法造诣精深的书法家的敬畏，以及自己一心向书、积极进取的心态；另一方面，在与书法家交往的手札中知人论世，也有提炼出其中的书法理论的意味。"手札里的故事"

不仅是书坛的佳话、掌故，也补缺了书法史上一些书法家的很多生活细节，有故事、显性情，见书见人、有血有肉。

"如逢花开，如瞻岁新。"期待虞卫毅"手札里的故事"早日结集出版，到时再谈自己的学习体会。

（作者系中国文艺评论家协会会员，安徽省文艺评论家协会副主席，淮南市文艺评论家协会主席，淮南师范学院文学与传播学院教授）

目 录
Contents

美术评论

借景造境，以笔传情——储云山水画艺术简评　　　　002

睿智的选择——朱宝善先生花鸟画艺术简评　　　　007

立足乡土　图写山川——《张君法画集》序　　　　011

取精用宏，博涉多优——张煜中国画创作简评　　　　014

境高格雅，入妙传神——江云祥禅意人物画简评　　　　017

始知丹青笔，能夺造化功——《朱力国画作品选》读后感　　　　020

篆刻评论

天机流露出精神——朱培尔印艺简评　　　　024

调古神情　见功见性——《张公者篆刻选》读后感　　　　027

古韵悠悠，奇趣横出——洪亮篆刻艺术简评　　030

寻找自我——黄敬东篆刻艺术简评　　033

乡情·印艺——读袁建初《海宁名胜名人印谱》　　037

清晰的思辨　深刻的剖析——读《当代篆刻评述》有感　　039

书法评论

出新意于法度之中，寄妙理于豪放之外——李百忍书艺综述　　044

素处以默　吞吐大荒——司徒越草书艺术成就评述　　053

精微穿溟涬　飞动摧霹雳——魏哲书艺简评　　064

艺术、传统、人生——崔廷瑶书法艺术简评　　069

《叶鹏飞书法集》序　　074

学者风度，文人情怀——洪丕谟书艺简评　　078

领略古法出新意——葛鸿桢书艺评述　　080

穷微测妙，臻入高境——李义兴书艺简评　　086

清峻淡雅　秀骨天成——李家馨书艺简评　　091

追求陌生——《陈濂波书法作品集》序　　096

"文心"与"诗情"——韦斯琴散文、书画艺术简评　　099

融会贯通　臻入高境——胡问遂书艺成就评述　　103

书评、散论

要有这样的"接着讲"——读沈鹏《传统与"一画"》的感想　112

二十年磨一剑——评葛鸿桢新著《论吴门书派》　115

探幽发微，彰显历史与人文——《常州画派研究》读后感　117

集精荟萃　推波助澜——《中国当代书法理论家著作丛书》读后感　119

闲情偶寄亦斑斓——读《雀巢语屑》　123

《佚红楼梦》序　126

抒情言志　感怀人生——读赵东升新著《似水流年》有感　130

《城墙根下》品读札记　133

研古论今，阐精发微——读《丘石印学研究文集》有感　136

古朴典雅，秀丽清新——周顺元隶书陶刻简评　138

业精于勤，艺成于思——许频频书画、壶艺简评　141

"文心"与"雅致"——《熊召政诗文书法展作品集》读后感　144

《红楼梦》研究琐谈

石破天惊逗秋雨——谈红学谜案破解　148

治学与预流　152

谈《红楼梦》写作中的实录与虚构　154

《红楼梦》中为何会出现两次宝玉进学堂的描写？ 156

谈《红楼梦》研究中的三个"死结" 158

由元春判词看《红楼梦》中的实录成分 160

谈《红楼梦》的"传诗之意" 163

曹雪芹有书法真迹存世吗？ 165

脂砚有书法真迹存世吗？ 167

由《红楼梦》故事的重叠描写看《红楼梦》一书的成书过程 169

曹雪芹有无兄弟？ 172

曹雪芹活了多少岁？ 174

《红楼梦》有哪些写作特征 176

谈《红楼梦》的三个文本 178

《红楼梦》成书过程与"龙头蛇尾"说 181

由贾元春判词说起 183

辩证认识新红学 186

"凡鸟偏从末世来"——由王熙凤判词说起 188

"自从两地生孤木，致使香魂返故乡" 197

《红楼梦》中的"真事隐"究竟"隐"的是什么？ 199

"终不忘，世外仙姝寂寞林"——再谈《红楼梦》中的"真事隐" 201

曹寅亏欠宫银之因的辩析 203

谈程高本、梦稿本、初稿本三者的关系 207

"千里东风一梦遥"——由贾探春的判词说起　　209

谈谈《红楼梦》中的原型人物　　211

谈脂砚的身世　　213

再谈《红楼梦》后四十回文本来源及原作者问题　　215

重新认识后四十回　　217

解开脂砚斋身世之谜　　221

对梦稿本《红楼梦》的辨析与认识　　232

谈《红楼梦》的经典魅力　　238

菫菫与脂砚　　240

程甲本与程乙本各有千秋　　242

"气质美如兰，才华馥比仙"——由妙玉判词说起　　244

"假作真时真亦假"——从文本互证谈《红楼梦》

　　初稿文本《石头记》的被发现　　249

浅论《红楼梦》的成书过程与《佚红楼梦》文本出版的意义　　255

附：关于《佚红楼梦》为《红楼梦》后三十回佚稿的考证　　261

美术评论

借景造境，以笔传情

——储云山水画艺术简评

储云先生是当代享有盛誉的书画名家，他的书法以章草、魏碑、行草和金文四种书体见长，其可贵之处是用笔坚实沉着，气韵高古朴茂，四种书体互相渗化，厚重中不失灵动，灵动中彰显古雅。其笔致与韵味既能与古人接轨，又能呈现一己之风貌，可谓见功见性，难能可贵。

对储云的山水画创作，笔者过去了解无多，最近有机会看到他创作和发表的一大批山水画佳作，有眼前一亮的感受，印象深刻。特别是看了上海人民美术出版社 2011 年 7 月出版的《当代国画大家作品研究——储云山水卷》和北京荣宝斋出版社 2010 年 10 月出版的《荣宝斋画谱——山水部分》（储云卷）两本画册后感慨良深，不禁拍案称奇、击节赞叹。

目前国内从事山水画创作的画家人数众多，取法黄宾虹山水画风格的画家也不在少数，但能跳出宾翁画作风格的藩篱，别开新境的画家却屈指可数；能得宾翁画作气韵风骨的画家更是凤毛麟角、少之又少。储云的山水画创作承袭了黄宾虹山水画以笔写意、以景造境、以境传情的画法心诀，在写景、造境、用笔、用墨、设色、构图、布局、命意、题款、用印各个方面既能师法宾翁，又能师造化、师心源，画面简洁明快，丰富多彩。其可贵之处是能借古人笔墨抒自家胸臆，不造作，不因循；心有所感，笔有所现。其精品佳作可以说能得山水情趣，展林泉高致，出新意于笔端，合情调于纸上，以笔写心，造境传神。正如聂危谷先生在《储云绘画漫谈》中指出的那样："他将深沉的生命意识和对现世生活之爱，淋漓尽致地展示在世人面前，这样的爱，厚重、博大、坚强、热烈、喷薄而出……储云追寻的不是虚无缥缈的现代性，而是像真正的诗人那样忠实于自己的内心。他在寻求越来越简洁的表达，试图抛弃一切有碍直抒胸臆的图式。在其新作中，我们可以感受其泥土润泽肥沃、树木翁郁生长、泥土之上树木之间村落安和的同时，感受那颗热烈跳动的心。"笔者认为，聂先生的这段评论十分中肯，它深入细致地道出了储云山水画创作的深层意蕴之所在。

储云出身耕读世家，对隐逸生活的向往，对自然风光的眷恋，对现实生活与家乡美景的无限热爱，是他创作山水画的原动力。正是因为有了这种质朴的、发自内心为山水美景写生传神的动力，才使得储云在山水画创作上孜孜以求、佳作迭出。无论是写生，还是创作，他的笔下都带有一种为山水风物传神写照的深情，这正是储云山水画创作的心源所在。以此观照储云山水画作品，谓其能承传统山水画创作之正脉，能得黄宾虹山水画创作之精髓，并非虚言和溢美之词。

储云山水画创作的另一高妙之处，是他在山水画的光影处理上别有深解、独出机杼，用心极为精深，技巧尤为高明。在他创作于2011年新春的《双桥村落》山水立轴上，我们能感受到那种光影迷离、云霭缥缈的无限生机。在这幅画作的右上方，作者有一简短题跋："光随浪高下，影逐树轻浓，时在辛卯正月于丈二草堂储云作。"这段题款虽然简短，但它向我们透露出，储云在山水画创作中非常重视对光影的处理和画面的整合，这是他的山水画创作能呈现出鲜活灵动画面的玄机所在。

储云山水画的另一特点是浑厚中不显沉滞，凝重中不显呆板，繁茂中透出机趣，紧凑中不失通透。其中的气韵流畅与生机盎然，展现出大自然无限鲜活的生趣。对这种"生机"和"生趣"的把握、捕捉和表现，是山水画创作的重要着眼点，需要画家用深心般若去发现、感悟，并要求画家善于用手中的画笔去营构、创造。古人有"搜尽奇峰打草稿"之论，其用心处，正是强调对自然山水中的生机与生趣的默察与观照，最终在画面的创构中呈现这种气象万千的生机与生趣，达到为自然山水传神写照的高深画境。储云的山水画创作重视写生，重视对山水实景的考察和观照，他的山水画不是一味临摹，也不是刻意生造，而是源自生活，有着浓厚的乡土气息与即时场景。这种浓厚的乡土味和浪漫的隐逸情怀，是储云山水画能够耐人寻味的一个重要因素。

储云山水画创作还有一个特点，那就是重视"理"和"趣"，重视"兴"和"味"。其画可读、可赏、可品、可游，能让人在观赏中不知不觉融入画境，流连忘返于其中，达到一种"卧游"和"畅神"的境地。这既与他对自然山水神韵的捕捉有关，更与他对山水画笔墨语言的深刻领会与超妙运用有关。

中国写意山水画，以笔墨、线条和色彩为写景、造景的重要手段。毛笔、宣纸、墨汁和矿物颜料等绘画工具和材料，为其表现大自然空灵鲜活的生机提供了有效支撑。例如毛笔"软"的特性，能使画家通过运气，用笔将眼中之景与胸中之意紧密结合，使其互相生发。自然美景经过画家的心手加工与提炼，能够得到物化和凝聚，最终取得"笔夺造化"和"造乎自然"的高深画境，这是中国山水画能夺人心魄、精妙超绝的根本原因。而中国传统哲学和传统文化对自然山水的深刻领悟与深情向往，也促使中国的山水画创作在写景、造境、传情、达意中达到了"为天地立心"的至高境界。因此，对优秀的山水画家来说，既要有高超的笔墨技巧，更要有深厚的国学修养，同时还要有身处其境的山水滋养。在这三个方面，储云都拥有得天独厚的优势条件。

在笔墨技巧上，储云有数十年精研书法的深厚功力，他对笔法和笔意的体悟十分精深，在他创作于2009年冬季的《横山水库》山水中堂上，笔者注意到他写有这样一段画跋："不论作画还是写字，皆应以古籀篆隶为基，方可得其古气，其书画乃随之入味。"这可以说是储云数十年从事书画创作的经验之谈，其中提到的"古气"和"入味"，实际上是书画创作中以笔法传至味的度世金针。储云多年精研大篆、章草和魏碑，且对苏东坡、黄宾虹行草书心摹手追，"金石气""书卷气""山林气"在他的书画作品中均有不同程度的呈现。其书法的高古、醇厚、简净、清奇，保证了其画作中笔法的高古、醇厚、简净和清奇。书画创作首重用笔，用笔既要"苍"和"厚"，更要做到"简""坚""劲""净"。所谓"简"，是指"简约""简洁"，而非"简单""简省"之意；所谓"坚"，是指"坚实""坚定"，而非"坚硬""坚强"之意；所谓"劲"，是指"劲挺""劲道"，而非"劲拔""劲实"之意；所谓"净"，是指"清净""洁净"，而非"白净""空净"之意。其中的微妙与深隐之处只能意会，无法言传。储云在其山水画创作中对光影、云雾、晴岚、烟雨的成功描绘，归根结底得益于他对笔法的精深把握与超妙运用。

除了用笔精妙之外，储云的山水画在构图、设色、题款、命意等方面也有绝妙之处，其画幅的题款，不仅书法精妙，而且措辞、立意十分精深、微妙，充分表现了作者有感而发、积学功深的文化底蕴。有关储云先生的家学渊源、国学修养、心性修养与地理人文环境滋养对其艺术创作的影响，白谦慎先生在《储云为什么还在进步》一文中已经作了介绍和评述，笔者赞同文中的分析和论述，这里限于篇幅，就不再赘述了。

睿智的选择

——朱宝善先生花鸟画艺术简评

《朱宝善花鸟画作品集》已由岭南美术出版社正式出版发行。作为宝善先生的朋友，我有幸先睹了画集中的一些佳作，深感宝善先生近年来在花鸟画创作上日益精进，取得了令人瞩目的成就。

朱宝善原擅长山水画，其山水画雄浑厚重，恣纵奇崛，充满阳刚之气，在美术界颇有影响。但是近年来，他越来越钟情于花鸟画的创作，山水画却极少画了。有些友人曾为他舍山水画而专攻花鸟画感到惋惜和困惑，但从他近年来在花鸟画创作上取得的突破与成绩来看，我认为他的这种舍弃与选择体现的是他在艺术探索中走向成熟的一种睿智。

西方著名视觉艺术评论家克莱夫·贝尔在《艺术》一书中说："艺术家应该把自己的感情输导到某个确定的方面，把精力集中在某个确定的问题上。一个人如果想同时到达世界的各个角落，就什么地方也去不成。"对一名想要有所成就的画家来说，明确自己追寻的目标，选择正确的创作道路，是必须迈出的关键性一步。从某种意义上说，能否迈出这关键性的一步，将决定他艺术的成败与高下。许多画家辛苦一生，难成大器，根本原因就在于缺乏明确的选择，使自己的创作长期处于一种迷乱与迷失状态，其情感不能与艺术形式相统一，其艺术个性不能在艺术创作中得到完美的体现，这样的书画创作用功再勤，也很难形成自己的艺术风格。

朱宝善在国画创作上舍山水而专攻花鸟，是他经历了二十多年的苦苦追寻，经历了创作历程中无数欢乐与痛苦之后，在接近知天命的年龄，才开始的一次对艺术的彻悟、所做出的一次无怨无悔的选择。事实上，每一个艺术家在形成自己明确的艺术知见、做出明智的艺术选择之前，都要经历一段极漫长、极痛苦的目标追寻阶段。在这一阶段里，他们要训练和掌握艺术创作的基本技能与技法，不断开阔自己的艺术视野，并在创作中体认和发现自身的艺术才能，明确自我的优势与短缺，同时还必须了解历史和现实对创作的影响与要求，体察环境与个性气质对创作的制约与补益。朱宝善正是根据自身所处的环境、自己对艺术创作的体悟，以及自己在艺术创作中的审美感受力与技法能力，做出了符合情感抒发要求、符合社会环境要求，有利于自我艺术风格塑造的最佳选择。一方面，在安徽乃至华东一带，以山水画、人物画享誉画坛的不乏其人，而以写意花鸟画称雄者并不多见。另一方面，多年的探索、学习使得朱宝善在花鸟画创作上积累了丰富的创作经验，形成了浑厚华滋、清新典雅的艺术风貌。而人民群众对写意花鸟画的钟情与喜爱，也成了他精研花鸟画创作的激励因素与动力。

如果说把上述三个方面称为朱宝善选择花鸟画为主攻方向

的外在因素，那么还有一种不易为他人察知的，影响和决定着他的艺术选择的内在因素，这就是他本人质朴率真、豪放洒脱的个性气质十分契合于写意花鸟画的艺术精神。可以说，正是这后一种因素最直接、最深层地影响了朱宝善的艺术选择。按照贝尔的观点，艺术创作的共同特点是创造一种"有意味的形式"，而这种"有意味的形式"又必须能反映"物自体"与"终极的实在"。换句话说，艺术创作必须表现艺术家的真实情感。因此，真正的艺术创作应当是情感选择形式，而不是形式制约情感。

朱宝善出生于淮北萧县的一个农民家庭，青年时期曾接受过系统的艺术教育，四十多年来，无论是从政还是从艺，他皆保持着北方人那种质朴、豪爽的个性。他曾请友人为他特意刻制了一方"淮北大汉"闲文印，每有得意之作，便钤盖此印。进入中年以后，他逐渐把自己对人生的体悟和对艺术的体悟融入艺术创作之中。尤其是20世纪80年代后期，他在精研草书的基础上，将狂草的笔法与笔意引入花鸟画创作，使草书的写意精神、花鸟画的写意精神、自我个性的豪爽洒脱有机统一、融为一体。正是由于人、书、画的三位一体，朱宝善在花鸟画创作上建立了自己的艺术表现语言。

朱宝善善思善学，悟性极高。多年来，他潜心传统、多方吸收，在取法上不囿于一家一派，而是转益多师，融会贯通，悉心体察，深入研究古今名家的创作。他尤其重视对花鸟画写意精神与创作技巧的承续与把握，对八大山人、吴昌硕、齐白石、李苦禅、朱屺瞻、潘天寿、孔小瑜、萧龙士等人的写意花鸟画都进行过认真的研习。在创作上，朱宝善不是亦步亦趋，而是以我为主、合理选择、合理借鉴、大胆取舍、融会贯通。他将八大山人的冲淡简静与吴昌硕的雄浑恣肆统一于古拙明净、浑厚简朴的艺术风格中，使偏于对立的艺术两极协调互补。他又结合自身气质特征，有意吸收齐白石、萧龙士等北派画家豪放、率直的质朴画风，同时从祝枝山狂草书法中吸收江南文人清雅洒脱、浪漫不羁的艺术情调。加之他有多年的山水画创作经验，善于将山水画开阔的气势融入花鸟画创作，他的写意花鸟画创作摆脱了一般画家易犯的拘谨、纤巧、粗率、柔媚之病，而是兼备了南派的妍润清雅与北派的质朴豪放。在朱宝善近期的画作中，我们更多地感受到的是他的花鸟画在豪放中带着细腻，妍润中含着骨力，雄浑中透出几分冲淡，简净中又包容着些许生辣。在他那充满写意精神的画作里，我们既可看到大块的泼墨与飞舞流动的恣纵线条，又可看到挺拔细劲、精确传神的钩、勒、点、皴。笔法的丰富多变与线条的苍劲凝练使他的花鸟画在豪放中不失精微，于精微中又透着豪放。

近年来，朱宝善创作了数以千计的花鸟画佳作，这些作品从构图到立意各有不同，几乎每一幅作品都是随机生发，在作品体裁与款式上也是丰富多变，很少有雷同与重复。但是在丰富多变的作品中，我们并不感到有任何的杂乱。相反，这些不同形式的作品都传达了一种共同的艺术基调，呈现出一种特殊的艺术风格。可以说，宝善先生在花鸟画创作上已进入"人画俱老、自由创作"的佳境！

立足乡土　图写山川
——《张君法画集》序

　　中国山水画是一种特殊的现象，其产生的原因是中国人寄情自然的山水观。早在先秦时期，哲学先贤老子在《道德经》中已经提出了"人法地、地法天、天法道、道法自然"的观点。到了西汉，大儒董仲舒提出"天人合一"的理论，更直接地影响了六朝以后中国山水画的发端和形成。魏晋以降，社会大解体、民族大融合，文士寄情山水成一时风尚，山水画作为描写山川景物的绘画形式，受到了文人士大夫的关注与喜爱。宋元之后，山水画创作逐渐成为文人书画家寄情抒怀的重要载体，在形式、内容、创作技法上都逐渐得到了丰富和完善，特别是山水画的创作技法，还形成了特有的创作规范。近现代以来，山水画创作有了新的发展，出现了像黄宾虹、李可染、傅抱石、陆俨少这样的山水画大家。进入当代，随着改革开放和文艺创作热潮的不断推进，山水画创作在继承传统、推陈出新方面也有了开拓与发展。目前在国内，山水画创作方兴未艾，经过近三十年的培植与发展，各地涌现出一大批擅长山水画创作的中青年画家，他们在继承传统与开拓创新方面上下求索，付出了艰苦的努力，取得了很多成绩。

张君法的山水画创作就是在当今时代背景下，他通过自己刻苦学习与勤奋钻研，而不断走向成熟、走向成功的。

张君法自幼即爱好书画，青年时代，负笈求学的他先后毕业于安徽省艺术学校美术专业、南京艺术学院美术系国画专业，得到过著名山水画家郭公达、张文俊等名师的亲授。这些经历都帮助他在山水画创作上打下了坚实的专业基础。从院校结业后，他回到家乡寿县，边学习、边创作，用他手中的画笔描摹家乡的秀丽山川，同时也使自己的画艺在创作实践中不断得到锤炼和提高。

寿县是一座有着秀美自然风景和悠久历史文化传统的文化古城，县城坐落在风景秀丽的八公山脚下。八公山重峦叠嶂、风光独绝，淮河流经群山之北，曲折环绕而东下，淝河也飘然而来，傍依群山南麓注入淮河。山水相映，使得这里形成了一幅独特的淮上山水画卷。这里还曾是西汉淮南王刘安邀集"八公"修仙炼丹、著作《淮南子》的胜地，并且是东晋"淝水之战"的古战场。因此无论是自然景观，还是人文景观，寿县都有得天独厚的奇绝之处。

张君法钟情于家乡的山水，执着于以描绘八公山胜景和淮上风物为题材的山水画。在近三十年的绘画实践中，他创作了一大批以八公山的山水泉石和古城名胜为题材的山水画佳作。张君法一方面注意技法的锤炼，另一方面注重实地写生，努力使自己的创作贴近自然、贴近传统、贴近时代。在艺事上，他数十年如一日，精益求精，从不懈怠；在做人上，他刻苦自励，从不张扬。正是这种勤奋刻苦与扎实精进的进取精神，使得张君法在山水画创作上能不断有所进步和提高。

看了张君法近期创作的一大批山水画佳作，尤其是以"寿阳八景"为题材的系列作品后，我认为他立足乡土、图写山川、为山水传神的创作取向与创作实践，继承了中国山水画以形传神的优良传统。无论在技法表现，还是在作品的构思立意上，张君法都有自己的个性和取舍，有自己的探索与创造，这是十分难能可贵的。

张君法在山水画创作上日趋成熟，并且取得了很多成果，其作品多次在省内外展出和发表，得到了业内外人士的关注与好评。艺无止境，在笔墨技巧与学养积累上，他的创作还有提升的空间，相信经过不懈努力，他的山水画创作还能更上一层楼，取得更大的成绩。

取精用宏，博涉多优

——张煜中国画创作简评

张煜从事中国画创作已经有二十多个年头，早在 1994 年，他的国画作品就曾入选由文化和旅游部批准，中国国家画院主办的"全国第八届美展"，此后屡获佳绩。2003 年，他的国画作品获"2003 年全国中国画作品展"金奖。

张煜国画创作的一个显著特点是画路开阔、技法精湛、格调高雅、观念新颖。他既重视深入传统，又不囿于一家一派，不断地进行探索和创新。说他的画路开阔，是指他的国画创作能工笔，也能写意，且在山水、人物、花鸟三方面都有很多精品佳作。仅在山水画创作上，就有多样的形式和体例、格式，既有工稳细致者，也有萧散写意者；既有密集繁华者，也有疏秀淡雅者；既有青绿重彩者，也有水墨浅绛者；既有表现江南水乡园林风光的小品佳构，也有表现皖南民居黛瓦粉墙的精致妙品。在花鸟画与人物画创作上，他的创作也是体裁丰富，形式多样。

中国画的创作贵在借景造境、以境传情。画家笔下的山川万物，既是客观物象的抽象再现，又是画家在审美情思的感发下对客观物象进行提炼、加工与重新塑造后形成的艺术形象。因此，画家笔下的山水、人物、花鸟，乃至一草一木，均是来源于自然，而又高于自然的人文创造。在这种笔夺造化的人文创造中，不仅寄托了画家的审美情趣与审美眼光，也展现了画家高超的创造智慧与精湛的艺术技巧。画家的技法越扎实，技巧越丰富，其创作的视野就会越开阔，体裁就会越多样。张煜的国画创作能展现出开阔的视野与多元化的路向，表明他对中国画创作技法的学习和领悟是深刻与全面的，称他是安徽省画坛比较优秀的"全能型画家"并不为过，而且可以说是恰如其分。

在中国画创作中，技法的习练十分重要，技法是否丰富与精湛是衡量画家创作才能的重要依据。但是，仅仅掌握了多样化的创作技巧还是远远不够的，画家在创作时还需要对各类技法有高超的驾驭能力与变通整合能力。这样才能创作出意味隽永的画作，实现"技进乎道"和"以技彰道"的升华。张煜中国画创作的成功，既得益于他对各种画法技巧的全面修持，更得益于他善于整合各种创作技法，经营各种创作元素，去创造"有意味的形式"。例如在他创作的《观水得其趣》与《秋水漾轻舟》两幅作品中，张煜巧妙地将山水、花鸟、人物等多种画法熔于一炉，创造了令人心旷神怡的美妙画卷，带给人一种回味无尽的审美感受。又如他创作的《四季如歌》《南山秋色》等作品，将山水与花鸟、浅绛与重彩合理地整合、交织于同一画幅之间，将西方绘画的构图原理与东方绘画的诗意表现完美地熔铸在一起，进而创造了既有传统底蕴，又有现代理念，同时有着浓厚生活气息与乡土气息的精妙画幅。而这也充分表现了张煜在驾驭笔墨、线条、色彩、构图上的变通整合能力。正如曹玉林先生在评论张煜山水画创作时所指出的那样："在张煜的作品中，传统的因子与现代的元素二者能够相互补充，互相映发，构成一个有机的整体，使得张煜的山水画作品不惟笔法松秀、墨法精微，每一笔都有浓淡干湿、轻重徐疾的变化，每一处都有山光水色、葱茏盎然的诗意，而且图式新颖，章法多变，充满奇幻大胆的现代气息，彰显画家对传统程式和符号解构重构的突围意识。"

张煜在中国画创作上能取得骄人的成绩，其原因是多方面的。除了勤奋与刻苦之外，还与他善思善学、锐意进取的求索精神密切相关。笔者曾仔细拜读过张煜撰写的论文《浅议皖南山水画创作》，其观点之深刻、议论之精辟与全面，表明张煜对中国画创作的认识是非常深刻的。作为一名以创作见长的画家，能在绘画理论上有如此深入的梳理与论述，在当今画坛也是不多见的。黄宾虹先生论画时曾提出："士夫之画，华滋浑厚，秀润天成，是为正宗。得胸中千卷之书，又能泛览古今名迹，炉冶在手，矩蠖从心。展观之余，自有一种静穆之致，扑人眉宇，能令睹者心平躁释，意气全消。"笔者认为，张煜的中国画创作，已深入士大夫画堂奥，其前途不可限量！

境高格雅，入妙传神

——江云祥禅意人物画简评

认识江云祥先生已经有四个年头了。初次见面，他的平和与淡定就给我留下了很深的印象。后来我又看到他的写意人物画，特别是他画的一批禅意人物画，古意盎然、禅风峻烈，令人惊叹。

写意人物画是中国画中最有人文气息、最具民族特色的画种，而写意人物画中的禅意人物画更是文人画中独具特色的一朵奇葩。从宋代的梁楷，到近代的吴昌硕、王震、齐白石、吕凤子，再到当代的范扬、怀一等人，他们均在禅意人物画创作上呈现出独具个性的艺术风貌，并以此驰誉画坛。

江云祥的禅意人物画以用线为主，以淡彩为辅，其画不失水墨清华的雅逸，而在生辣稚拙的用笔中又常常展现水墨苍厚的一面。这使他的人物画创作既摆脱了浑浊、痴滞的缺点，又减少了轻佻、肤浅的弊端，而显得苍厚、鲜活、空灵和清润。他以禅心和禅思作画，以笔力为基质，融汇性情，动而无碍，驻而不滞，线条自然流畅；下笔如兔起鹘落，气势连绵，浑然不见起止。其气格清健而散朗，于轻逸妙深中体现出自如、自在的风神意趣。他笔下的罗汉、高僧、达摩、佛祖均呈现安详、自在的庄严相貌，形象地表现了禅意人物的禅意气象与禅趣风采。

江云祥的禅意人物画中，最出色的是组合人物画。他曾画过一幅一百罗汉图的长卷，也曾画过多幅十八罗汉的中堂和横幅。画面中，每个罗汉各具神态而又互相呼应，不同的造型和神态使人物千姿百态又栩栩如生。人物之间的穿插衔接、相揖相让巧妙自然，而画面中的法器、书籍、景物也都各有意象，浑然一体。其中对人物的服饰、脸型，以及眼、耳、鼻、嘴、头、手、足等不同形体细部的描绘，也是各具姿态、气象万千。江云祥尤其擅于通过对人物眼神的描绘，将禅意人物安详、淡定、深沉、旷达的内心世界给予写意、传神的表现。这使他的禅意人物画在传情达意和借形造境上达到了很高的层次。

中国的写意人物画以传情达意为要旨，它要求作品通过人物情态，传达出作者的思想意趣。在人物造型上，写意人物画既要准确又要简练，这就需要作者具有很高的艺术技巧和多方面的艺术修养。观赏江云祥的写意人物画，一个明显的感受是，每幅画面都能展现出一种让人回味的意境。他的画，线条骨力洞达，富有生机，当观者谛视画面时，会感到其中的人物突然鲜活了起来，就好像要从画面中走出来，走进现实生活中，仿佛画面中的人物被画家注入了生命。

中国的写意人物画，为什么能达到这样一种传神的效果？我想大约有两方面的原因：一是笔墨的传神效果，二是画家的禅意心境。写意人物画是以笔墨造型，在用笔上要求画家必须讲究"骨法用笔"，对用墨则要求"墨分五色"。此外，它还要求画家能"随类赋彩"和"传移摹写"，所有这些，都是为了保障笔墨的"传情达意"与"气韵生动"。特殊的创作工具与创作要求，使得中国的书画艺术具有极强的"写意"功能，使其具备了"造乎自然"的内在品质。

对获得禅悟的画家而言，禅无处不在、无时不有，其笔下人物的一举一动，无不呈现出一种意态，呈现出一种禅机妙趣，正是这种禅机妙趣，使画面中的人物栩栩如生。江云祥的人物画创作，正是以禅意的眼光去创造人物、营构画面的。江云祥有很高的悟性，又在其导师陈绶祥的引导下潜心悟禅，这些都对他的绘画创作有极大的帮助。陈绶祥先生曾将自用的"无禅堂"斋号转赠给江云祥，实际上是一种心印相传，是对江云祥禅心开悟的印证与认可。丰富曲折的人生经历，深入细致的学习研究，使江云祥在步入中年之际获得了一种超悟，当他以禅悟之心作画时，笔下的人物自然就会变得鲜活生动起来。

始知丹青笔，能夺造化功

——《朱力国画作品选》读后感

近期收到朱力先生寄赠的《朱力国画作品选》，仔细拜读后，感到其作品清新动目，平中见奇，拙中藏巧，给人以"酣畅形神备，淋漓意趣生"的美感享受。

朱力出生于吴敬梓的家乡——安徽省全椒县，灵秀的山川与丰厚的乡土文化给少年时代的他以美的熏陶，使他在中学时代就对绘画艺术产生了浓厚的兴趣。1956年，朱力以优异的成绩考入安徽艺专，得到过孔小喻、童雪鸿、萧龙士等名师的指点，此后又有机会拜识了刘海粟、林散之、唐云、许麟庐、陈大羽、余任天、崔子范、亚明、孙其峰、方济众诸先生，倾听力学、深入钻研，使他的画艺不断精进。早在20世纪60年代，朱力的一些国画作品就开始参加省级美展并见诸报端。参加工作后，由于工作的需要，朱力长期从事摄影和美术编辑工作，他也因此有机会遍访名山大川。这让他开阔了眼界，同时也给他的绘画创作积累了"师造化""师自然"的艺术底蕴。

朱力的国画作品以小品花鸟画为主，多年来，他悉心研究明代徐渭，清代八大山人，近代齐白石、潘天寿等大师的花鸟画作品，在"师传统""师古人"上下了一番苦功。尤其是他对大师们的小品花鸟画进行了细心的揣摩和临摹，真正做到了"心摹手追，静心参悟"。经过多年的习练与深思，朱力对小品花鸟画的创作有了深入的感悟并积累了丰富的创作经验，逐步形成了简练自然、平中生奇、小中见大的小品写意花鸟画创作风格。随着年岁和阅历的增长，他的小品花鸟画创作日臻成熟，笔墨意境愈见醇厚。

朱力的花鸟画取材广泛，意趣多样。梅、兰、竹、菊、荷花、枇杷、葡萄、芭蕉、玉兰、蔬果经他信手画出，皆能生动传神。而他笔下的小鸟、蝴蝶、螳螂、鳜鱼、螃蟹等动物更是呼之欲出、栩栩如生。他用自己手中的画笔为花鸟传神写意，表现出大自然的无限生机与活力，同时也传递出自己的禅心与画境以及他对大自然、对美好生活的热爱与赞美。

朱力同时也是一位摄影艺术家，在摄影艺术上有深入的钻研和丰富的实践，并出版过多本摄影作品集。他的摄影作品还曾入选国内一些重要的摄影展。摄影艺术重视对瞬间画面的捕捉，讲究构图，重视色彩、光线与画面的视觉冲击力。这些艺术手法与艺术观念对国画创作，特别是小品花鸟画创作，有着很好的启发与借鉴意义，而朱力也自觉地将摄影艺术的构图方式引入了花鸟画的章法构思之中。欣赏朱力的小品花鸟画，一个突出的印象是，每一幅作品都有很巧妙的构图，画面显得很空灵，很生动，这大约与他用摄影家的眼光去构思画面有很大关联。

事实上，摄影艺术与绘画艺术确实有许多相通之处。例如它们都是用二维平面空间去表现三维立体空间中景物的瞬间，都力图用一种静态的空间图像表现自然界景物的动态特征，实现自然美与运动美的瞬间定格，以特定的构图和画面传递出大自然的内在生机与美蕴。但是，绘画艺术与摄影艺术又有很大的差别。这种差别主要在于，摄影艺术重在表现景物的具象美与自然美，它的表现对象是自然界的真实物象。绘画艺术与此不同，它表现的对象虽然也可以是自然景物，但由于绘画中的景物经过了人的构思与创造，带有明显的抽象与营构意味，因此绘画艺术表现的是一种抽象美。绘画作品通过对自然物象的夸张、变形、加工、移位，营造出高于自然美的艺术美，因此它的画面中既有"自然之象"，也有"人心之象"，可以通过自然与人心的互动与交融，传递出画家的审美眼光与审美情思。在绘画创作中，人的自主创构能力得到了发挥和增强，画家的审美追求与人文关怀也因此能够得到自由发挥和自由展现，画面中不仅有"物"，而且有"人"，因此绘画艺术不仅是再现艺术，更是一种表现艺术。如果说摄影艺术的美感是"肇于自然"，那么，绘画艺术的美感就在于它能"造乎自然"，能以人心之象为大自然传神写意。因此古人称赞中国传统的诗画艺术是"笔补造化天无功"。朱力的小品花鸟画继承了传统中国画的"写意"精神，用笔墨造型，用笔墨写意，充分表现了写意花鸟画空灵传神的特征。可以说，他的小品花鸟画在继承传统与发扬传统方面已经取得了很高的艺术成就。

篆刻评论

天机流露出精神

——朱培尔印艺简评

朱培尔以书、画、印兼擅饮誉海内，他的印简奥、爽朗、率意而又苍茫，既有深厚的传统功力，又有鲜活的创造意识。在强手如云、群贤争雄的当代印坛，培尔君以奇诡恣肆、苍浑率真的印艺风貌异军突起，独树一帜。有人评价他的印为"当代篆刻的后期印象派——更多地接近新观念，更多地运用新手法，更多地发自于人的本心，更明确地指向于现代"。我认为，这一评价是非常深刻而又切中肯綮的。培尔君新近寄来几方印拓，其中白文"天下无不入我陶冶中矣"，朱文"云鹤游天"已达到出神入化、超逸优游的境界。这两方印作的边款同样超妙入神，刀情笔趣交相辉映，给人以满目青山、幽深无际的感受。在他的印作中，我们能直观地感受到什么叫"天机流露"、什么叫"无法而法"。苏东坡说"天真烂漫是吾师"，窃以为，朱培尔的篆刻创作确实已达到了"天真烂漫"的大美境界。

20 世纪 90 年代，朱培尔曾应本人的索请为笔者刻制过两枚一寸见方的印章，一枚为白文印"虞卫毅"，一枚为朱文印"隐石庐"。其中，朱文"隐石庐"采用他独创的"阴阳互换法"，朱白相衬，奇拙互生，表现出"亦朱亦白""亦白亦朱"的特殊效果。此印在篆法、刀法、章法上皆自出新意，既见功力，又具个性，显示了他独特的篆刻风格。白文"虞卫毅"采用离合处理，"毅"字省去右半部，形成疏密关系。印中"虞""卫"二字形正意密，"毅"字的简省挪让、出奇制胜，加强了印面的灵动与呼应，刀法的洗练自然与章法的奇正相生使此印具备了一种奇巧之趣。由这两方印作，我感到朱培尔的篆刻创作已臻入高境，其功力与创意远非流俗之辈所能望其项背。值得一提的是，这两方印的边款也很有意味。白文印印款稍长，分三面刻成，其文曰："刻印需去五俗，去则尽善尽美也。五俗者，俗体、俗意、俗句、俗字和俗韵耳，卫毅兄以为然否，培尔。"此款以单刀即兴刻就，体势倚侧，有斜风细雨之致。朱文印印款分作两面，一面刻"隐石庐，卫毅兄嘱刻"，一面刻"到得休歇处，山水自然真。培尔并记"。此款刻得汪洋恣肆，刀法酣畅生辣，很有一种大家风范。由这种即兴而成的印款颇能见出作者的审美眼光与艺术修养。

朱培尔很重视读书与写作，重视对艺术理论的研究和创作经验的总结。他在全国第四届书学讨论会上获奖的论文《印章中的明线》，对篆刻中的各类线条及组合方式进行了详细考察、分析与阐释，并结合自身创作实践对朱文线条与白文线条的相互协调问题提出了独到的见解。他的研究成果将篆刻艺术理论研究推上了现代艺术形式分析的高度，对促进篆刻艺术理论研究的深化与提高有着不容忽视的意义。朱培尔的过人之处在于，他对篆刻传统有着全面、精深的把握，但在创作实践与理论研究上又不完全囿于传统。他从传统与现代两个方面认识篆刻艺术，又在理论与创作两个方面建构起了自己的篆刻艺术语言。

欣赏朱培尔的印作，读朱培尔的理论文章，我们常常会感到他有很强的理性思辨意识，这大约和他的文化修养与知识结构有一定的关系。朱培尔原本是工程师出身，这显然使他的艺术思维以及在对待传统与接受现代艺术观念上，较之一般的书家和印章刻制者更显得敏锐与聪慧。以朱培尔的才识与勤奋，我预测他在当代书坛和印坛上一定会有很好的发展前途，他的潜力与影响力正在慢慢发挥和显现出来。

调古神情　见功见性

——《张公者篆刻选》读后感

张公者在篆刻界久享大名。荣宝斋出版社近期出版的《张公者篆刻选》收入其印作一百余方，比较全面地展示和反映了张公者篆刻创作的整体风貌。在仔细拜读了这本印谱之后，我有以下几点感受。

一是张公者治印重视篆法、刀法与章法的协调统一。篆刻创作中，篆法、刀法、章法均为关键要素。这三者既有区别，又有联系，它们的协调呼应全赖"心法"的统摄。其印谱中的一些佳作，在协调整合篆法、刀法与章法上均有上乘的表现。例如白文"张公者印"（印谱第一页）中，右上角"张"字的几条横线，分别被处理成了圆弧形、三角形、梯形和条形块面，既避免了雷同与单调，又使印面线条的形式得到了丰富与深化；而左下角"者"字的两竖被处理成一大一小具有墨点意味的两点；左上角"公"字，上端被处理成一上一下两段向外辐射的弧线，下端被处理成亦方亦圆的扁圆形圆环，使印面灵巧生动，大方自然。这种巧妙的安排与创构不一定完全是事先设计好的，极有可能是在刻制过程中结合刀法与章法的整合要求，随机发挥取得的效果。类似的匠心独运、奇思妙想在张公者的其他一些印作中也有不同的表现。这里的关键是一种整体把握，正如张公者在印谱"后记"中记述的那样："从文字内容到每一根线条的最微小的部分都要使其深刻，就是一个虚的点，也要做到'有物'……让深刻的思想内容，载于最优美的形式之上，做到思想内容、形式技法等等的大统一。"

张公者治印的第二个特征是方圆结合、奇正相生。如白文印"荷砚斋"中，"荷"字的草字头部分形圆势方，下面的"可"字被处理成弧线加一点，外圆内方，且与右下方"砚"字的曲笔形成呼应关系。"斋"字的并笔处理形成了"涨墨"效果，既简化了用刀，使印面简洁大方，又使该印见笔见刀犹见墨。这方印作里，"斋"字端庄，"荷"字奇妙，"砚"字灵巧，三字组合在一起，给人以简洁生动的感受。又如朱文印"雨后泉"，三个字线条多用方笔，而线型多取圆势和曲势，用刀简洁、明快，干净利落。"后"字的紧结、洗练与"雨""泉"的开张动荡，形成了呼应、协调的关系，线条厚重而不呆板，字形奇巧而不散漫，刀情笔意尽显于方寸之间。

张公者治印的第三个特征是以情入印。刘熙载论书强调"高韵深情，坚质浩气，缺一不可以为书"。这句话移用于论印，同样是至理名言。"深情"主要表现为对艺术、对人生的一往情深。张公者对艺术的执着和"深情"、对师友的敬爱与尊重在这本印谱及其"后记"中表露无遗。印谱中也有几方印颇能见其用情之深。例如肖形印"红豆一粒寄相思"，朱文印"有约三生这辈子、下辈子、再下辈子"、朱文印"平生不会相思才会相思便害相思者记"、白文印"念君无限心亦悠悠"、白文印"日日思君不见君"、朱文印"泪如雨"、白文印"雨中浪漫 雨里伤悲"、朱文印"载歌幽人"、白文印"滇梦""梦萦辰州"等等,均能见出一个"情"字。可贵的是,这批印作不仅重在抒情,更重视篆刻技法的合理运用。例如朱文印"平生不会相思才会相思便害相思者记"(语出元曲),十六个字中,重复的字占了一半,张公者在处理时皆能随机变化,使之不见雷同,各成巧致,堪称多字印中的上乘之作。又如"泪如雨"一印中,"泪"和"雨"中的用点多达四十六个。这方印表现"泪飞顿作倾盆雨"的诗境虽有夸张,但并不离谱。宗白华先生在《中国艺术意境之诞生》一文中说:"中国艺术意境的创成,既须得屈原的缠绵悱恻,又须得庄子的超旷空灵。缠绵悱恻,才能一往情深,深入万物的核心,所谓'得其环中'。超旷空灵,才能如镜中花、水中月,羚羊挂角,无迹可寻,所谓'超以象外。'"张公者治印既得屈子缠绵悱恻之意,又得庄子超旷空灵之心,故能调古神清,见出自家性灵。

古韵悠悠，奇趣横出
——洪亮篆刻艺术简评

最近新购了几盘古琴音乐磁带，夜阑人静时，我常会躲入书房，在柔和的灯光下，伴随着古琴发出的清脆、悠长的妙音，或读书，或临帖，总有一种十分愉悦的感受。今夜捧读吾友洪亮先生新近寄来的线装本印谱《中国篆刻百家——洪亮卷》，那种清新、爽净、深醇、豪迈、精致、典雅的气息与韵味，在古琴音乐的衬托下，益发显得浓烈和隽永。视觉的享受与听觉的享受汇在一起，那种美妙的感受真是难以用言语描述。此时此刻，我更加感悟出中国传统艺术的精深与美妙。

洪亮是"新文人篆刻"的倡导者与实践者。1999年，《书法导报》等刊物曾整版刊登过《新文人篆刻三家作品选》，其中就有洪亮篆刻的一些佳作。也正是从那时起，我开始关注他的篆刻创作与印学研究，并与他有了联系与交往。此前，大约在1998年，在北京"第三届全国'书法学'暨书法发展战略研讨会"上，我与洪亮首次相识相晤。那以后，随着交往的加深，特别是他在"新文人篆刻"群体中的亮相与表述，使我对他的艺胆与艺识开始有了新的认识。在洪亮过去发表的印作中，我很欣赏他的一些小印佳制。这册印谱中收入的一些小印作品也很典雅、精致，耐人寻味。例如白文印"属牛"与朱文印"牛脾气"一朱一白，相映生辉，线条的洗练、爽洁，章法的鲜活、灵动，刀法的精巧、轻盈，给人以耳目一新、过目难忘的感受。这两方小印既无霸悍之气，又无单薄之感，既质朴又灵动，的确是佳构。又如朱文"隐石庐"印虽尺寸极小，但线条挺拔、坚实，章法浑然天成，刀情笔意历历在目，结篆造型楚楚可观。能在这样小的方寸天地里运刀自如，令细节之处纤毫毕现，可见洪亮确实达到了游刃恢恢、一派神行的境界。这方印是洪亮应笔者的索请而精心刻制的，在惊叹他的小印造诣之高之余，我也深为他对朋友的真诚、友善、深情与高义所感动。在这册印谱中，有很多印作都是洪亮义务为朋友们刻制的姓名印与斋号印、吉语印。这些应酬与应景之作，原本是极难发挥创意的，但在洪亮的刀下，它们往往各呈姿态，时出新意。其中，典雅如"张天民印"（白文），奇肆如"抱节之无心"（朱文），俊朗如"汪道涵印"（白文），茂密如"长沙周壮志印"（白文），朦胧如"寻梦"（白文），清奇如"清心"（朱文），洗练如"岳小才之玺"（朱文），精丽如"牛脾气"（朱文），峻拔如"胡湛"（朱文），厚重如"蒋安平印"（白文），空朗如"王伟平"（朱文），错综如"映日荷花别样红"（朱文），劲质如"老铁"（朱文），曼妙如"晚晴斋"（白文），质朴如"墨戏"（朱文），坚净如"甘为僧房引清泉"（朱文），奇巧如"齐玉新"（白文），实境如"白云红叶两悠悠"（朱文），虚灵如"千古之谜"（朱文），率真如

"不容易"（白文），等等。这些印章的印面均能随印文内容的不同而生出种种奇巧和变化，传递出不同的风格与意趣，说明洪亮真正把握住了中国传统艺术随机施法的艺术精髓，也表现出深厚的学养与敏捷的艺术才情。

当然，印谱中也有少部分印作有或呆板、或失势的不足之处。但就整体而言，这本印谱中绝大多数作品还是可圈可点、值得赞赏的。明代朱简在《印经》中曾提出"文人印"的见解，谓"工人之印，以法论章，字毕具方入能品；文人治印，以趣胜，超然上乘"。笔者认为，洪亮治印，平中见奇，时出新意妙趣，盖能得文人印之正脉者也。

寻找自我

——黄敬东篆刻艺术简评

　　黄敬东住在淮南，距寿县很近，但我们却是最近才开始接触与交往的。此前，我曾在一些刊物上欣赏过他的篆刻作品，有着较深的印象。见面交谈后，我感到敬东是那种不事张扬却又很有主见的内秀之人。最近他送我一册新近出版的《黄敬东篆刻》，请我提些批评意见，本着交流切磋之旨，我愿意开诚布公，谈点个人的看法。

　　首先，我觉得他的这本篆刻集在装帧设计、制版印刷、布局安排、整体格调上都达到了一种很雅致、很爽目的境地，这是很值得庆贺的。时下出版书画集、篆刻集的人不少，但很多人出的集子都显得很杂乱，缺少一种格调，让你难有雅兴去反复翻看和欣赏。黄敬东的这册印集则显得古色古香，扑面而来的清雅之气，让你不由自主地产生一种想要细细打量、细细欣赏的心理。此外，石开、李刚田两位先生的题签给这册印谱增色不少，徐正濂先生撰写的序言更是简切有力，评介中肯。集子中选入的印作宁缺毋滥，基本反映了黄敬东的整体创作实力。对这册印谱，我是反复翻阅了多遍，一方面固是为了在评论时有的放矢、有话可说，另一方面即是因为每看一遍都会有新的感受。

集子中的有些印作，初观不是太醒目，但细看之下又别具风味。如"黄敬东玺"（白文，第1页）和"晋梅馆主"（朱文，第7页），初看似乎平常，可如果细细地盯着看，却能给人一种味之不尽的感受，这其实已经是一种"看似寻常最奇崛"的大美之境了。这两方印的成功，主要是篆法、章法错落有致，刀法也很洗练，且因吸收了古玺、汉印中高古的情调，能够传递出一种"古意"和"古韵"，故而能够引人流连，动人神思。"晋梅馆印"（白文，第4页）放大后效果更佳，章法很活，不板不滞；刀法也好，干净洗练。"张宇印"（白文，第9页）三个字布局合理，篆法、章法、刀法三位一体，也均能表达一种简约、洗练之美。切莫小看了这种简约与洗练，这里面有着大境界、高难度。就像八大山人的花鸟画，虽只有简简单单的几笔，可其中意趣的深度与技巧的高度，都足以令人折服。汉印中的妙品，大都具有简约与洗练之美，这也是后来的印章制作者自觉宗汉的一个缘由。黄敬东对秦汉印情有独钟，能够刻出这样上佳的作品，足以反映其入古的深度。小印中，"心画"（朱文，第18页）、"长乐"（白文，第18页）、"尚雅"（朱文，第10页）、"马楗中玺"（白文，第52页）等皆有可观之处。稍大一些的印，如"柯正私玺"（白文，第21页）、"敬东私玺"（朱文，第29页）、"伯乐相马"（白文，第30页）、"万法唯心"（朱文，第31页），均是学古玺一路，但学古能化，而不是亦步亦趋，能够有所突破，见出自家意趣，可谓真正做到了"古不乘时，今不同弊"（孙过庭语）。最能见出作者自家性情的，是白文"韭花堂"（第35页）一印。这方印形制不大，但在篆法、用刀、章法布局方面达到一种巧致，显得轻松灵活，简淡随意，在漫不经意中显出一种生机和韵味。此类风格的作品，以上海刘一闻先生见长，但刘先生之印，有时显得纤巧，缺乏一种厚度。黄敬东学其风味而增其厚度，可谓善思善学。黄敬东曾随海上另一名家徐正濂先生学习篆刻，徐先生的印，得力处在古玺，取法处在来楚生，独到处在于能脱化生新，其代价则是失去了古玺印中的一些古朴幽深的韵味。黄敬东则能师其心而不师其迹，直接从古玺印中汲取一些高古的东西，化古风为我所用，另辟蹊径。例如"滕薛大夫"（白文，第56页）、"不问苍生问鬼神"（白文，第58页）、"长相思在长安"（白文，第61页）、"云想衣裳花想容"（朱文，第67页）、"不语堂"（朱文，第74页）、"段健之玺"（白文，第75页）、"梅花心事"（朱文，第76页）、"右军风流"（白文，第77页）、"花虹私玺"（朱文，第80页），等等，均不失为佳构。

集子中也有一些作品不是很佳，例如，"秋风过耳"（朱文，第45页）、"韭花堂"（朱文，第48页）、"右军风流"（朱文，第54页）、"太乙近天都"（朱文，第57页）、"长相思在长安"（朱文）等，显得有些松散和单调。这些印似乎未摆脱时风影响。还有一些印，局部处理得很好，但有一两处处理得不是很好，影响整体效果，如"晋东之印"（白文，第12页，晋字处理不佳）、"晋梅馆"（白文，第15页，馆字处理不佳）、"腹有诗书气自华"（朱文，第30页，腹字处理不佳）

等。总之，黄敬东在篆刻创作上已经取得了很好的成绩，有了自家面貌，但还不能说已完全走向成熟，尚处在探索与进取阶段。我觉得，他的创作潜力很大，路子也比较宽，关键在于今后如何进一步寻找自我、塑造自我与超越自我。对一位有抱负的印章刻制者来说，寻找自我、展现自我、超越自我，是一个不断的、往复的过程。敬东有幸得到石开、李刚田、刘一闻、徐正濂诸名家的指点，自身又很刻苦和勤奋，前途是不可限量的。作为朋友，我想提两点建议，供敬东参考。一是对黄牧甫的篆刻可以多进行些研究与体悟，重点体悟黄印平中见奇的文化底蕴；二是对江淮楚文化奇诡宏丽的文化底蕴进行些研究，寻找个性文化心理特征与历史文化底蕴之间的契合点，在更深的层面上理解植根传统与张扬个性之间的辩证关系。倘能注意于此，或能对今后的创作带来一些裨益。

乡情·印艺

——读袁建初《海宁名胜名人印谱》

　　《海宁名胜名人印谱》是浙江印章制作名家袁建初的新作。印谱集海宁名胜 76 处、名人 32 位，每方印章介绍一处名胜或一位名人，并用边款进行详细的文字说明。一方印章铭刻着一段历史，一面边款记录着一个故事。读者可以在欣赏作者篆刻技艺的同时，通过印谱走进人文荟萃的海宁，了解海宁的名胜、名人及其人文景观。印谱借助篆刻艺术的表现力将历史与文化旅游联系在一起，扩大了篆刻的创作空间与适用范围。

　　概括起来说，这本印谱在创作上有两个特征，一是形式的多样化，二是风格的统一性。印谱共收各类形制相异的印章 108 枚，为了实现创作的多样化，袁建初在印章的式样、章法、篆法、刀法、边款等各个方面进行了多方位的探索与尝试。收入印谱的每一方印几乎都有自己独特的面貌和样式，避免了单调与雷同。这本印谱所收之印虽然形式多样，但由于是同一个人独立完成的，因而既能在刀法、气韵、格调上取得统一而不杂乱的效果，又能使整本印谱的风格显得灵活多变。可以说，这本印谱展示了袁建初良好的创作态势，同时从中也能看出他在篆刻创作上的综合实力。

这本印谱的另一个特征是印面与边款的有机结合。印谱的印面创作，吸取和借鉴了多种流派的创作手法；在边款创作上，亦能广采博收，将篆刻创作中所使用的一切方法、款式及书体用于边款，从而做到边款与印面的相互配合、呼应，使二者成为彼此密不可分的一个整体。如在"钱君匋艺术研究馆"一印中，印面采用汉印满白文形式，端庄大方；印款则用钱君匋先生生前最擅长的汉简体刻制标题，辅之以单刀介绍文字，令人睹印思人，产生遐想。又如"一线潮"，它的印面为白文，"一"字用简体字，"线"与"潮"二字奇纵变化，印面的疏密变化和谐统一，使得款文所写的"潮来时白练一线横锁江面，声若雷鸣，疾如电掣，如万马行军奔腾而至"这一壮美的自然景观得到了形象性的体现。

袁建初是浙江书协篆刻委员会委员、紫微印社社长，曾多次携作品参加全国篆刻展览。这本印谱是他二十多年篆刻创作生涯中的第一部结集作品，凝聚了他多年的心血与汗水，也渗透着他对家乡风物的浓浓深情。以艺传情，我想，这大概就是袁建初这本印谱最堪称道之处了。

清晰的思辨　深刻的剖析

——读《当代篆刻评述》有感

　　如果说，过去我们一直感到当代篆刻批评太零乱，缺乏深入的分析与思辨，缺乏宏观的整体把握与具体入微的剖析论述的话，那么辛尘先生所著《当代篆刻评述》，已经在这方面取得了明显的进展与突破。该著作从篆刻艺术史出发，以近现代篆刻为背景，不仅对近十年的篆刻创作及理论研究成果进行了全面、系统的考察，还对以韩天衡、马士达、石开、黄惇、王镛等人为代表的一大批当代中青年篆刻名家的创作进行了深入的分析评述。总的来看，这部著作思路清晰、深刻，评述中肯精到，所反映出的正是辛尘先生坚持独立的艺术思考，以及以作品为依据，以理论为指导，以逻辑为依托，坚持主观阐释与客观考察相结合、历史与现实相结合、理论与实际相结合的研究态度。

　　在评述方法上，《当代篆刻评述》具有以下几个特征。

　　一是具有开阔的艺术视野和较高的批评视点。辛尘在评论当代篆刻创作时，能从篆刻史的立场、艺术本体的立场、篆刻未来发展的立场三个方面探讨篆刻艺术自身的发展规律，从文化学、历史学和哲学等角度观察和评论当代篆刻创作的优长与缺失。我国的篆刻艺术是一种"方寸之内，气象万千"的文字造型艺术，它远绍千年历史，直溯文字渊源，横通书画原理，纵入哲学妙境，旁涉书刻技艺，内蕴人品学养，是我国诗、书、画之外又一精妙独绝的传统艺术。因此在考察篆刻艺术的发展历史、评述篆刻家创作的得失时，尤其要深入其底蕴，揭示出隐藏在形式与技法之外的创作思想与文化内涵。在《当代篆刻评述》的附文《印之道》中，辛尘总结出了马士达创作的"儒道模式"、王镛创作的"道——禅模式"和石开创作的"禅模式"，从形而上的角度揭示了当代篆刻名家所张扬的传统的中国艺术精神。此外，辛尘还注意从"道"的高度研究印章之形的由来、依据、深意、生命和最终所指，同时又以对具体作品的剖析与解说为参照。这样的评论，当然比一般的就事论事或凭空虚构要深刻、透彻得多。

二是梳理清晰，重视分析与思辨。《当代篆刻评述》从"当代篆刻发展概述""当代篆刻类型评析""当代篆刻的历史地位"三个角度展开论述。在"当代篆刻发展概述"一章，作者通过对明清流派篆刻演变历史的回顾，通过对明清流派篆刻得失的分析，对明清以来篆刻艺术在整体发展上的不同阶段及其特征进行了梳理与概括，指出早期篆刻风格与流派的实质是刀法的风格化，近代篆刻风格与流派的实质则是篆法的风格化，当代篆刻则是以意境作为篆刻风格的依据和基础。如果对明清以来篆刻艺术的发展没有全面的体认与把握，作者是不可能对其阶段性特征有着如此清晰的揭示与阐述的。在"当代篆刻类型评析"一章里,作者对以韩天衡、马士达、石开、黄惇、王镛、庄天明六家为代表的一批当代中青年篆刻名家进行了以点带面的分析,论述了他们的篆刻艺术主张、创作得失、风格的成因,力图揭示当代篆刻创作发展的新趋势。除了上述六家外,辛尘对当代其他一些有成就的篆刻家,如熊伯齐、苏金海、徐云叔、吴子健、林健、胡伦光、徐正廉、童衍方、刘一闻、马丹青、吴颐人、许雄志、赵熊、查仲林、李刚田、朱培尔等人的篆刻创作也进行了分析比较。辛尘在评析当代篆刻创作得失时,无论在剖析的深度上,还是在审视、比较的宽广度上,都达到了高屋建瓴的程度。而其在具体评述某一家的艺术成就时,又细致入微,能够通过对具体作品的剖析,实事求是地论长道短,使批评具有一定的启发、指导意义。

在"当代篆刻的历史地位"一章中,辛尘对当代篆刻创作与当代篆刻理论研究提出了具有建设性的认识与见解。他首先对当代篆刻发展的特征进行了阐述,指出影响篆刻创作的外部条件在当代已发生了变化。篆刻展览的出现,篆刻与书画艺术关系的改变,以及当代篆刻对印文书写的表现性、趣味性的注重及其与古文字的脱离,使得当代篆刻创作日益走向了独立。与此同时,辛尘对篆刻理论的重建问题、关于篆刻创作模式的开拓等问题也都提出了自己的认识与看法。总之,《当代篆刻评述》以当代篆刻创作为基点,对篆刻艺术的过去与未来,对篆刻艺术的理论与实践,展开了全面的分析与评述。在当代篆刻理论尤其是当代篆刻批评比较贫乏、薄弱的情况下,该著作的出版无疑为当代篆刻批评填补了一项空白。

书法评论

出新意于法度之中，寄妙理于豪放之外

——李百忍书艺综述

中国书法家协会理事、安徽省书法家协会主席李百忍先生是一位取精用宏、自成家数的书法艺术家。早在 20 世纪 70 年代末、80 年代初"书法热"刚刚兴起时，百忍先生就以其深厚的功力、多样的风貌和奇险的妙笔名震书坛。十多年过去了，百忍先生虽已步入古稀之年，但他笔下的墨迹仍然是那样的刚健清新、大气磅礴，他在书法界的影响仍然沉稳厚重，充满魅力。笔者与李百忍先生曾有多次交往，最近再一次走访了先生，蒙他信赖进行了长时间的交谈，并受赠《李百忍书法艺术》和《李百忍书艺文录》两本专辑。由此，笔者对他的艺术实践和书学思想又有了较全面的了解和认识。

一

1927 年 12 月 23 日，李百忍出生于安徽省宿县（现宿州市）一个农民家庭。虽然并没有书香门第的背景和环境，但也许是出自天性，少年时代的李百忍便对书画艺术产生了强烈的憧憬和兴趣。凭着聪颖和勤奋，他十多岁时便能写出一手漂亮的正楷字，还经常为乡邻书写春联，很得乡邻的夸赞。1948年，21岁的李百忍参加了中国人民解放军，并随军渡江南下。20世纪50年代的第一个春天，李百忍考进了华东军政大学艺术系，专攻美术。1957年，他又考入南京师范学院（现南京师范大学）美术系进修，敦拜著名书法家沈子善先生为师，亲聆教诲，这也让他眼界大开，书艺日进。1963年，李百忍由部队转业，回到家乡宿县行署文化局工作，自此更加潜心于书法艺术的学习与研究。他先学二王，后临唐碑和魏碑，再习苏东坡、黄山谷、米南宫的行书，复由行入草，悉心钻研、认真临摹孙过庭、祝允明、黄庭坚、张旭、怀素诸家草书，由入帖到出帖，边学习边创作，逐步形成自己的书风面貌。1978年，上海《书法》杂志创刊，李百忍的书法作品被选入创刊号发表。1979—1982年，李百忍先后在徐州、合肥、南京、上海、杭州、济南等地举办了个人书展，受到了各地书家的高度赞扬。在上海举办个展时，原上海市书协主席宋日昌评价说："李先生能写多种书体，功底深厚，气魄那么大，实属不易。"沪上著名书法家赵冷月先生看了展览后称赞说："多年来能于沪滨独辟书展者颇乏，能别开生面，使人耳目一新者更不多见，李先生堪称当代大家，自愧不如。"上海另一位老书法家胡问遂先生则以"似欹反正，若断还连"八个字，对李百忍的行草书予以高度评价。

李百忍的个展在南京、合肥、杭州等地举办时，也都一时引起了轰动，好评如潮。原中国书法家协会主席舒同先生称李百忍的书法作品"气势磅礴，个性强烈，妙在其中"。著名书画鉴赏评论家许麟庐先生评价说："李百忍书法用笔之矫健，法度之严谨，功力之深厚，名列书家前茅，当之无愧。"中国艺术研究院副院长冯其庸先生评价李百忍书法时，说他"既有深厚的传统基础，又有独特的个人风貌，是一位有独创精神的书家"。1980年和1983年，李百忍的书法作品先后两次被选送日本展出，并被选入日本出版的《明清·现代·中国的书展》《日中书道艺术交流展作品集》。1988年，中日书法联展在安徽省博物馆开幕时，日本著名书家、独立书人团常任理事田中白步先生在展厅拜观李百忍的作品时，驻足凝视良久，他激动地对李百忍说："在日本，我看到你不少的佳作，令人如入仙境，今天来到中国，亲眼见到先生，我见到了活的神仙。"其言辞中流露出十分的敬意。1992年和1994年，菲律宾华文报刊《商报》两次用整版篇幅发表李百忍的书法作品，向东南亚华人介绍他的书艺。该报《艺廊》主编王勇先生在写给李百忍的信中说："先生之书大气磅礴，豪放雄强，极有深厚度，你是我极为欣赏的有数的几位书法家之一，是一位个性极强的书法家。"

李百忍先生从一名普通的农家子弟，成长为享誉海内外的书法名家；他的成功不是偶然的，而是由多方面因素造就的。

二

自清末以来，随着社会的变迁和碑学书风的兴起，民间性的书法活动渐渐取代了贵族化的书法活动，普通百姓不仅可以参与书法的学习与鉴赏，而且可以通过个人的艰苦努力登上艺术殿堂的尖端，成为卓领一代风骚的大师。从邓石如到齐白石，近代以来在书画艺术领域脱颖而出的平民艺术家不胜枚举。李百忍的从艺道路有着与他们相似的磨炼历程，其成功的主要基础是善思善学，勤奋刻苦。李百忍而立之年遭遇大难，那年他因参加建设工地劳动，劳累过度而引起肺部恶性病变，左肺施行全切除，右肺形成严重的肺气肿，医生推论"顶多再活九年"。但在死神面前，李百忍没有退缩和低头。转业到地方后，李百忍以练书法为养生健体、促进康复的重要手段，每天坚持散步5公里，练字5小时，以顽强的毅力与病魔进行抗争。传说中唐代大书家怀素以芭蕉叶代替纸练字，而李百忍则是以砖代纸，以水代墨。他将两块大方砖稍稍磨平，并排放在桌上，天天以笔蘸水，悬笔挥毫，习字练腕。他称自己发明的这种练字方法为"练砖"。砖的表面毛糙不平，便于训练涩势与笔力；而以水代墨、以砖代纸，既简省又方便。他采用这种方式进行书法基本功的训练，一练就是十几年。开始时，长时间的站立挥毫使李百忍经常感到腿和手臂酸痛，但练到后来便气血调顺，进入了自然的状态，即使在严寒的冬天，悬腕练字依然可以练得他全身冒汗。久而久之，两块平平的方砖，被笔锋磨出浅浅的窝窝来，桌前站立的地面被踏出了凹坑，一杆杆毛笔则被磨得秃顶断毛。靠着坚强的毅力，李百忍练出了力透纸背、笔力精绝的坚实笔法，练出了字势飞动、变化多端的线条结构。与此同时，奇迹出现了，他原来日渐加重的肺气肿、支气管炎等病症慢慢开始好转，病魔被战胜了，他的身体奇迹般地康复了。

三

作为曾经接受过专业美术教育，并曾得到过名师指点的李百忍来说，对书法基本功的认识和训练，与只知下苦功临摹碑帖的一般习书者是完全不同的。在《论书法艺术基本功与基本功的锤炼》这篇文章中，他对书法的基本功问题有着很透彻的论述。他指出："锻炼笔墨的基本功，要下一番苦功夫，历代书法家之所以在书法上有所成就，都是呕心沥血，学习前人得来的。""好的书法作品，由于是书者立身处世的人格、喜怒哀乐的性情、丰富的生活阅历、深厚的文学素养饱含在笔墨技巧之中而产生的，所以从书法艺术来讲，笔墨功夫重要，制约书法的书外功夫同样重要。二者相辅相成，只有后者而无前者，根本谈不上书法艺术，但是只有前者而忽视后者，即使苦练一生，也难脱俗书之臼。"（《李百忍书艺文录》）李百忍将书法的基本功分成"书内功"与"书外功"两个方面，除重视笔墨技巧的训练以外，他也十分重视读书养气。博闻强记的李百忍能诗文、通绘画，于音律、兵法、哲学、美学均留心钻研，旁涉杂学甚丰，且性格坚毅、胸怀磊落。有一次在广州与书画家聚会，一位初见他的书法家看他身体矮胖，一团和气，貌不惊人，与其豪放雄强的书风判若两人，信口说："字如其人，此语可以休矣！"他当即反驳道："非也，意态由来画不就，李白亦矮，然心雄万夫。"此语一出，举座皆惊。从这件轶事中，也可以见出李百忍的胸襟气度。

四

李百忍学书，走的是先博后约、博取约收的路子。在 40 岁以前，他曾广临历代碑帖，在各种书体上均打下了坚实的基础。在 20 世纪 70 年代末 80 年代初他展出的作品中，真、行、草、隶、篆、小楷、榜书应有尽有，展现了多样的风貌和宽广的书路。中年以后，李百忍的书风渐趋专一，以豪迈雄强的草书独步书坛。他的草书是在精研诸家的基础上融会创化、自成一格的。其总体特征是精神贯注、流畅自然、劲健豪放、沉着痛快，有力度、有节奏、有韵律，有点线运动的旋律美。仔细分析，其原因在于他能以"中锋入纸"，于"万毫齐力"中又能着意于点线波变。李百忍草书纯以中锋行笔，是因为他在常年的习字练腕中摸索并练就了一套过硬的用笔功夫。1992 年春，他到历史文化名城寿县参观做客，笔者陪他到号称"天下第一塘"的安丰塘参观游览，曾亲睹他为安丰塘管理处题字。他在挥毫时手臂伸直，回腕竖锋，笔管略内倾，在自然放松的状态下，通过笔力的内聚写出苍劲挺拔的字迹。他的那次挥毫给我留下了很深的印象。中锋用笔，求笔力易，求变化难。李百忍在保持"中锋入纸""万毫齐力"的前提下，采用轻重不同的提、按、导、送，进而让笔画产生了强弱粗细的变化。他还用三折笔法，收笔蓄势，表现出了笔势的跌宕、疾、涩、力感和动感。在墨法上，李百忍善用涨墨，在自然贯气、一气呵成中见出浓淡枯润变化。李百忍草书在结体、章法上也有独到之处，他从怀素、张旭的圆笔圆形和张瑞图的大肩方形中，研创出圆笔方折、塔式方形、角形留白的新体势。前人草书空白处多呈圆形，而李百忍草书以圆笔方折、外圆内方为结字特征，空白处多呈三角形和菱形。在字势映带上，前人草书多以露锋承接，李百忍由太极拳中悟出要妙，独创藏锋承接方式，起收有则，气势内涵，通过空中映带实现笔断意连、呼应贯通。

李百忍除创作上的勤奋探索外，还十分重视对书艺理论的学习和研究，并能注意书法理论与创作实践的紧密结合。在《李百忍书艺文录》这本文集中，收录了他历年撰写的书论文章共八篇，其中《书法艺术创作之我见》《论书法艺术基本功与基本功的锤炼》等文章，对书法艺术的继承与创新提出了许多精辟而又独到的见解。

例如关于书法学习的阶段划分问题，古人提出"初学平正，继追险绝，复归平正"的三阶段说。而李百忍能跳出这一模式，提出"脱化生新"与"创作生新"二阶段说。他认为由师古人、师传统达到"脱化生新"不似而似的境界，是作为一名书家必须具备的起码条件。

"但是如果仅仅停留在脱化生新的阶段上，对一名书家来说是远远不够的。还应该在脱化生新的基础上，刻意追求创作生新。"（《李百忍书艺文录》）对于什么是"创作生新"，李百忍有很深刻的理论阐述。他在总结自身创作经验的基础上，提出了书法艺术的二度创作论和"深入角色，奇趣乃出"的创作观。在《书法艺术创作之我见》这篇文章中，李百忍明确提出："诗以情发，书以文发，书法家是因文动情的。书法家进行二度创作，由诗文到书作，亦由剧本被搬上舞台，导演和演员要进行二度创作。这种二度创作是多形象、多风格的。由于书者的性格、学养、情操、气质、阅历、师承、基本功的不同，自可产生不同的造型。"（《李百忍书艺文录》）李百忍认为，书法家在进行创作时，应该像戏剧演员塑造舞台形象那样深入角色，充分理解诗文的内涵，以不同的情调与笔触创造感人的意象，只有这样，才能使书法创作充满生机、奇趣迭出。李百忍在理论上是这样认为的，在创作上也是这样实践的。

他创作的草书立轴"寒猿饮水撼枯藤，壮士拔山伸劲铁"以苍劲浑厚的线条、盘旋跳动的笔画，表现出了诗文的意境。其中"枯藤"二字的枯涩缠绕，"壮士"二字的厚重坚实，"寒猿饮水"四字的欹侧连绵，"伸劲铁"三字的坚劲豪放，看似妙手偶得，实为神超理得。它得益于李百忍对诗句内容的领会与感受，同时也得益于他对草书技法的熟练把握。正由于这两方面的原因，李百忍能巧妙地将文学的诗意化语言转化为书法的图像化语言，将情感思维的非固定"心象"转化为形象思维的视觉化图像。

李百忍的另一幅佳作，草书条幅"李白一斗诗百篇"也具有以"书意"显"诗意"的特征。这幅作品以豪迈不羁的线条、奔蛇走虺的字形、欹侧动荡的章法布局，将李白嗜酒、醉酒、借酒以展诗才的豪放个性给予了象征性的表现。

从这两幅作品中，可以看出李百忍关于深入角色进行二度创作的创作主张不是故弄玄虚的空谈，而是从多年的创作实践中总结得出的经验之谈。笔者曾提出"诗意派书法"的创作观念，这与李百忍提出的"深入角色"进行二度创作的观点可谓不谋而合。因此，我对他的二度创作论及成功的实践不仅理解，而且十分赞佩。

最近，沈鹏先生在《中国书法》1997 年第 3 期上发表了题为《探索诗意——书法本质的追求》的论文。沈先生在文章中也强调了书法的二度创作、表现诗意的重要性。我们有理由相信，随着当代书家对书艺本质理解的加深，以二度创作为特征，以诗意表现为追求目标的新的创作观念和创作方式将取代旧有的抄写式创作方式，成为表现现代人创造精神和高层次文化追求的主流方式。因此，李百忍在书艺实践和创作理论上所作出的开拓与贡献，将越来越得到人们的推崇与重视。

素处以默　吞吐大荒

——司徒越草书艺术成就评述

　　司徒越，原名孙方鲲，号剑鸣。1914 年生于安徽寿县，是清代著名学者孙蟠的后裔。先生生于书香门第，少年时代勤奋好学，1931 年考入上海美专，翌年转新华艺专，均学西画。抗日战争期间，他曾在武汉、重庆等地从事过抗日救亡宣传工作。20 世纪 40 年代，司徒越回到家乡从事教育工作，至 50 年代初，任六安师范副校长、舒城中学副校长等职务。在 1957 年反"右"运动中，他被列为审查对象，并被撤去舒城中学副校长职务。1963 年，司徒越的历史问题得到澄清，在他的要求下，被调到寿县博物馆工作。"文革"结束后，司徒越得到彻底平反，他本人也于 1976 年正式申请退休。也正是在这一年，他的一幅狂草作品被选送到日本参加巡回展出，受到彼邦人士的高度赞赏。从那以后，司徒越的书法创作便一发而不可收，据统计，直到 1990 年去世前，他共创作各类书法作品五千余幅。在司徒越晚年创作的大量书法作品中，楷书、行书、隶书、甲骨、金文、章草、狂草应有尽有，其中尤以狂草作品占绝大多数，形式有中堂、条幅、册页、横披、扇面、长卷、匾额、手札、对联、四条屏、八条屏、十二条屏，等等，各种款式应有尽有。无论是形式上，还是数量上，或是作品的严谨与精妙程度上，我们都有理由认为，司徒越的狂草书法在当代堪称首屈一指，他人很难望其项背。

对司徒越的生平、生活经历与艺术成就，《书法》杂志等刊物曾进行过专题介绍。这里仅就司徒越狂草创作上的几个主要特征进行综合性的分析与评述。笔者认为，司徒越的狂草在创作上有以下几方面的特征。

一、以篆入草，用笔古拙，线条厚重，金石气浓

元代书法家赵孟頫在《定武兰亭跋》中说："书法以用笔为上，而结字亦须用工。盖结字因时相传，用笔千古不易。"古今书家都极重用笔，对草书创作来说，用笔得法尤为重要。孙过庭在《书谱》中指出："草以使转为形质，点画为情性。"这一观点可谓揭示了草书用笔的特殊性。对于草书创作来讲，处理好使转与点画，不仅关系到线条自身的韵味，而且影响到结字与章法。草书用笔要求善于运用一切笔法，将中锋、侧锋、方圆、疾涩、转折、顿挫、提按、飞白、破墨、涨墨等各种变化对立的诸因素糅合统一，自然自如地运用于创作之中。古代草书家能在草书创作上取得成就者，都很重视草书笔法的变化与丰富性，司徒越的狂草亦不例外。司徒越在篆、隶、行、楷各种书体上都有坚实的笔法基础，他晚年创作的草书作品不仅吸收了各家笔法之长，而且将金文大篆的笔法与笔意也融进了狂草创作之中，这使他的狂草作品在继承前人艺术成就的基础上，又有了自己的开拓与独创。

金文大篆在用笔上的最大特点是"婉而通",在结字与章法上的最大特征是富于变化,注重整体效果。因此,金文的笔法与笔意,与草书创作重使转、求变化、重整体意象的特征在某种程度上存在着一种暗合与相契。倘若将金文的笔法与笔意融入草书创作,必能在线条品位、书法意象创造上为其带来新的裨益。但是,将金文与草书创作相结合,在草书作品中注入金石气息,只有到了近代才有可能得到实现。

我们知道,碑学的兴起始于清末,金文、甲骨文用于书法创作则肇始于近代,是碑学书风流行的产物。在清中叶以前的书家中,即使像王铎、傅山这样的草书大家,他们的草书创作也只能沿袭帖学一路,无法与碑学结合开创新的格局,这是历史的局限,而非书家个人能力有限所致。

司徒越先生对金文的研究有四十多年的历史。早在 20 世纪 40 年代,在家乡执教期间出于对篆刻的爱好,他开始接触金文与甲骨。笔者曾见过他于 1943 年冬在六安刘家圩用了整整三周时间临摹的《甲骨·金石文钞》,厚厚的一本,计有甲骨、金文、石刻各类拓片七十余种,此册文钞后来在"司徒越遗作展"上曾公开展示,观者叹为观止。从这本保存了五十余年的手摹册页上,我们不仅能够看出司徒越年轻时对金石篆刻爱好的程度,而且从临摹的水平与题写的款识上,可以看出他在四十年前就已具备了相当深厚的书法功底。从笔者掌握的资料来看,自 1941 年他自刻"司徒越"印章,开始以篆书、行书、篆刻应人请索,到他去世,在近五十年的临池实践中,他一直未放弃对金文的研究,并创作了一大批气韵足、品位高的金文作品,以至在他生前和身后都有一些书家称赞他的金文作品。司徒越生活在有"楚都"之称的古寿州，还曾长期在寿县博物馆工作，这些经历都让他对楚器金文情有独钟，也促使他对此进行广泛而又深入的研究，进而对其浪漫多姿、厚重古雅的气韵形成深入的体察与体悟。因此，20世纪70年代初当他开始转向草书创作时，其金文书法的笔势与气韵已能自觉和不自觉地流露于作品之中。

司徒越去世后，笔者在他的遗物中发现了一篇他为合肥书画函授大学分校撰写的《结体、章法举隅》书法讲义文稿。在这篇文稿中，司徒越除了对楷书、行书、篆书、隶书、草书等各种书体的结字、章法特点进行了分类论述外，还对金文与草书在结字与章法上的异同进行了分析与比较。这足以证明司徒越将金文与草书相互融会是一种理性观照下的自觉贯通，而不是一种自发状态下的偶然巧合。正由于他自觉地将金文的笔法笔墨融入草书创作，才使他的狂草创作展现出独树一帜的艺术风貌。无论是线条的含蓄厚重还是结字的古朴典雅，无论是章法上的错综变化还是线条笔意中呈现的浪漫抒情特质与苍劲浑厚的金石气息，司徒越的狂草都有既与古人合、又与古人离的特殊之处。

"能与同中求不同，惟不能同斯大雄。"将金文的笔势与笔意融入草书创作，这是司徒越狂草的一个显著特征。应该说，这也是司徒越对狂草书创作的一大贡献。仅此一点，司徒越狂草就完全能和古人争一席之地，有其自身特定的存在价值。

二、静中有动，动中有静，郁勃之气跃然纸上

清人刘熙载在《艺概·书概》中指出："正书居静以治动，草书居动以治静。"草书是以静态的线条造型表现动态的变化运动，通过笔画、线条之间的联系呼应，使笔画之间、字与字之间生出"血脉"与"气势"这样一些表现生命运动的审美意象。草书可以通过字势与张力制造一种运动幻觉，创造出"或烟收雾合，或电激星流""导之则泉注，顿之则山安"的视觉形象，使人们在视觉欣赏中获得巨大的审美愉悦与刺激，这是草书艺术在审美表现上高于其他书体的重要原因。一般说来，用草书表现动势与动感并不太难，但要做到达情抒意，在动势中表现出灵动与机动，表现出动中有静、静中有动，"同自然之妙有，非力运所能成"的特殊韵致，却不是一般书家随意书写即可达到的。草书的最高境界是"达其情性，形其哀乐"，其点画线条不是为了书法而书法的点画线条，而是饱含书家浓郁情绪与感情的心灵律动。故草书创作看似随意挥写，实际上与书家的感情思绪、修养气质乃至胸襟抱负都有着极深的内在关联。司徒越先生学养深厚，一生经历坎坷。在他的草书作品中，人们常常能感受到一种震慑人心的郁勃之气。这和他的人生经历与倔强性格有着深层的内在联系。

所谓"郁勃之气"，是指书家内心情感的奔突郁结，通过笔墨线条发之于外而呈现出一种炽烈的感情，它是书家内心情感的真实外现，具有强烈的艺术感染力。古代书家虽少有关于"郁勃之气"的论述，但是其客观性，及在艺术创作中发挥的作用，却十分值得重视与研究。清末大书家吴昌硕晚年自题书画谓"愧少郁勃之气"。这虽然是吴昌硕对自己艺术的自谦，但其中却透露了一个很重要的信息："郁勃之气"在艺术创作中有着十分重要的意义。吴昌硕精研石鼓文数十载，其书画线条苍劲古拙，具有极浓的金石气息。但后人评其书画尝言"霸气太重"，即指线条沉雄有余，含忍不足。吴昌硕本是一介布衣，经过自身的刻苦努力而成为书、画、印各臻极致的一代宗师，其从艺经历虽有曲折，但中年以后基本上是一帆风顺。正由于他一生比较顺利，胸中少有块垒，郁勃之气无从积蓄，所以他对自己书画线条的苍劲、猛利并不十分满意。用"愧少郁勃之气"指出自己作品的得失，正表明了吴昌硕对自己的书画艺术有着深刻的了解与自知。

司徒越习草始于 20 世纪 50 年代，正式以草书作品应人请索是在 20 世纪 70 年代后期。从 1958 年到 1976 年，司徒越一直身处逆境，在政治上、生活上受到极不公正的对待。恰恰是在这二十年中，他一边坚持对金文、甲骨的学习、研究，一边开始了对草书艺术的研习探讨。他晚年作草一方面是为了便于应人请索，更主要的是借以抒发自己的感触，排遣胸中块垒。与司徒越有着相似遭遇的寿县知识分子、诗人李广嗣曾写过一首七言古风诗，赞颂司徒越狂草的精妙。对这首长达三百字的古风诗，司徒越在一次与笔者对话时说，他只赞同"郁邑饨蟺呼不出，精英化作墨芙蓉"二句，其余都太过誉了。在这次谈话中，司徒越还特意提到他不久前应邀为县里举办的一次书画展题写的小诗："锦上添花易，雪中送炭难。我犹有余热，慷慨献人寰。"当时我对他吟诵的这首小诗并未在意。但后来当我见到这幅草书作品，在品赏作品与诗意的同时，联想到他长期以来备受艰辛，成名后又被包围抬举的遭遇，才感到这首小诗别有深意。它表达了司徒越胸中积蓄的郁勃之气，也表达了他洞彻人生、超脱宠辱的深沉气度与宽广胸襟。

司徒越的草书在线条意蕴上能够做到静中有动、动中有静，含蓄蕴藉、气势夺人，一方面是由于他对草书技法有精深的掌握，另一方面主要是因为他善于将思想感情、修养气度化于草书线条的律动之中。司徒越的狂草作品对用笔节奏的把握非常精妙，心灵的律动与线条的律动在其笔下真正做到了合二为一。他的狂草作品看似任意挥洒，其实甚有法度。在曾被中央电视台两次播放的电视专题片——《司徒越狂草艺术》中，我们可以看到他挥毫的节奏感与韵律感是那样的美妙。他不像是在写字，而简直就像是音乐家在演奏抒情乐曲，又像是舞蹈家在进行技巧高超的舞蹈表演。方圆、曲直、疾涩、顿挫、使转、迟速、绞转……各种笔法在他的笔下变成了可以从容调动、任意发挥的表现手段。这种由郁勃之气的生发而达到的以静制动、以动示静的创作境界只有极少数堪称大师的书家才能达到。

三、草书规范，构思严谨，选句考究，创作认真

书法作为一门艺术，除具有合目的性与合规律性的审美追求外，还有其自身美的法则，那也是书法艺术不可移易的基本语言规则。草书虽然在造型与书写上具有很大的自由度与抒情功能，但是草书创作的自由并非脱离规则的"自由"，草书的情感表现也不是完全脱离技巧的"纯粹表现"。孙过庭在《书谱》中指出："心之所达，不易尽于名言；言之所通，尚难形于纸墨。"他认为草书创作要做到"达其情性，形其哀乐"，就必须"运用尽于精熟，规矩暗于胸襟"。南宋姜夔《续书谱》谓："古人作草，如今人作真，何尝苟且？其相连处，特是引带。尝考其字，是点画处皆重，非点画处偶相引带，其笔皆轻，虽复变化多端，而未尝乱其法度。张颠、怀素最好野逸，

而不失此法。"司徒越狂草书法的一个最大特点，就是能在率意自然的运笔使转中严守草法的规范。他的连绵大草常常可以做到一笔下去能连写数字甚至一行字，将古人的"一笔草"在自己的狂草作品中加以充分的发挥与展现。但是，当我们细观这些一气呵成的作品时，却能明显感到他的狂草作品不仅任性恣肆、率意自然，而且符合"点画处皆重，非点画处偶相引带，其笔皆轻"的规范要求。他的狂草作品结字全用草法，很少夹带其他字体，偶有以行代草之处，也只是为了求取结字、章法的生动。那种不合草法、任笔为体的草率创作在他的作品中是很难找到的。

司徒越狂草创作严密与精到，一方面是由于他治学严谨，另一方面是由于他对草书技法训练刻苦、研究精深。司徒越的草书先学怀素，继法张旭，他对黄山谷、王觉斯、祝枝山乃至二王、孙过庭均有涉猎研究。到了晚年，他又能将其融会贯通，参以己法，妙接古人，最终创造出了独树一帜的草书艺术。可以说，他的狂草是功夫与性灵的双重展示。司徒越论书，极重"精熟"，记得笔者有一次和友人一同登门造访，在谈到他的《草书獭祭篇》时，他特意拈出"精熟"二字，并说项穆《书法雅言》中"规矩入巧，乃名神化"八字实为至理：没有精熟的技法，便很难在创作中达到物我两忘的神化境界。这可以说是司徒越关于草书创作的极其重要的经验之谈。

前面已经指出，司徒越的狂草创作始于 20 世纪 70 年代后期，而在此之前，大约是 50 年代中期，司徒越就已经开始习草，并有少量作品存世。从 20 世纪 50 年代中期到 70 年代后期，司徒越对书法的研习虽时断时续，但一直坚持不懈。用"十年磨一剑"来形容他中年以后在书法上所下苦功，也许并不过分。20世纪70年代后期，当他的狂草在日本受到重视，在国内也有了较高声誉后，他并没有满足于已经取得的成就，而是利用文艺界开始解放思想、书法艺术重现生机的大好时机，坚持边创作、边学习，不断提高自己的艺术水平。进入20世纪80年代后，司徒越的草书创作日趋成熟，尤其是1982年到1988年，在他身体比较健康、创作精力最为旺盛的这六年间，他先后为国内外各地求书者创作了数以千计的草书作品。这批作品无论是从草法还是技法上看，都堪称完善、精熟，达到了一种"从心所欲不逾矩"的境界。

司徒越后期狂草作品的严密与精到，还在于他对艺术创作严肃认真的态度。他从不轻易动笔，几乎每幅作品在创作前都要经过一番严谨的构思，从文句选择到章法布局与款式安排，都要先进行构思并用钢笔在信纸上制成小样，做到胸有成竹、意在笔先。小样制作好后也不是马上就动笔，而是要等到有闲暇与欲书之时，再即兴创作。由于构思严谨、意在笔先，创作时就能少有疑念，便于做到自由发挥、一气呵成。这种谋而后动、动不失宜的创作方式，虽说是借鉴了篆刻、西画的创作手法，但实际上也是司徒越创作上的一大特点。电视专题片《司徒越狂草艺术》中有一段解说词说："司徒越每写一幅字首先从全局着眼，对字形结体上的大小、斜正、俯仰、向背，行款上的疏密、虚实、揖让、参差都作统一构思，着意安排。而一经落笔，又忘怀蹄筌，荡决樊篱，任意挥洒，随意变态，前呼后应，一气呵成。"这确是司徒越狂草创作的真实写照。

司徒越去世后，笔者在他的遗物中曾看到一本他用于构思的草稿本。在构思样稿中，除了款式、章法、字形与书写内容外，上面还注明了求书者的姓名，篆书、草书均附释文。对已经书就的作品，即用钢笔打个"×"。我看到的这本草稿是他临终前制作使用的本子，有三十余幅构图，他已完成十余幅，尚有十余幅未来得及书写。

司徒越不喜在紧迫、嘈杂的环境中作书，生前极少在公开场合作书写字。在家作书时倘有客人拜访，他总是停下手中的创作，与客人从容叙谈。待来人走后，他再重新收拾笔砚进行创作。司徒越这样做的目的，主要是不愿匆忙创作，体现了他对来访者与求书者的尊重，也反映了他对书艺创作严肃认真的态度。

司徒越在创作上还有一个特点，那就是在选择书写内容时特别讲究。司徒越在传统文化上有着很深的修养，在创作时，举凡诸子百家、唐诗宋词、书论诗论、警句名言，他都能根据索书人的情况及自己的情感思绪随手拈来。对一些特殊的索请，他还常常自撰诗文，真正做到了情真意挚、含义精深。人们在欣赏他那美妙的书法线条的同时，常常会被他深厚的学养、深沉的情感所感染。有时仅是他文句选择的精审与微妙，就常常让人赞叹不已。不少了解他书艺成就的人对他在这方面表现出来的大家风范，都有极深的印象与感受。

司徒越创作不喜雷同，同一内容的作品他一般只写一次，很少再写第二幅，即使有重复，也必在书体上或章法上有所变化。一幅作品不成功则毁去重写，满意后便不再重复创作。每幅作品在构思时按求书者的先后顺序进行排队，先制小样，再按索书者的缓急情况分别创作，完成一幅即将草图画叉，一本草稿用完便随即销毁，用另一日记本以记日记的方式将索书者姓名及作品内容、字体、完成时间记录在案。当别人求书时，他常常是有案可查，除非故友知交，很少再写第二幅。这体现出他在创作上重视创造、反对因袭，重视有感而发、反对重复制作的艺术态度。从 20 世纪 70 年代末到 1990 年 10 月他去世，在十余年的时间内，司徒越应国内外求书者的请索共创作了五千余幅作品，这五千余幅作品大都按先构思后创作的方式精心创作，绝少雷同与重复。由于创作时预先认真进行构思，这些作品不仅草法严谨，而且字句也极少讹漏之处，那种随便抄写或是无病呻吟、不知所云的创作在他的作品中根本找不到。因此我们在欣赏他的作品时，不仅能感受到浓郁的金石气与郁勃气，还能感受到浓郁的书卷气，感受到他那"素处以默，吞吐大荒"的大师气度。

精微穿溟滓　飞动摧霹雳

——魏哲书艺简评

唐代书论家孙过庭在《书谱》中有一句论书名言："情动形言取会风骚之意，阳舒阴惨本乎天地之心。"艺术创作需要讲究天人之际，通古今之变，将感情、智慧与灵性融于创作，使体验性与表现性融为一体，这样才能达情抒意，引人入胜。欣赏魏哲先生的书法创作时，给我印象最深的，就是他在创作时能将审美体验与审美表现有机结合，能在随机变化的创作中将感情、技巧、功力与个性倾注于纸面，物化为作品的线条、结构与章法。他的作品之所以具有很强的艺术感染力，主要是因为他的创作不是机械、刻板地写字，而是一种"穷变态于毫端，合情调于纸上"的艺术创造。

魏哲，号老铁，现任辽宁省书法家协会副主席兼创作委员会主任。他的书法初宗二王、孙过庭、米芾，后复广取博收、兼收并蓄，尤其对明清浪漫派书家徐渭、傅山、王铎、张瑞图、倪元璐、黄道周诸家有着深入的研究。他以明清及现代充满阳刚之气的书风为宗，大刀阔斧、放笔直写，形成了开张豪迈、生拙奇险的独特风格，其作品连续多次在全国展、全国中青年展和其他大展中参展和获奖，他也成为辽宁书风代表书家之一。

我和魏哲结识时间并不长，但有幸在一年多的时间里三次与他晤面，并多次见他挥毫作字。1998年8月，在烟台召开的"孙其峰先生艺术研讨会"上，我和魏哲初次见面相识。在烟台的几天里，我们吃住在一起，常常畅谈到深宵。有天晚上，徐纯原、魏哲、葛鸿桢、叶鹏飞和我五个人聚在房间里聊天，魏哲讲起了惊险的"老铁唐山历险记"——他是在唐山大地震中逃生出来的。他那大难不死、逢凶化吉的传奇经历，让我们连连称奇。那晚，我们五人在房间里挥毫作字，互相交流作品。轮到魏哲上场，只见他一管笔在手，尽情挥洒，驰毫骤墨，"笔下惟看激电流，字成只畏盘龙去"，顷刻之间，一幅作品即告完成，仔细谛观，光彩照人。烟台第一次晤面，魏哲的创作与他的传奇经历都给我留下很深的印象。1999年10月，友声书社在苏州举行雅集活动，魏哲应邀到会。笔会时，他那解衣盘礴的创作，博得了书社同仁的满堂喝彩。1999年年底，魏哲来寿县参加"迎澳归——千禧年书画名家精品展"开幕式，我又一次目睹了他创作时的风采。

观赏魏哲作书，实在是一种享受。挥毫时，他能随意调度轻重、疾涩、使转、顿挫、翻折、绞转、腾挪、开阖等各种笔法技巧，并能对其进行自由发挥，很像是用毛笔在做纸上的舞蹈动作。他的作品还有另一显著特征，那就是笔力雄强、字势开张，落笔如乱石崩云，以迅猛之势入纸，复能随势腾挪，任情变化，或转或折、或屈或伸，遒劲的折线与委婉的曲线巧妙组合、互相配合、因势利导，在迅猛中有沉着，于劲速中显超逸。点画之间，字与字之间的起承转合、穿插避让更显示出一种灵动之势与呼应联系。尤其是收笔，或顿或提依势而行，有时戛然而止，留下几许震颤；有时一波三折，余音绕梁，气贯毫芒之间。

　　唐代大诗人杜甫形容诗的最高境界是"精微穿溟涬，飞动摧霹雳"，前句是写沉思中的探索，透进造化的精微和机缄；后句是指大气盘旋的创造，具象而成飞舞。我在欣赏魏哲书作时，头脑中忽然冒出杜甫的这两句诗，我觉得用杜甫的这两句诗形容他的书法创作，是十分形象与恰切的。宗白华先生在《中国艺术表现里的虚和实》一文中指出："中国的绘画、戏剧和另一特殊的艺术——书法，具有着共同的特点，这就是它们里面都贯穿着舞蹈精神，由舞蹈动作显示虚灵的空间。"在《中国艺术意境之诞生》一文中，宗先生进一步指出："尤其是'舞'，这最高度的韵律、节奏、秩序、理性，同时是最高度的生命、旋动、活力、热情，它不仅是一切艺术表现的究极状态，且是宇宙创化过程的象征。艺术家在这时失落自己于造化的核心，沉冥入神，穷元妙于意表，合神变乎天机。"我在魏哲的草书作品中感受最深的正是这种"舞"的精神。我认为书法创作能达到这种"舞"的程度，才算是真正进入创作的最高境界。在我结识的书家中，能够进入这种境界的并不多。除魏哲外，恩师司徒越先生在创作草书作品时那种"行神如空，行气如虹"的精神气度，和大气盘旋的使转用笔，也曾给我留有深刻的印象。唐代诗人戴叔伦在观赏怀素作草过程后写道："心手相师势转奇，诡形怪状翻合宜；人人细问此中妙，怀素自言初不知……驰毫骤墨剧奔驷，满座失声看不及。"草书用笔的纵横牵制、钩环盘纡、翻折腾挪、穿插避让，为书家达情抒意，创作具有节奏感与韵律感的作品，提供了驰骋的空间。高水平的草书家在创作时能解衣盘礴、物我两忘，进入一种"舞"的境界，故不仅其作品本身能给人一种美不胜收的感觉，其创作过程本身也具有很强的艺术感染力。

魏哲的草书创作极富浪漫抒情特色，用笔上，中（锋）侧（锋）并用，方（笔）圆（笔）兼施，既吸收唐代旭素狂草的笔法与字势，又对明清浪漫派草书家徐渭、傅山、王铎、张瑞图、倪元璐乃至当代潘天寿、林散之、毛泽东等人的草书多方取法，融会贯通，通过"发迹多端"，实现"穷变态于毫端，合情调于纸上"的创作追求。他的草书以富于变化与丰富性取胜，摆脱了一般书家囿于一家一派、拘谨、僵化的通病。他将徐渭草书的气势、傅山草书的婉转和张瑞图草书的翻折熔于一炉，使用笔、取势与造型最大可能地契合表现性的需要，以此强化书写的高难度与造型表现的高技巧，突破古典书法温文尔雅以优美取胜的套路，向着表现壮美、强化视觉冲击力的视觉表现艺术方向奋勇开拓。他的草书既有"力拔山兮"的雄强气势，又有精细入微的笔致意态，能将豪迈与精致、大气与精微完美地融合在一起，使他的创作具有了不同凡响的艺术品格。

魏哲在草书创作上能够取得如此高的成就，其原因是多方面的。这里限于篇幅，仅从书画结合这一角度谈点个人的看法与认识。

魏哲不仅精书，而且擅画。他的画，属文人写意一路，笔者曾看过他的一批国画小品，山水、人物、花鸟均有佳构。他的画取法徐渭、八大山人、齐白石诸家，而他的书法除晋唐传统笔法外，更多地借鉴了一些大画家（如米芾、徐渭、张瑞图、八大山人、齐白石、潘天寿等）的书法。实际上，明清浪漫派书风的兴起，很大程度上是受明清写意派画风的影响。学习明清流派书风，如果不能深入它的源头——写意派画风，便不能真正得其神理意蕴。魏先生多年习画，他对"画家字"有着精深的领会与理解。在他撰写的随笔《铁马砚斋拾零》中，我注意到有这样一段札记："有些画家的字，很值得注意……潘天寿临过甲骨、二爨，后采张瑞图、黄道周，在结体和章法上强调亮相式的造型视觉效果，以形成其奇崛的面貌。"从这段札记里可以看出，他师法画家字，是重视画家字的视觉造型和创造精神。事实上，画家字的写意性与造型性是书家摆脱实用性羁绊，向着视觉造型艺术转化的良好参照系。清代书论家周星莲在《临池管见》中说："字画本自同工，字贵写，画亦贵写。以书法透入于画，而画无不妙；以画法参入于书，而书无不神。"魏哲深谙写意画技法，又重视吸收借鉴画家字的笔墨语言，在创作中大胆地运用破锋、侧锋与散锋，强化点画的造型效果，以写意性用笔塑造舞台亮相式的视觉图像。他能创作出具有"舞"的精神的草书佳作绝非偶然，这与他多年的勤学苦练及对写意书与写意画的深刻领悟密不可分。他的过人之处在于他既能深入一家、悉心体悟，又能博采多家、融汇创化，能将"师传统""师造化"与"师心源"贯为一体，在继承中有创造、在创造中有继承。他的创作体现了当代书家深入传统勇于探索的创新精神，也展现了传统书法创作在表现艺术的最高境界——"舞"的精神方面所具有的无限生机与无穷魅力。

艺术、传统、人生

——崔廷瑶书法艺术简评

著名视觉艺术评论家鲁道夫·阿恩海姆在论及艺术的价值时指出："一项有价值、有意义的工作，其目的就是既对他人有益，又给自己带来愉悦……如果弄清这一点，那就不难理解，艺术是对生活完整、彻底、深刻的再现。因此，艺术是我们所拥有的表现生活最强有力的工具之一。"（转引自《艺术批评与艺术教育》，四川人民出版社 1998 年版，第 18 页）阿恩海姆将艺术的价值与生活的价值相联系，从而深刻地揭示艺术的特征和意义所在。艺术是为人类的生活服务的，通过对艺术作品的鉴赏、学习与创作，人类得以开阔视野，陶冶性灵，发挥出想象力与创造力，使生活变得更充实、更丰富、更完美。书法是一门传统艺术，由于它具备与语言共生、时空一体的形式构成、复杂的含义系统、适于修身养性等特殊性质，因而更贴近生活，更富有艺术魅力。但是书法不是一门孤立的艺术，它又是实现人生、完善人格修为的一种方式、一种途径。明末大学者、书法家黄道周在《书品论》中说："作书是学问中第七八乘事，切勿以此关心。王逸少品格在茂弘、安石之间，为雅好临池，声实俱掩。余素不喜此业，只谓钓弋馀能。"黄道周的书艺成就很高，但他反对偏执于书法，而认为只有在艺术与学养两方面都有大成就者，才是真正的成功者。如果把学习书法看成是获得名利的终南捷径，那就只能成为卖弄"钓弋馀能"的浅薄之徒，与真正的"学书之道"大相径庭。

一个偶然的机缘，我结识了在江西九江师专执教的知名书家崔廷瑶先生。说"结识"并不十分确切，因为那时仅仅是与他通了几封信，看了一些他写的作品和别人写他的文章，却未与他见过面。此前，我曾拜读过他的一个学生撰写的介绍他的文章，那篇文章写得很朴实，而且文章里的故事让我十分感动。多年来，我一直在思考"学书"与"做人"之间关系的问题。崔先生的书艺与人品使我更加确信这二者之间有着深层的内在联系，这也正是我选择这样一个题目评介他的书艺的原因所在。

年过半百的崔廷瑶在学书的道路上已经走过三十多个春秋，据他自叙，他在中小学时期就对书画艺术产生了兴趣。参加工作后，因有书画"特长"，崔廷瑶被调到厂工会搞宣传工作。1986 年，他由工厂调入九江师专，任书法教师；1991年到中国美术学院进修国画，1995 年取得美术学科本科学历。崔廷瑶的从艺经历很有一种代表性，当代很多知名书画家，都是通过自身刻苦自学，逐渐登堂入室，由业余爱好者而变成专业书画家的。他对书法的爱好，源于对汉字书写之美的纯真向往。他曾遍临当时所能找到的各种字帖，其中楷书有欧、颜、魏碑，行书有二王、颜、米诸家，隶书有曹全、礼器、张迁、石门颂等。功夫不负有心人，他的付出很快得到了回报。1997年，在上海《书法》杂志举办的"全国群众书法征评"活动中，他的一幅隶书作品荣获二等奖。此后他的创作如冰河解冻，一发而不可收。其作品先后荣获第五届中国书法展览"全国奖"、第五届全国中青年书法篆刻展"优秀奖"、第六届全国中青年书法篆刻展"三等奖"、全国诗书画大展书法金奖、第三届楹联书法展银奖及其他多种奖项。

崔廷瑶的书法创作能够持续精进，多次获奖，他也被人们誉为"永远的实力派"，主要是因为他能够深入传统、不断进取。他在给笔者的信中说："我现在也很难守住一家面目，向传统学，但也向今人学。认为值得学的，都拿来试一下，不论古今，不论成与不成，但问进与不进。"这种深入传统、不断挖掘、不断进取的精神与心态，是他在书艺创作上能够兼收并蓄、深入精进的重要保证。

崔廷瑶的书画创作有着很强的个性色彩，他的书法以行书和隶书见长，其篆书与篆刻也古奥峭丽，自成一格。他的隶书典雅清新，其特征是以隶为主，参入简书与篆书，能将平实刻板的隶书创作转化为灵巧生动、姿态横生的艺术创作。他的行书创作更是变化万方，能将真、行、草、隶、篆、章草、汉简等多种书体融入行书之中。他的破体行书不像郑板桥的六分半书那样显得生硬造作，而是自然融会、随机应变，整幅作品看起来浑然一体，但细细品察又是诸体兼具、五彩缤纷。孙过庭在《书谱》中提出，书法创作的高水平与高境界是："必能傍通点画之情，博究始终之理，熔铸虫篆，陶均草隶。体五材之并用，仪形不极，像八音之迭起，感会无方。"在笔者看来，崔廷瑶的行书创作已经达到这种触变成态、著手成春的高深境界。

崔廷瑶书法创作的另一个重要特征是其作品"书卷气""金石气"与"古雅气"兼而有之。王国维在《古雅之在美学上之位置》一文中指出："优美及宏壮必与古雅合，然后得显其固有之价值。"（《王国维学术文化随笔》，中国青年出版社1996年版，第173页）如果说，优美及宏壮更多地源于艺术作品的形式，那么，古雅美则更多地取决于作者内在的人文关怀与文化修养。形式美可以通过形式技巧来表现，而"书卷气""金石气"与"古雅气"则只能存乎其人，这正是古人所说的"书如其人"的真义所在。崔廷瑶对传统文化有很深的研究，因而很注意对作品主题的把握，他的书作也大多选择一些古典诗词文赋作素材。例如他创作的行书扇面"吴从先小窗自记摘抄"，采用别具一格的章法款式和清朗萧散的笔致，展现出一种旷达的意境与格调，古雅之气扑面而来。又如他创作的"苏东坡西江月词"，以散淡飘逸的笔调，表现出苏东坡夜饮醉归的诗境。结字的倚侧动荡、用笔的率意自然、章法的错落有致，都能使人更深地体悟苏东坡此词的妙意与深境。崔廷瑶还有多幅行草书作品也具有诗书结合的艺术感染力，这些佳作以表现真情与诗意为旨归，是作者意与古会、心有所寄、情有所发的成功创作。孙过庭在《书谱》中称赞王羲之书法"岂惟会古通今，亦乃情深调合"。可以说"会古通今"与"情深调合"是书法创作至关重要的两大要素。而崔廷瑶的创作正是抓住了这两个要素，因此他的很多作品都耐人寻味，有着很高的艺术品位。

　　需要指出的是，崔廷瑶在国画创作上也有很高的造诣，他的画无论是山水、还是花鸟，都有纯正的文人画气息。他的书与画相参相合，互融互补，进一步丰富了各自的艺术内涵。将艺术、传统、人生完美地结合在一起，实现艺术的人生与人生的艺术化，这正是崔廷瑶在艺术上最大的成功之处。

《叶鹏飞书法集》序

王国维《人间词话》论述诗词创作时称："词以境界为最上，有境界则自成高格，自有名句。"书法创作同样如此，以境界表现为上。书法艺术的境界包括意境、情境和书境三个方面，书法作品中所蕴含的思想内容叫意境；作品中情感与情绪的传达是为情境；由形式技巧、笔墨气韵所产生的趣味叫书境。意境、情境、书境三者相互交融、浑然统一，构成书法艺术的境界。因此，情感、意象与笔墨是书法创作中的三个重要因素，三者如形神互依，须臾不可离。缺少了其中任一因素，作品都将失却神采与意蕴。

书法作品生动的形象和深刻的意蕴是融情入书的结果，撼动读者心灵的妙笔必系以深情，神高韵远的境界必成于深思。故刘熙载《艺概》有"高韵深情、坚质浩气，缺一不可以为书"之论。余读鹏飞兄书作，印象最深之处，是其书写潇洒利落，情深韵远，在率性自然中，自成一种境界。

我与叶鹏飞相交多年，对他比较了解，每次相逢都倾谈至深宵。他擅楷、行、隶、草多种书体，我比较喜欢他的行草作品。他的行草以王铎为基调，以张瑞图、黄道周为补充，在笔法、结字、章法上合理吸收、大胆融汇，初步形成以尚势书风为根基、以自我性情表现为旨趣的书法风貌。

清代书家梁巘在《承晋斋积闻录》中指出："学书如穷径，先宜博涉，而后反约。"叶鹏飞学书走的正是先博涉、后反约的路子。从他发表在《书法教学》报上的《学书歌》中可以看出，他研习书法曾有过漫长的探索历程。从幼时的临摹古帖，到今天的自由挥毫，中间他是下过苦功的。从1967年起，在乡贤朱松、姚墨庵先生的启蒙下，叶鹏飞研习颜、柳、欧等人的楷书，从《兰亭序》《圣教序》到《郑文公》《石门颂》诸碑帖，他皆浸淫日久。而立之后，经尉天池先生指导，叶鹏飞选择了明人书风为师法对象。这是他在眼界开阔、认识提高后的理性选择，是博涉后的一种反约。毫无疑问，他的这种选择是明智的。可以说，他在由博反约的转折点上跨出了关键的一步。

孙过庭《书谱》中有这样一段论述："虽学宗一家，而变成多体，莫不随其性欲，便以为姿。"叶鹏飞的行草宗王铎、张瑞图、黄道周，其过人之处在于虽规模于古人，而不拘泥于古人，能够在模仿古人时融入个人的性情，为其增加变化。王铎的行草气象奇伟，一泻千里，以势夺人；张瑞图的行草刚健利落，奇崛险峭；黄道周的行草起伏跌宕之中，见出一种生拙之气。叶鹏飞的行草吸收了三家之长，而用笔上更显放逸自然，章法上更重参差变化。虽然在总体上保持了三家的特征与体势，但在点画的形质特征上将黄道周的奇崛生涩化作潇洒利落，将王铎的奇伟之气化成飘逸之风。这种学而化之的师承方式是值得赞佩与称道的。今人学古，最易犯的毛病是不敢越雷池一步，以毕肖古人为能事，死于古人麾下却不自知。叶鹏飞学古人而能自出新意，见出自家的情趣与风范，可以说是善思善学，高人一筹。

需要指出的是，叶鹏飞先学晚明诸家并非赶时髦。据笔者所知，他研习王铎、黄道周是十多年前的事，早在别人未注意到黄道周，黄书还未成为热门书风之前，他就已经在挚友徐利明先生的启发下开始研习黄道周了。经过多年的临习与研究，他对王铎、黄道周的书法察之弥精，拟之能似，终至心领神会、入而化之，并于1988年在南京博物院举办了书展，颇获好评。

观叶鹏飞行草作品，总有一种愉悦感，他的行草对联"坐看海日生残夜，行听江春入旧年"，行笔如行云流水，跌宕生姿；结字似壮士舞剑，奇纵有致。借拙中藏巧、动中寓静求新意、求生气，这是十分难能可贵的。他的另一行草佳作——李白诗八尺五屏条，是一幅十分精彩的作品。作品用笔的率性自然、结字的跌宕多姿、章法的错落有致、通篇的气势贯注，使人在赏读中可以感受到一种"醉里挑灯看剑，梦回吹角连营"的豪迈与激荡，由这幅作品可以看出他学古人已达"规矩入巧，臻于神化"之境。叶鹏飞的另外几幅行草作品，如行草"祖咏诗"、行草"张说诗"等，也都写得酣畅淋漓，十分精彩，其流动婉转处有"若纳水輨，如转丸珠"之妙。

这里想特别指出的是访赵翼故居诗中堂这幅行草作品，它的可贵之处不仅在于书写的是作者的自作诗，更可贵的是"书意"与"诗意"融洽无间，在轻松自然的书写中显示出作者的灵气与才华。叶鹏飞诗才敏捷，已出版两本诗集，其中一些记事、记游诗他写得生动活泼、清新自然。他的诗作力避艰涩古奥，追求一种平淡天真、雅俗共赏的格调。他以诗歌这种形式记述自己的所思所感，记述自己学艺、交游的经历，所著《海镜堂诗草》记述书坛雅事，堪称书坛诗鉴。叶鹏飞这幅访赵翼故居诗中堂，乍看是毫不经意、随手写成，但细读之下，那种"秋叶飘飘，小街曲曲"，诗人踏着落叶寻访名胜的怀古情调跃然纸上，诗人心境的轻松恬淡与用笔结字的轻松灵活在字里行间得到了浑然统一。可以说，这是一幅融诗情书意于一体的成功之作。

通过对这几幅作品的鉴赏评析，我们可以看出，叶鹏飞的创作不是在步趋古人，而是借"体"发挥，以书法的形式语言抒发个人的天赋性灵。

叶鹏飞兄的创作能达到这种超逸自然之境，是有着多方面的成因的。他不仅是一位才情过人的诗人、书法家，而且还是一位颇有影响的学者与书论家。他曾在《书法》《书法研究》《中国书法》《书法丛刊》《书法报》《书法导报》《中国书画报》等刊物上发表过大量研究古代书迹、书论，纵谈个人艺术见解的理论文章。从这些文章中，可以看出他对传统书艺有着精深的认识和理解。透过他的诗文，我们能够感受到这位平淡、纯真的诗人有着深厚的学养、不凡的见识。我曾仔细读过他题为《对当代书法创作的思考》的论文。在这篇文章中，他对当代书法创作的现状与前景进行了冷静的分析，提出了自己的认识与看法。从中可以看出，他具有开阔的视野与独立的艺术见解。因此，叶鹏飞的创作是有着独立艺术见解的学人作品，这让他的作品也具有不同流俗的艺术品位。

学者风度，文人情怀

——洪丕谟书艺简评

　　由上海人民美术出版社出版的《洪丕谟书画集》已与读者见面。该集共收入洪先生近期创作的书画作品一百三十余幅，集中展示了他近期在书画创作上取得的丰硕成果。闲中细览此集，恰似人行山阴道上，给人以美不胜收之感。

　　我过去也曾拜瞻过洪丕谟的一些书画佳作，但因比较零散，难有完整印象。这次却不同了，书画集中收入的作品较多，尤其书法，有一百二十幅之多，且真、行、草、隶、篆五体俱全。国画作品虽少，但幅幅清雅绝妙。而作品集的印刷质量与装帧设计也很上档次，让人看了不忍释手。

　　洪丕谟书法独具一格，世称"洪体"。他的字熔铸多家，独抒性灵。其最大特征是用笔爽净厚重，有一种沉着痛快的美感。我很欣赏集子中的一些行草对联。这些对联写得神完气足，很能让人生动目之想。例如行草对联"松阴绕院鹤相对，柳絮盖溪鱼正肥"，十四个字，各具姿态，写得是那样灵动自然。细观其放逸生奇的笔致，心弦会随其笔触起伏、波动，而那种静中有动、动中有静的运笔节奏能让观者流连注目，兴味无穷。又如行草联"笔端欲扫千军气，诗思横扫百尺楼"，写得是那样意兴遄飞，气贯长虹。作者的情思意绪寄托于联文之内，发抒于笔墨之间，真正做到了翰逸神飞、情深调合。那飞动的线条、灵变的结字，以及那种解衣盘礴的气度，让人在观赏中受到感染、鼓舞和感动。集子中有一副行草对联"骨气乃有老松格，神妙独到秋毫颠"尤具诗意，堪用"真力弥满，万象在旁"八字形容。洪丕谟追求的最高书艺境界在此联的联文内容与笔意表现中得到充分展现。

不能说集子中的每幅作品都能动人神思、引人入胜，但总的来说，大部分作品都是可读、可赏、耐人寻味的。可贵的是，此书画集中所有的作品都有一种清气与静雅之气，更有一种书卷气弥漫于字里行间。洪丕谟著作等身，是一位学富五车的学人型书家，在他身上，更多地承续了古代文人雅士的雅致情怀。他的书法能以浓厚的书卷气与古雅气取胜，归根结底得益于他的文化修养与文人情怀。

领略古法出新意

——葛鸿桢书艺评述

在《葛鸿桢书画集》的序言里，中国台湾的管凯麟先生是这样评价葛鸿桢的：

> 葛鸿桢是一位学者型的书画家。他具有江南文人的气质。初次相交很容易让人联想起文徵明、唐寅一类的吴门才子……葛鸿桢四岁丧父，家境贫寒。自幼酷爱书画练字，奋发使他学业并进，"文革"使他未能升学，工作屡变而献身艺术之志不移。曾先后请教江浙名家祝嘉、费新我、沙孟海、林散之等。1985年考入北京师范书法专科，得启功、欧阳中石等京华名师亲授。

这段介绍文字虽然不长，但已经将葛鸿桢的从艺经历、修养气质进行了十分简练的概括与描述。

葛鸿桢现年47岁，他的书艺是在近二十年中突飞猛进的。他在书坛上初露头角是1981年10月，那一年，中国书协、上海书画出版社《书法》编辑部和浙江省绍兴市文化局兰亭书会联合举办了"中国书学研究交流会"（第一次全国书学讨论会）。会上，葛鸿桢题为《张芝创今草考》的论文受到了不少行家的重视与好评。在大会收到的近六百篇论文中，共有39篇入选参会，会后由上海书画出版社选编出版的《书学论文集》收录了其中的17篇，作者多为书法界有影响的专家、学者。而葛鸿桢的论文不仅被拿到大会上宣读，还被选入论文集，这使他从一位默默无闻的学书青年，一跃成为一名在书学界有一定影响的青年书家。这以后，他在《书法研究》《美术史论》《书谱》等专业刊物上发表了大量书论文章，他的书学论文除了多次入选全国和国际书学交流会，还曾荣获"首届神龙书法论文金奖"。此外，他还先后出版了专著《祝允明》《书法基础》，译著《海外书迹研究》《中国书法》等书籍。特别是在由当代知名书家集体编撰的百卷本《中国书法全集》中，葛鸿桢担任了《祝允明》卷的分卷主编，这也让他在当代书坛确立了学者型书家的身份。1990年，由中国台湾时敏国际有限公司编印的《葛鸿桢书画集》在中国公开发行；去年4月和今年2月，"葛鸿桢书画展"和"葛鸿桢画展"在中国台北相继正式展出，可见葛鸿桢在书画研究与创作上取得的突出成就已经引起了海峡两岸书画界人士的共同关注与重视。

我和葛鸿桢结识于1987年的秋天，在常熟召开的"江苏省首届书学讨论会"上，我和他被安排住在同一个房间。会议期间，他的那篇关于吴门书派的文章受到与会代表的一致好评。会下我们有过几次交谈，他的学术观点及真诚的为人处世的态度，都使我对他产生了一种敬意与好感。在我的印象里，江南书家多出清秀之作，他入选第二届"中青展"和第四届全国书展的作品也均以清秀灵动取胜，但是《葛鸿桢书画集》中他有两幅狂草作品却突破了"优美"的范畴，进入了"壮美"的境界。去年秋天，我有机会与葛鸿桢在苏州第三次握手，在他的画室里见到了他近年创作的一大批书法佳作。通过观赏作品、相互交谈，我对葛鸿桢的书艺创作有了更多的了解与认识。我深深地感到，他的书法创作已经趋向成熟，尤其在草书创作方面，对古人意法已经有所领会的他正在努力摆脱陈法的羁绊，向着建立"我法"的高度攀登。

草书是书法艺术中的一大瑰宝，其所独具的简约性、运动感、抒情性等特征，使它成为书法王国中的天之骄子。葛鸿桢的草书学习是从章草起步的，他在给笔者的一封长信中曾述及他的草书学习经过。据他所述，20 世纪 70 年代，初当他由学楷书、行书转而学草书时，最先是从学孙过庭《书谱》入手的。后经费新我、沈从文两先生指点，葛鸿桢转攻章草，他从《淳化阁帖》中寻找汉晋诸家章草一路学来，同时也借鉴领会汉简中具有章草意味的隶草，将其融入自身创作。20 世纪 80 年代中期，他的章草创作渐趋成熟，形成了清秀洒脱、古雅灵动的个性风貌，先后入选"第二届全国中青年书展"和"第四届全国书展"等各类大展。当他在章草创作上有了扎实功底，取得较高造诣后，葛鸿桢并未满足于已有成绩，而是以此为基础，向今草和狂草方面进行新的探索。在今草方面，20世纪 70 年代末至 80 年代初，他曾反复临摹过孙过庭《书谱》与王羲之《十七帖》，其临作几达乱真的程度。狂草方面，葛鸿桢涉猎范围更大，他对如张芝、王献之、张旭、怀素、黄庭坚、祝允明、傅山、王铎等人的狂草都进行了一定的研习与研究，总结了各家的优长短缺，或临或读、或弃或取，边学习边创作，逐步掌握了狂草的艺术特征与创作语言。

在对章草、今草、狂草三种草书体有了深入的把握后，近年来，葛鸿桢已不满足于在古人后面讨生活，开始对草书形式出新问题进行深入的研究与探索。在给笔者的信中，他在谈到自己的创新构思时说："对于草书创新，在形式上有所探索，试图在古人的条幅或长卷等形式与日本少字数中间，找一种字数偏少的形式。"从葛鸿桢的这段介绍及其作品的艺术效果来看，我认为他在草书作品形式出新方面所进行的探索是十分可贵的。他巧妙地将现代艺术构成观念引入书法创作，使他的草书作品在章法上突破了传统模式，在传达情绪与表现特征上给人以强烈的视觉印象，在形式上给人一种自我独创的新鲜感与新奇感。这类作品在用笔、结字、章法、意境上都追求一种大效果，而不斤斤计较于点画的精到与规范。气势的连贯、虚实的对比、巧妙的穿插避让以及激情的自由抒发，构成了它们的总体特征。笔墨技巧服务于意象创造，草书技法服从于情感表现，是葛鸿桢草书能超越法度引人入胜的原因所在。无论是作品的形式感，还是作品所展现的草书的特有魅力；无论是章法的独创性，还是构思的合理性，都显示出葛鸿桢独特的创意。他的这些创新之作，充分展示出草书创作在章法、结构、意趣上的多变性与灵活性。我们从他的创新探索中，也看到了书法创作在形式出新方面的丰富性与可塑性，同时，我们还能感受到一种令人感奋的"创造"精神，这是当前书界亟须重视和倡导的精神。

西方著名视觉艺术评论家阿恩海姆在《艺术与视知觉》一书中指出:"每一个伟大的艺术家所创造的都是一个全新的世界,在这个世界里,一切原来为人们所熟悉的事物具有了一种人们从未见过的外表,这个新奇的外表,并没有歪曲或背离这些事物的本质,而是以一种扣人心弦的新奇性和具有启发作用的方式重新解释了那些古老的真理。"宗白华先生在《美学与意境》中谈到书法创作问题时指出:"从这种'创造'里才能涌现出真正的艺术意境。意境不是自然主义地摹写现实,也不是抽象的空想的构造。它是从生活的极深刻和丰富的体验、情感浓郁、思想沉挚里突然地创造性地冒了出来的。音乐家凭了它来制作乐调,书家凭它写出艺术性的书法,每一篇的章法是一个独创,表现独特的风格,丰富了人类的艺术收获。"葛鸿桢在传统书法的创作上有着深厚的功底,他的一些草书对联、条幅、册页、扇面写得都很有灵气。他在楷书、行书、篆书、隶书方面也有一些佳构,但是我更欣赏他的一些草书小品。这些创新小品开拓了草书的表现空间,更能让人感受到作者的创新精神。

任何一门艺术都必须跟上时代,不断创新,唯有如此,才能保持其旺盛的生命活力。书法艺术也不例外。在继承传统的基础上锐意创新、开拓新境,这是当代书坛绝大多数书家的共识与追求。然而,在如何创新的问题上,人们的认识还远远不够。"现代派"书家的割裂传统、以画代书已经受到时间老人的嘲弄;"守成派"的保守僵化、故步自封也已引起书界有识之士的不满与批评;"新古典派"对传统的继承与改造正日益受到重视与欢迎。葛鸿桢的书艺创作一般说来可以归入"新古典派"之列，但他的一些创新之作已超出"新古典派"行列，向着现代艺术的方向开始奋进。

葛鸿桢选择草书小品形式进行创新实践是很有眼光的行为。草书的简约性、多变性、随机性、抒情性、节奏感、运动感、"时间—空间"统一感等特征，使它更多地具备了"现代艺术"的特征，而小品创作的随机性、多变性、趣味性与观赏性，似乎更能符合现代人的欣赏口味。因此在"小品化"书法创作倾向刚刚抬头之际，葛鸿桢适时地推出了自己的创新之作。

将现代艺术的构成观念引入书法创作，发挥草书艺术的造型优势，在作品章法、结构、线条的多变性与丰富性方面深入挖掘，以创作的随机性、自然性、多变性、趣味性、象征性和抒情性为表现旨趣，在融入现代艺术观念的同时，强化和凸显草书的内在美蕴，这是葛鸿桢草书创新的最大特征。尽管他在草书形式出新方面的探索才刚刚迈出第一步，这种探索还有不成熟与不完整之处，但是，对他的这种创新精神与创新实践，我们还是应抱支持与欢迎的态度。我们相信，他的探索方向是正确的，以他今日的成就和他现在所具备的诸多优势，他在书艺创新上做出的艰苦努力与辛勤探索是能够结出丰硕成果的。

（原载《中国书法》1994 年第 1 期）

穷微测妙，臻入高境

——李义兴书艺简评

　　民国书家张树侯先生在《书法真诠》中说过这样一段话："昔人谓作史须有三长，曰才、学、识。吾谓作字亦然。生而有美妙之笔姿，此才也；所见多，所习久，则学也。而尤须不震于大名，不囿于风尚，则存乎其识矣。三者之中，识为尤要，若识不足，即有才有学，恐亦误入歧途，枉费工力矣。"张氏此段论述堪称精辟之论。作为一名书家，"才、学、识"三者确实缺一不可。这三者之中，"识"又显得更为重要。综观当代书坛，能称"才""学"双全的书家为数尚多，但"才、学、识"兼备者为数实在不多。在我结交的书友中，倒有几位，如李义兴君，就是"才、学、识"兼备者其中一位。

　　李义兴，笔名黎忻、九波，1951年出生于河南开封，现为中国书法家协会会员、《书法导报》社副总编。李义兴在创作与理论研究两个方面均有令人称羡的实力。在创作方面，他曾多次获全国性书赛一等奖，其作品先后参加"首届国际青年书法展""全国第四届书法篆刻展""全国第五届书法篆刻展"和"全国著名书法百人作品邀请展"。在理论研究方面，他曾获"全国首届书法知识竞赛"一等奖，先后参与过"全国第三届书学讨论会""全国'书法学'暨书法发展战略研讨会"和"全国书法美学、史学学术研讨会"。此外，他还曾在《书法研究》《中国书法》等刊物上发表过多篇书论文章，并参与《中国书法鉴赏大辞典》《中国书法全集》（康、梁、罗、郑、于右任）分卷的编撰。

李义兴的书法以碑体行书见长，兼及草、隶。他的行书碑、帖互用，刚健而不失清雅，恣纵而不乏精微。他将黄道周的奇崛、于右任的率真、赵之谦的俊迈与梁启超的清健糅合统一，形成了朴厚率真、俊迈灵动的个性风貌。他的碑体行书有一个最大的特征，那就是融入草书体势，结字奇正相生，触变成态，在视觉形象上以自然自如的夸张、倾斜、欹侧和变形强化笔画与字形的动势与张力，以字形、字势的富于变化与复杂性获得审美表现的丰富性。著名视觉艺术评论家鲁道夫·阿恩海姆在《艺术与视知觉》中指出："对于一件艺术品来说，最低限度的复杂性和丰富性应该是不可缺少的。""如果艺术品过分强调秩序，同时缺乏具有足够活力的物质去排列，就必然导致僵化的结果。"李义兴在行书创作上求动势、求变化，以富于变化与丰富性取胜，摆脱了一般书家囿于一家一派，拘谨、僵化的弊病。他在多方汲取营养的基础上，大胆融汇，甚至将篆、隶、草、真多种笔意融入行书创作，通过"发迹多端"，实现"穷变态于毫端，合情调于纸上"的创作追求，使作品呈现一派鲜活的生机。

李义兴的创作能达到此种高境，除了得力于他的才情与学养，更主要的是得力于他的真知与灼见。在他发表和入选某些活动的一些书论文章中，有这样几篇文章颇能反映他的艺术见解与创作思想，一是入选"全国第三届书学讨论会"的论文《五体融合刍议》，一是入选"92河南书学讨论会"的论文《书法风格的艺术性与时代性》，再有就是入选"全国首届'书法学'暨书法发展战略研讨会"的论文《面向二十一世纪的中国书法》。这些文章都站在较高的视点对书艺的发展、创新提出了独立的思考与见解。这表明他的创作是在一种理性意识观照下的自觉追求，与那些盲目因袭、缺乏独立思考的盲动创作有着本质上的区别。

我曾拜读过他在《书法导报》上发表的一篇论书短文《习书需"深"》。在这篇文章中，他对孙过庭《书谱》中"好异尚奇之士，玩体势之多方；穷微测妙之夫，得推移之奥赜"这句话做了自己的解释。他认为单纯的"好异尚奇""玩体势之多方"，只是书艺创作的一种浅层次追求，而只有"穷微测妙""得推移之奥赜"，才能真正深入书艺的底蕴，进入创作的高境。他在理论上是这样认识的，在创作上也是这样实践的。他的行书体势多变，不是出于"好异尚奇"，故作翻新，而是在深究书理，掌握了书法艺术"以形造势""以势生形"的造型法则基础上，融汇多家后的自成体势。他的作品看起来字字在变、笔笔在变，但变得合情合理，变得自然自如，看不出有任何的生硬与做作，达到了"同自然之妙有，非力运所能成"的深美之境。

李义兴的碑体行书还有一个特征，即风骨之美。其表现是线条爽健挺拔，极有骨力，用笔含蓄而又果敢，不拘谨、不轻软；点画之间"或恬淡雍容、内涵筋骨，或折挫槎桠、外曜锋芒"；用笔的爽健与结字的奇崛融为一体，线条的挺拔与体势的动荡互为映衬。从整体风格上看，李义兴的行书是以"壮美"取胜，而不是以优美取胜，他追求的是作品的整体"气象"，但这并不等于说他的作品不重气韵，不重风采，而是说他的作品更多地表现了一种风骨之美、阳刚之美。

孙过庭在《书谱》中指出："假令众妙攸归，务存骨气，骨既存矣，而遒润加之。"古今书家都很重视"骨力"，而李义兴推重的"骨力"，又有更深一层的含义。在他写的《鸡公山观雨有感》这篇札记里，他对那种充斥书坛的小情趣、小格调的柔媚之风提出了质疑，呐喊道："书坛，不能没有如山风海涛般磅礴纵横、睥睨万物之力作。"与此同时他也呼唤道，"书坛，不能没有如天震地撼般峥嵘苍茫、惊骇神鬼之奇作。"

这位外表温厚、看淡名利的学者型书家，内心深处却有着一腔热血与铮铮风骨，有着中原人豪迈、奔放的个性，其对风骨美的追求也有着深一层的含义。他的创作较好地传达了他的审美情思，较好地表现了一名中原书家所具有的质朴、直率、旷达、豪放的精神气质。正是从这层意义上，我认为他的碑体行书已较好地实现了"人书合一"的艺术追寻，在求"真"的前提下，他找到并建立了自己以风骨为体、以变化为用的艺术语言。

李义兴的隶书与草书也很有特色，这里限于篇幅，不进行更多的评述。他为人朴实真诚、敬业乐群，才识与为人都有许多值得称道之处。这几年，李义兴为做好《书法导报》的编务工作，提高导报的品位，尽了他自己的一份努力，倾注了心血与热忱，和报社诸同仁付出了大量的时间与精力。通过对稿件的编审，李义兴在工作中不断开阔自己的艺术视野，密切与书界的联系。我们相信，以他的聪慧、踏实与精勤，以他现有的实力与条件，他的书艺还会上升到一个新的高度。随着时间的推移，他的创作必将越来越受到人们的关注与推重。

清峻淡雅　秀骨天成

——李家馨书艺简评

唐代大文学家韩愈在《送高闲上人序》中论及学书时说过这样一段话："苟可以寓其巧智，使机应于心，不挫于气，则神完而守固，虽外物至，不胶于心。尧、舜、禹、汤治天下，养叔治射，庖丁治牛，师旷治音声，扁鹊治病，僚之于丸，秋之于弈，伯伦之于酒，乐之终身不厌，奚暇外慕？夫外慕徒业者，皆不造其堂，不哜其者出。"学习书法是一条寂寞之道，需要学书者长期深入精进，用志不分。缺乏恒心与毅力，朝秦暮楚或急功近利者，皆难以深入堂奥，获得大成。另一方面，凡真正热爱书艺，对书艺情有独钟者，往往能舍弃他好，专心艺事，做到"乐之终身不厌"。在我结识的书家中，已过"耳顺"之年仍锐意进取，并取得较高成就的李家馨先生，就是一位对书艺"乐之终身不厌"的德艺双馨的老书家。

李家馨，笔名春卉，自号远水楼主，1937 年出生于钟灵毓秀、文风鼎盛的历史文化名城寿县。由于家境贫寒，他 12 岁才得以进校读书。当时，毛笔字课是学校的必修课，少年时代的李家馨通过毛笔字的习练而对书法有所认识，并产生了浓厚的兴趣。16 岁那年，他考入寿县师范学校，从此博览群书，寸阴是惜。18 岁那年，他开始创作并发表诗歌作品。青年时代的李家馨曾先后在《安徽文艺》《诗刊》《安徽日报》等刊物上发表过数百首诗歌作品，其长诗《荷花姑娘》发表后还被改编为舞剧搬上舞台。刚二十出头，李家馨就已在诗坛崭露头角，成为享誉江淮的"七家诗人"之一。1960 年，他光荣地出席了安徽省第二届文代会。

改革开放前的十年，李家馨因作诗受到冲击，他愤然忍痛弃诗，将兴趣转移到练书习字上来，其间先后临写过赵孟頫、文徵明等多位名家的碑帖，为自己打下了坚实的书法根基。随着文艺的复苏，李家馨对书法的"恋情"更加浓烈，把大部分业余时间投入练书习字上来。在家乡著名书法家司徒越先生的指导下，他先后临习了鲜于枢、董其昌、二王、怀素、王铎等古代名家的法帖，并开始涉猎汉魏碑帖、甲骨、钟鼎，渐入书艺堂奥。20 世纪 80 年代初期，他的书法作品多次参加省内及全国的一些展览并获奖，入选《当代书法家诗词墨迹选》《中国文艺家传集》等，他也成为安徽省较早的一批中国书法家协会会员。

李家馨早年一直在寿县居住和工作，笔者第一次看到他的作品，是在 1986 年。在那年寿县举办的"寿州乡情书画展"上，他的一幅行草作品给我留下很深的印象。此后，在寿县举办的展览活动中，我曾多次观赏过他的一些佳作，其中印象最深的是他作品清新儒雅的气息，在众多的作品中总能以此引人注目。

清代书论家刘熙载在《艺概·书概》中说："凡论书气，以士气为上。若妇气、兵气、村气、市气、匠气、腐气、伧气、俳气、江湖气、门客气、酒肉气、蔬笋气，皆士之弃也。"又说，"书尚清而厚，清厚要必本于心行。不然，书虽幸免薄浊，亦但为他人写照而已。"观李家馨书作，最深的印象就是他的作品有着浓郁的书卷气，其书作清而厚、静而雅，没有半点的市气、匠气和伧气。我想，这一方面得益于他的文化修养与诗人气质，另一方面也得益于他那质朴淳厚的人品及其对书法艺术的深刻理解。在他撰写的札记《砚边断想》中，我注意到他写有这样两段学书札记：

> 书法之气，尽管名堂很多，都是书家学问、修养、气质、品格诸因素状况的综合反映。我认为诸气之中，以书卷气为贵。但是，书卷气绝非单纯从碑帖中可以获得……火气、霸气、江湖气乃书法的顽症，一旦沾染，不花大力不能根治。最可怕的要数俗气，俗气易染，且不可医。
>
> 艺术总是相通的。"一语天然万古新，豪华落尽见真淳"是宋人元好问论诗的句子。提倡自然天趣、率意清淳，这是诗歌应有的境界，也是书法应有的境界。

从这两段札记中可以看出，他对书法"书卷气"的认识是深刻的，追求是自觉的。他的作品能流溢出清新自然、古雅淳厚的气息，这既和他的人品追求有关，也和他对艺品的追求有关。李家馨的书法以行草见长，他的行草创作碑帖特色兼融，既有碑的风骨，又有帖的韵致。一般而言，学碑不慎易失于生硬，习帖无方易流于靡弱，能够做到碑帖兼融、刚柔互补，才能使作品"兼备阴阳二气"。李家馨在创作中很重视碑帖的结合，这种结合突出地表现在对书法用笔的深层次把握上。我曾有幸多次观看他挥毫作字的场面，无论是径寸大字还是蝇头小楷，他在创作时均能做到以气驭笔、力透纸背；观其用笔，既有秋风扫落叶般的果敢，又有一波三折、起伏跌宕的含忍。刘熙载说："凡书，笔画要坚而浑，体势要奇而稳，章法要变而贯。"李家馨的创作，用笔极具厚势，不单薄，不轻软，一点一画极具姿态；结字上开合自如，既紧结，又恣肆；章法上呼应连贯，疏朗有致。其作品在苍劲浑厚中显出自然生动之势，线条清雅灵动，结字迤逦多姿，整幅作品展现出清峻淡雅的格调。仔细谛观，他的用笔多有果敢之力与含蓄之致，能于含蓄蕴藉之中见出爽利峻拔风姿，此正是李家馨书法的骄人之处。李家馨为人温文尔雅、淡泊自守，但其内心世界又是刚正不阿、疾恶如仇。他追求的不仅是清新秀逸、婉丽多姿，而且也是风骨铮铮、气吞大荒的审美境界。

书家风格的形成，在很大程度上得益于其气质修养，书家的生命情怀与文化情怀在自然的书写中见诸笔端，物化为"人化的自然"。书法作品中的技巧固然可以师承和传授，而作品的生命气息与文化气息是他人难以模仿和承袭的。古人说的"书如其人"，揭示的正是其中的真谛。李家馨有着诗人的气质、学人的才华，数十年的刻苦钻研，使他的书法创作在功力、格调、气韵、神采等各方面都达到了较高的水准与层次。最近我去淮南观看一个展览，在高手如云的展厅中，他的书作能以儒雅淳厚的气息夺人眼目，这使我更加相信，只有以气息感动人的作品，才是真正能持久地耐人品味的作品。我与李家馨结识十数年，其人品与书艺均让我由衷敬佩。李泽厚先生在《华夏美学》一书中说："无论是屈、陶、李、杜，无论是司马迁、曹雪芹，无论是苏、辛、关、马，也无论是那些著名的书画大师，华夏文艺所重视的，是所谓'人书俱老'。'人书俱老'的另一因素，是严格而自由的形式规范所要求的技巧和高度熟练，也就是这种饱经风霜使情理经历了各种苦难洗礼和生死锤炼的成熟的人性。"我认为，对于"人书俱老"，我们不能单纯从生理年龄去理解和解释，而应该从艺术成熟与人性成熟的角度去理解和认识。李家馨一生刻苦自励，又饱经人世沧桑，如今已过耳顺之年，因此在我看来，有过这样的人生经历，又经过数十年的研习和锤炼，他的书法已真正进入"人书俱老"的境界。

追求陌生

——《陈濂波书法作品集》序

观赏陈濂波的书法作品，感受最深的是它们兼备造型和表现两种要素，新意迭出，姿态横生。陈濂波的创作师法传统，勇于出新，充满了一种鲜活的创造意识。他的一些佳作正如李泽厚先生在赞赏书法美时所指出的那样："行云流水，骨力追风，有柔有刚，方圆适度……每一幅都可以有创造、有变革甚至有个性，并不作机械的重复和僵硬的规范。"敢变善变，这是陈濂波书艺创作的一大特征。可贵的是，他笔下的新理异态充满了生机和灵气，他的求新求变不显得生硬造作，而是自然生动，合于理法。对于一名书家而言，突破旧框框，展现新境界已属不易，而要在创作中达到"出新意于法度之中，寄妙理于豪放之外"，更是谈何容易。陈濂波的创作能达到这一层面，当然与他多年的刻苦学习与深入探索大有关联。对他的刻苦与执着，已经有多篇文章进行了评介。周俊杰先生在《让时风流行起来——兼议陈濂波的书法创作》一文中，对陈濂波的学书经历及其受时风影响而超越时风的创作追求，进行过深入的分析和评判。这里笔者试从另外两个方面对陈濂波的创作进行简要的评述。

陈濂波书艺创作的显著特征之一，是他善于把握书写的可变性，善于运用"陌生化效果"。汉字形体的丰富性和书写的可变性，是中国书法能够具有丰富的形式美学内涵并充满多姿多态的创造性的重要成因。古代书论对此曾有概括与揭示，例如欧阳询《三十六法》中专门谈到书法创作中的"借换""增减"等法。清人刘熙载在《艺概·书概》中提出"移易位置，增减笔画，以草较真有之，以草较草亦有之"，也是充分肯定书法创作中在用笔、结字中适当进行移位、增减和变化的合理性和可行性。书法创作中的移易位置、增减笔画，同字异体的处理方式，往往能使创作别开生面，充满活力，并取得"陌生化效果"。关于"陌生化效果"的问题，俄国形式主义的奠基者什克洛夫斯基在《二十世纪外国文学美学文艺学名著精义》中曾有论述，他认为："艺术的技巧是使对象变得'陌生'，使形式变得困难，增加知觉的难度和时间长度，因为知觉和过程本身就是审美目的，必须予以延长。"而我认为，古书论中关于"书如佳酒不宜甜"和"书须生后熟，熟后生"的论述同样包含了对陌生化效果的理解与认同。综观陈濂波的书法作品，那种不甜熟、不轻软，诸体融汇，一幅作品中真、行、草、隶、篆各种字形与体势随机应用的艺术形式和美学风格，正是突破了帖字的程式化创作倾向。

陈濂波书法创作的另一特征体现在用笔与取势上。陈濂波作书"腕灵笔活"，观其字势，可谓迟速应心、沉着痛快、行笔爽利、呼应自然。细观他的书作用笔不难发现，他做到了"能将此笔正用、侧用、重用、轻用、虚用，擒得定，纵得出，遒得紧，拓得开，浑身都是解数"。这并不是什么溢美之词，凡是观赏过陈濂波书法作品的人大概都会有同感。应该说，陈濂波的书法创作，是深得用笔三昧的。用笔问题，看起来是属于技巧问题，但其实并不完全是技巧问题，按照周星莲的说法："此事虽借人功，亦关天分，道中道外，自有定数。"人的学养、审美态度与审美的视野，人的气质、个性、文化心理定势，均影响和制约着其对线条美的把握和对用笔的认识。陈濂波用笔的灵活与灵气，一方面得益于他的笔性（艺术家气质）；另一方面得益于他对篆（隶）书、章草、魏碑用笔风格多年的研习和深造，从某种意义上也可以说得益于时风的熏染。正是由于当代"新古典主义"书风的兴起，使包括陈濂波在内的当代一批优秀中青年书家能够解放思想，深入古典堂奥，对战国金文、秦汉碑碣、魏晋写经以及大量民间书作广泛涉猎，悉心体验，最终能在笔法与体势上取精用宏，融会贯通。因此可以说，陈濂波的书艺创作已经取得了很大的成功，相信他在今后的岁月里一定能够创作出更多具有鲜明时代特色和鲜明个性风格的作品。

"文心"与"诗情"

——韦斯琴散文、书画艺术简评

人为万物之灵。古人说，人可以"为天地立心"，这种为天地立心的"人文之心"，我们就把它称作"文心"。"文心"决定文艺家的创造才能与心灵状态。苏东坡说："吾文如万斛泉源，不择地皆可出。在平地，滔滔汩汩，虽一日千里无难。及其与山石曲折，随物赋形，而不可知也。所可知者，常行于所当行，常止于不可不止。如是而已矣！"古人很重视对"文心"的培养与锤炼，诗、词、曲、赋等各种文体的出现和发展，应该说都是"文心"锤炼的结果。有人说，当代社会已进入"散文时代"，意思是说史诗般波澜壮阔的历史画卷已一去不复返，具有散文笔调的浪漫风格正代之而起。就当代社会的文体发展而言，笔者也认为它正处在"散文时代"。诗、词、曲、赋的创作在当代虽未绝迹，但已是凤毛麟角，当代文坛占主流地位并引人关注的，是大量的散文与随笔。

在书画界，能写出优美散文的书画家不在少数，但有大量作品出现，又能引人瞩目者并不多见。韦斯琴的散文低吟浅唱，灵巧多姿，不仅精美，而且"高产"。迄今为止，七八年时间中，她已出版散文集三册，几乎是两三年内就能结集出版一册。这在包括港台在内的全国文艺界，均十分少见。此外，她的书画创作也堪称绝佳。可以说，她的书画艺术与散文创作互相辉映，共同塑造了她的"才女"形象。

先来谈谈她的散文。

韦斯琴的散文有三个特点。一是贴近生活，直抒性灵。韦斯琴的散文大多描述的是个人的内心体验。她从身边的一花一草、一事一景中写起，写出所感、所思、所历与所忆。她用观察的眼光看待世间万事万物，在一件件小事中洞察人生的真义与艺术的奥秘。例如在《此时花开》这篇散文中，韦斯琴层层递进，由插花、观花、勾花写到对花的思考、对女性的思考、对艺术的思考。到了文章的结尾，她用了一个设问句："艺术是什么？艺术是灵魂的花，它可以超越生命，开成永恒。"这里虽然是在写花，但是却将艺术的底蕴揭示无遗。这种由小见大、夹叙夹议的写作方式，构成了韦斯琴散文的基本特征。

韦斯琴散文的第二个特征是温婉清新。她的那些作品有着十足的女性化特征，宁静、淡雅，于叙事中低吟浅唱，娓娓动听。她虽然多写生活中的一些小事，但是写得轻松自如，写得情趣盎然。读她的散文，能让你在不知不觉间跟随她的笔触进入一种画面，甚至是进入一种境界。作为女性作家，她的散文在谋篇布局、遣词造句上都有独到之处。她的散文作品从结构到文句，从描述到点题，都像是一位技艺精湛的女子在编织精美的毛衣，开合有度、灵巧自如，纤手翻合间，一幅幅精美的图案便呈现在眼前。例如，在《笔墨性情》这篇散文中，韦斯琴谈人的性情，谈笔墨性情，谈得是那样波澜起伏，谈得又是那样的从容自若，令人读完全篇不能不拍案称奇。

韦斯琴散文的第三个特征是善于叙事状物。韦斯琴爱好旅游，而且每到一处都能写下优美的游记文字。她早期的游记散文尚有平铺直叙的缺陷，但后来的游记散文大多斑斓多姿、引人入胜。例如新出的散文集《蓝》中的《月光宴》《去永定》《恋着厦门》等篇，都是写生活中的几个游历片段，可她叙事状物细致生动，文笔优美而情趣盎然，引领着你在不知不觉间就完成了一次次畅游。读这类散文，能让读者有身临其境、美不胜收的感受，这应该说是游记散文中很高的一种境界了。譬如《恋着厦门》这篇散文，写韦斯琴在厦门游览的感受，从初到厦门的印象到离开厦门时的心境，她写得是那样的细致入微，整篇文章如行云流水，一气呵成。笔者过去也曾到过厦门，那里的自然风光与人文美景确实让人流连忘返。但是，要用文字写下这种美景与感受，殊非易事。而韦斯琴的很多游记散文都写得轻松自然，写得摇曳生姿，不能不让人由衷赞叹。

下面谈谈韦斯琴的书画艺术。

随着书画热的兴起，在当代能书善画的女书画家日渐增多，有些专业的报刊还专门为女书画家开设专栏。虽然当代女性书画家在数量上还无法与男性书画家相提并论，但是在近一二十年中，确实涌现出了一大批有才情、有个性的女性书画家，韦斯琴可以说是其中的佼佼者。韦斯琴不仅在散文创作上能独树一帜、引人注目，其温婉与清丽的书画创作，也足以独步当代、抗衡须眉。她的书画创作更多地展现了女性书画家特有的俏丽、清纯、纤巧和沉稳。她的书法，无论是小楷、中楷，还是行书、草书，都呈现出一种淡雅清新的气息，字里行间弥漫着一种典雅和俊雅的风姿。她的画作，无论是山水还是花鸟，无论是工笔抑或是写意，均能给人一种清爽、明快的感受。韦斯琴出生在江南，曾接受过专业书法、美术训练，又居住在有着丰厚历史文化积淀的六朝古都南京，笔端自然流露出一种"江左风流"，她的书画作品也充分展示出江南才女的灵性与文雅。总体而言，笔者认为，韦斯琴书画作品中展现的温婉与雅致，在当代女性书画家群体中是出类拔萃的。

韦斯琴善以诗意的眼光观察世界，更善以诗意的笔触去描绘这个世界。"文心"与"诗情"在她身上交融一体，这是她的散文、书画作品富有诗情画意的原因所在。古人说，有至情才有至文。韦斯琴是一位对生活、对艺术有至情、有深情的才女，她的"文心"滋养了她书画创作中的灵感与文气，她的灵性与才情在诗情画意与文心书境的交相辉映中得到了充分的展现，这是她在艺术创作上取得成功的重要原因，也是她的书画作品品格高雅的重要原因。

融会贯通　臻入高境

——胡问遂书艺成就评述

　　胡问遂先生出生于浙江绍兴的书香家庭，其伯父胡之光是浙江名书家，家族中的兄弟姐妹多有热衷于书法者。地域与家族的影响，使胡问遂少年时代就受到环境的熏陶，对书法和文学萌生了向往与热爱之情。青年时代，胡问遂发愤学书，到处寻师访友。34 岁那年，他终于遇到他一直敬重的书法大师沈尹默先生，并拜在沈先生门下，成为沈先生书法方面的第一个入室弟子。

　　在沈尹默先生亲自指导与殷殷教诲下，胡问遂的书法学习走上了正确的道路。他从读帖与临帖入手，对古代书法大家颜真卿、苏东坡、褚遂良、智永、米芾、王羲之、杨凝式、欧阳询、孙过庭等人的经典作品进行了大量的研究和习练。仅临写颜真卿《自书告身》帖，胡问遂就临写了一千余遍。在临帖过程中，他细心分析、反复观其下笔、运笔、转折、承接之处，边临边读、边读边临，所临碑帖竟能达到以假乱真的程度。经过数十年寒暑不辍、持之以恒的刻苦临帖，胡问遂练就了扎实的书法基本功，在为自己开阔艺术视野的同时，也为后期将其融会贯通进而自成一体奠定了基础。

书法的学习，需要继承，更需要创新。从书法史的角度来看，一部书法史就是在传承中不断创新，在创新中坚持传承的历史。优秀的书法家既是创新的高手，也是传承的高手。书法传承与创新的一个重要途径就是广取博收、融会贯通。

书法的不同书体有着不同的审美取向，孙过庭在《书谱》中说："虽篆、隶、草、章，工用多变，济成厥美，各有攸宜；篆尚婉而通，隶欲精而密，草贵流而畅，章务检而便。然后凛之以风神，温之以妍润，鼓之以枯劲，和之以娴雅。故可达其情性，形其哀乐。"不同的书体有着不同的美感意蕴，但不同书体之间又不是截然不同、完全独立的，而是相融相合、互有关联、互相激荡的关系。优秀的书法家大都是在融会贯通中开拓创新，最终形成自己独特的个性风貌的。

胡问遂的书法学习与书法创新，走过的也是溯源探流、融会贯通、臻入高境的探索之路。他曾在《此中甘苦我心知——谈谈我的学书经历》这篇自述文章中，记述和回顾了他深入传统、不断融会创变的学书经历。他学书一开始从柳公权入手，后改学颜真卿，取颜书《东方朔画赞》《麻姑仙坛记》深入临摹，得到颜书敦厚之长；再转学褚遂良《伊阙佛龛碑》，得其端庄与缜密；继学褚遂良《房梁公碑》，得其飘逸与秀雅。同时，他又将颜字的端庄敦厚与褚字的缜密秀雅融为一体，为其后楷书创作打下了坚实的根基。这是在沈尹默先生指导下，胡问遂在书法学习与融汇上走出的最早，也是最关键的一步。胡问遂书艺中流露出的正大气象与缜密之态都与这一习书经历密切相关。

在对楷书创作打下坚实根基与获得深切体悟后，胡问遂又对行草书创作进行了深入的研究与习练。他在《此中甘苦我心知》这篇文章中回忆说："自临学褚字之后，深感褚河南秀逸之气韵，无非出自晋人，遂有涉足二王格调的念头。初学《兰亭》，似觉《兰亭》风致过高，不能得窍；继学《集王圣教》，又觉集字气势不贯，似是而非。学王之后，深感如遇墙壁，无法透入。正在苦闷之际，又幸得沈老指点，采用旁敲侧击的方法，先学右军七世孙智永的《千字文》墨迹，然后遍临古人学王高手的墨迹，诸如李北海、杨凝式及宋四家等。然后才能对王字有真正的认识，从而吸收其精华。"（《胡问遂论书丛稿》）从这段叙述中可以看出，胡问遂在行草书的学习与取法上是下了一番硬功夫的，并且是循序渐进，逐渐登堂入室的。

胡问遂在书法学习与探索中，不仅重视苦练，而且能够慎思，在冷静的思考中，选择正确的学书方法与路向。他认为："每个人学习书法，早期可以针对自己的不足，加以修正填补，但到成熟时期，则应该认真分析自己的性格和擅长，充分发挥自己的特点——增有余，从而不使人产生不足之感。我冷静地衡量了自己，便决定走敦厚质实、宽博雄健的道路，遂开始涉趣北碑。《张猛龙》《高贞碑》《崔敬邕》《嵩高灵庙碑》，尤其是《郑文公》《始平公》《魏灵藏》，古人的浩然之气荡涤我胸怀，宏肆之态遂得生之于笔下。"（《胡问遂论书丛稿》）从这段叙述中可以看出，胡问遂学书不仅取法广博，碑、帖兼收，而且更能深思熟虑，理性地撷取与融汇。

　　除了善思善学，胡问遂还能做到勤学和苦学，别人学书一天只能坚持一两个小时，胡先生每天"挥毫能达到十个小时，一天需用毛边纸一刀"（《胡问遂论书丛稿》）。正是由于这种刻苦、勤奋，加上善思善悟，胡问遂的书法技法精熟、功力老到，能用楷、隶、行、草、篆、魏碑多种书体创作各类款式的作品。并且他在深谙前人理法的基础上，自由取舍，多方融汇，在不断深入精进的过程中，获得宏深的创作视野和精熟的创作技巧，使自己的创作逐渐达到"规矩入巧，乃名神化"的高深艺境。

　　胡问遂对书法创作有自己深刻的见解，他在记述自己创作的心路历程时写道："临帖是继承传统的必经之途，而创作却是每个能称得上书家的起码要求。许多人的所谓创作，往往只是拿到内容，不假思索，信手写来，便是一幅。我认为这是极不严肃的创作方法。真正的创作应该是首先考虑作品的内容和形式的吻合。即形式如何能更好地表达内容的主题。"（《胡问遂论书丛稿》）从这一记述中可以看出，胡问遂对书法创作不仅有深入的思考，而且有明确的识见。他重视创作中作品的内容与形式之间的和谐统一，强调形式要能更好地为表达内容和主题服务。这一观点与笔者三十年前提出的"诗意派"书法创作理念正相吻合。

　　1987年，《书法家》杂志第十期曾刊发笔者的一篇题为《谈"书意"与"诗意"的统一——兼谈书法创新与诗意派书法》的文章。在这篇文章中，笔者提出："所谓'诗意派'书法，就是以中国的古典诗歌为创作素材，选择与诗意风格相近的书体进行书法创作，在作品的幅式、用笔、用墨、用印等方面追求与主题风格统一，力争用书法的意境表现诗歌的意境，使作品的内容美与形式美达到和谐统一，从而提高书法作品的审美价值。"笔者提出的这一创作主张，与胡问遂关于作品的形式服务于内容表现的创作观可以说是不谋而合，完全一致。

而胡问遂不仅在理论上能提出自己的创作观点，而且更能在实际创作过程中对其加以实践，并取得很大成功。他在《此中甘苦我心知》这篇文章中，记述了他为韶山毛主席旧居纪念馆书写毛主席诗词七律《到韶山》的创作过程："1971年，湖南省毛主席旧居韶山纪念馆落成。在纪念馆前将竖立一个金属六面体，五面镌刻毛主席手迹诗词，而一首七律《到韶山》，因原稿改动过多，经毛主席同意，改请别人重写。最初由郭沫若同志执笔，但因郭老行草书和其他几首毛主席诗词的风格雷风，故决定改用楷书，特到上海要我执笔。我看到这张作品是一丈二尺的大件，字大盈尺，同时考虑为了表达毛主席诗词的雄迈气势，故决定用北碑体势。书成后，发觉浑厚端庄的风神，确实能比较确切地表达毛主席这首诗的意境。"（《胡问遂论书丛稿》）从这段往事回忆文字中，可以看出胡问遂晚年作书时已经能自觉注重"书意"与"诗意"的统一，在书法创作上有着明确的创作目标和高超的创作技巧。他的创作在厚积薄发和融会贯通的积淀下，逐渐臻至了"穷微测妙"的艺术高境。

唐代书论家孙过庭在《书谱》中针对书法的学习和创作说过这样一句话："好异尚奇之士，玩体势之多方；穷微测妙之夫，得推移之奥赜。"胡问遂在书法学习上精研多种书体，目的不是为了"好异尚奇，玩体势之多方"，而是为了融会贯通，在"穷微测妙"的基础上，"得推移之奥赜"，掌握书法创作的根本大法。正是因为有这样的认识与实践，胡问遂在书法创作上才能突破刻板拘谨，随机发挥，达到"著手成春"的艺术高境。

唐代书论家孙过庭在《书谱》中指出："书之为妙，近取诸身。假令运用未周，尚亏工于秘奥，而波澜之际，已浚发于灵台。必能傍通点画之情，博究始终之理，镕铸虫篆，陶均草隶。体五材之并用，仪形不极；像八音之迭起，感会无方。"他认为，书法创作要达到出神入化的境界，一方面要"近取诸身"，重视自身的心性修养与文化修养，另一方面还需要"傍通点画之情，博究始终之理，熔铸虫篆，陶均草体"。只有这样，才能在创作中自由发挥，使创作臻于"体五材之并用，仪形不极；像八音之迭起，感会无方"的超诣之境。

胡问遂不仅精研多种书体，而且对执笔、用笔、中锋、侧锋、结构、布局、章法、款式等多个方面都有深入的研究与论述，能从宏观与微观两个方面对书法的临摹、创作、传承、创新进行全面的把握与观照，在书技、书识、学养、性情四个方面齐头并进，不断提升。这也正是胡问遂进入晚年之后书艺日益精熟，达到人书俱老、炉火纯青之境的秘诀所在。

胡问遂不仅创作了大量的精品佳作，还留下了大量的论书文章。2000年4月由上海书画出版社出版发行的《胡问遂论书丛稿》，收录了他各类论书文章29篇。这些文章或谈技法，或论感悟，或研书史，或评书家，皆能深入于微茫，有他自己的独特见解，很好地继承了沈尹默书学的衣钵，还做到了"百尺竿头，更进一步"，在碑帖互融、真草互用上特立独行，开创出自我个性鲜明的书风。

胡问遂书艺的特征主要有四点：一是刚健清正。书风清雅端正，不媚俗、不狂怪。二是气运用笔，力透纸背。其书刚柔相济，不轻软、不拘迫，有正大之气、率直之气。三是融会贯通、五体皆能。其篆书、隶书、行书、草书、楷书皆有佳作且开张洞达，气势夺人。四是高韵深情，以情感人。

胡问遂论书讲究一个"情"字，他的创作也是以真情感人，重视有感而发，杜绝无病呻吟。他的那些作品看似率意，实则有匠心与真情存焉。胡问遂以自己的刻苦实践与勤奋著述为当代书坛树立了技道双进的楷模，其书艺与人品值得我们学习和敬重。

书评、散论

要有这样的"接着讲"

——读沈鹏《传统与"一画"》的感想

《中国书法》2003年第六期刊登了中国书法家协会主席沈鹏先生的宏文《传统与"一画"》，当笔者读完这篇长文，掩卷沉思之余，心绪久久不能平静。沈先生的这篇文章围绕书法的传承与出新、风格与流派、传统与现实、专业化与人文化等诸多焦点问题，仔细剖析、深入阐释，给人以高屋建瓴、要言不烦的感受。从这篇文章中，我们不仅看到了一位书坛领军人物对传统与现实的深切关注与深刻思索，更看到了一位德高望重的老书家"老当益壮"的壮怀与睿智。

当代书法创作与书学研究都十分活跃，但在创作与研究中出现的矛盾与混乱现象也十分严重。在理论研究方面，曲解传统者有之，妄言创新者有之，故步自封者有之，标新立异者有之，可谓众声喧哗，莫衷一是。沈鹏既有丰富的创作实践经验，又有丰富的学养与精深的文艺理论素养。他这篇文章对诸多复杂的理论问题进行的梳理与阐释，解答和解决了当前书学研究中许多迫切需要解决的问题，对廓清混乱、指导创作与研究向着更高的层次迈进，具有很好的现实指导意义。

　　书法文化是在与时俱进的演进中不断丰富和发展的。书法的博大精深，不在于书家众多、书迹众多，更主要的是体现在书学思想的博大与精深上。书法与传统文化水乳交融，不可分割，书法文化更是伴随着传统文化的发展而发展变迁的。每一时代杰出的书家几乎都是那一时代的文化精英，蔡邕、王羲之、孙过庭、张怀瓘、苏轼、黄庭坚、董其昌、刘熙载……这些杰出的书家、书论家通过他们卓越的创作与论述，不断地为传统书法注入新的活力与内涵，使书法的文化内涵与艺术底蕴日益丰赡。

　　我们所处的时代，正是文化转型的时代，自清代晚期开始，面对传统文化的没落，面对中西文化的交流与碰撞，不少仁人志士就开始了对民族文化传承与弘扬问题的思考。中国需要现代化，书学研究也需要现代化。现代化的书学研究，并不是要凭空创造一套新的书学理论，而是要用现代人的思维方式，分析研究传统书学理论中的概念。换句话说，就是要与时俱进，用现代人能够接受的方式对传统书艺和传统书学理论进行现代阐释，这正是学术界"照着讲"（照搬传统）与"接着讲"（阐释并发扬传统）这两种治学方式的根本区别。

　　沈鹏先生的这篇《传统与"一画"》，采用现代人的话语方式，对书画传统中的"一画"理念进行了深刻的现代阐释，其中对汉字与书法的关系，笔法、笔意的论述，尤其对"一波三折"的认识与论述，直指传统文化的深层内涵，不但丰富和发展了传统书艺理论，而且使其与现代美学理论与现代文艺理论建立起了血肉联系。这种率先垂范的胆识，这种"接着讲"的胸怀与睿智，不能不让人产生由衷的敬意。

1996 年在张家界召开的"96 书法批评年会"上，笔者曾有幸聆听过沈鹏在会议上的发言，他说批评家可以"笑谈真理"，这句话给笔者留下了很深的印象，也使笔者由此领略了书坛领军人物的胸怀与气度。也是在那次会议间隙，笔者得知他患有严重的失眠症。以他的年龄与身体状况，以他在书法界的声望，他完全可以颐养天年，不必再劳心费神，撰写长篇大论。撰写这篇长文，付出的心血与精力可想而知，如果不是出于对书法事业的高度责任心及对书法艺术的真诚热爱，是不会这样呕心沥血、焚膏继晷的。联想到有些书家一旦走上书协领导岗位，便不思进取，到处"走穴"，沽名钓誉，真是不可同日而语。他这种以身作则、以自己的实际行动为书坛树立不断学习、不断进取、艺术与学术并重的学人风范的举动，是非常值得敬重的。

我想，身处书协各级领导岗位的书家如果都能像沈先生这样孜孜以求，勤于学习和撰述，以书法事业为重，以传承和弘扬民族文化为己任，整个书坛的风气将会大为改观，书法事业也真正会出现人才辈出、兴旺发达的局面。

二十年磨一剑

——评葛鸿桢新著《论吴门书派》

    苏州葛鸿桢先生寄来他的新著《论吴门书派》，细阅之后，深为他的严谨治学、勤于著述而感动。鸿桢先生研究吴门书派已经有二十年之久，早在1987年，在江苏常熟召开的"江苏省首届书法理论研讨会"上，鸿桢先生提交的论文题目就是《吴门书派——明代书坛的中流砥柱》。那时笔者在驻锡部队任教，也有文章入选，并恰好在会议期间与他同住一室，记得当时他那篇文章在会上博得了一致好评。此后的二十年中，鸿桢先生对吴门书派的研究一直没有停止，先后出版了《祝允明》（紫禁城出版社）、《吴中才子》（上海书画出版社）、《中国书法全集·祝允明卷》《中国书法全集·文徵明卷》（荣宝斋出版社）。最近由荣宝斋出版社出版的这本专著——《论吴门书派》，洋洋三十余万字，凝聚了葛鸿桢二十多年的心血，堪称当代研究明代书史与吴门书派的力作。

    我们知道，明代书法以帖学为主，其具有代表性的书家都集中在江南一带，因此，研究吴门书派对研究明代书史及明清之际的书风流变有着非常重要的意义。作为一种个案研究，它需要研究者具有宏观把握与深入钩沉的双重能力。葛鸿桢作为一名学者型书家，长期从事书画创作、鉴赏考证以及书史、书论研究，又长期生活在苏州，与苏州地区文博界、书画界，乃至全国及海外学术界、艺术界，有着广泛的交往和交流，这些都为他研究吴门书派提供了得天独厚的条件。而他本人在治学上孜孜以求的态度与严谨求实的学人作风，使得他的研究成果具备了深入严谨、细致完备的特征。《论吴门书派》这部专著对吴门书派的渊源、兴衰、阶段性特征以及代表性书家的生平、艺术成就、师承关系等都有详细的考证与论述。该书资料翔实，图文并茂，是研究各书法流派的经典之作。

《论吴门书派》在写作上严格遵循学术规范要求，在书中大量引用了文史资料和参考文献，并且均一一标明出处。该著分六部分展开论述，包括绪论、吴门书派溯源、吴门书派所处的时代背景和历史成因、吴门书派全盛时期的领袖人物、吴门书派的重要成员及后继者、明代吴门书派书家活动年表。其论述之严密、资料收集之翔实与丰富，都是非常值得称道和感佩的。而作者那种"板凳要坐十年冷""十年磨一剑"的治学精神与治学作风，更是值得我们学习和颂扬。

探幽发微，彰显历史与人文

——《常州画派研究》读后感

对绘画流派的梳理与研究，是绘画史研究极为重要的组成部分，它既需要有宏观的观照与审视，又需要有细密的挖掘与钩沉，研究面涉及文化史、艺术史、地方志、人物志、绘画评论、画家个案研究等诸多方面，研究者只有具有很高的文化视野与学术、艺术眼光才能胜任。读叶鹏飞先生新著《常州画派研究》，一个很深的印象就是他能举重若轻、深入全面地对常州画派产生的历史文化背景、社会文化环境、开创人、传承人与泽被等各方面进行系统完整的考察与评述。笔者认为，该书在撰述上有以下三个特征。

一、深入全面，系统完整

《常州画派研究》在研究评述常州画派产生的动因与流派特征时，往往会从常州的人文地理、历史文化、绘画传统、社会环境等多个方面进行考察论述。这种深入细致的考察可使人们对常州的历史文化有全面的了解，同时也对常州画派产生的历史背景与文化环境有足够的认识。在对常州画派的开创人、传承人、传承群体、泽被情况等方面的介绍评述中，叶鹏飞也做到了深入细致与系统完整，使人们在读完该书后能对常州画派有全面深入的了解与认知。

二、脉络清晰，论述翔实

常州画派的产生与传承是在一个相当长的历史时期发生与延展的，其中涉及众多画家与历史人物。要进行系统、全面的介绍，就必须从纵向传承与横向观照中进行梳理与钩沉。叶鹏飞在论述中以常州画派开创人恽格的生平与艺术成就、画学观为主脉，上溯常州画派的历史文化环境，下追常州画派的承继与泽被，旁及常州画派传承演变的形式特征与演化特征，使全书包容全面而又脉络清晰。该书采用分设章节的方式进行梳理归纳，保证了论述有条不紊、繁而不乱。而在具体的论述中又进行了深入的挖掘与周密的划分，使每一章、每一节都有深入翔实的考察论述。

三、资料丰富，考证严谨

对绘画流派的考察，史料与资料的收集是一个重点，也是一个难点。《常州画派研究》一书在这方面做了大量深入细致的工作，所收集的资料丰富、完整，对资料的考证与甄别也十分谨严。为了做到清晰完整，叶鹏飞在书中分别排列了大量图表，这些图表所涉及的画家有数百位，都进行了详细的介绍；书中还附有大量图版，引用了大量参考文献，这些都使该书非常丰富与充实，同时又严谨与细致。因此《常州画派研究》一书可以说是绘画史研究与绘画流派研究方面值得称赞的一部力作，它在学术性、艺术性、资料性、可读性等方面都树立了良好的范例。

集精荟萃　推波助澜

——《中国当代书法理论家著作丛书》读后感

《中国当代书法理论家著作丛书》第一辑共 10 本书，200 余万字，已由中国文联出版社正式出版。作为丛书的作者之一，笔者有幸先睹了丛书第一辑的 10 本专著。这里结合阅读感受，谈谈个人对这套丛书的看法。

新时期书艺发展的一个重要特征就是书学研究空前活跃，并不断走向深入。各类书学研讨会的召开，各种书法专业刊物的创办，为当代书学研究的活跃与拓展提供了有利的外部条件。另一方面，由于"书法热"的兴起，一大批有才华的中青年学人投身书艺创作与书学研究。以书学研究为契机，以现代意识为观照，对中国传统文化进行深入的挖掘与研究，使书学研究不仅成为当代我国学术文化研究的热点之一，而且逐渐与当代学术文化思潮融汇在一起，成为其中最具活力、最有潜力的生长点。因此，总结、收集和整理近二十年来书法界的理论成果，对培养、壮大新时期书论研究队伍，促进学术交流，扩大相关学人影响，提高书法界的学术地位，都有十分重要的现实意义。

《中国当代书法理论家著作丛书》的出版，其本身就说明了当代书学研究队伍阵容强大，成果丰硕，人才辈出。在当代书法创作繁荣昌盛的态势下，书学研究的活跃与深入展现了书法艺术在当代学术环境下具有极强的适应性和极具发展潜力的广阔前景。正如作为本丛书学术顾问之一的邱振中在丛书总序中所说的那样："书法作为语言、视觉图像、感觉陈述、意义阐释、人格修炼等重大命题汇聚的场合，为当代人文学科提供了取之不竭的灵感与触机。"该丛书的出版，既是对书学理论研究成果的收集和整理，也是对书学研究成果的宣传和推扬，其影响将不仅在书法界，而且将及于整个文化学术界。特别重要的是，在不久的将来，该丛书将陆续推出第二辑、第三辑……用当代有代表性的书法研究成果，为当代书学研究推波助澜、集精荟萃，这正是本丛书出版的深意与价值所在。

《中国当代书法理论家著作丛书》由丛文俊、朱关田、邱振中、曹宝麟四位当代书法资深学者担任学术顾问，青年学者、书法家黄君担任主编。黄君是近年来活跃于当代书坛的学人型书法学家，先后参加过《书法学》《大学书法教材集成》和《中国书法全集》的编撰工作，其书学论文多次入选全国性书学讨论会并获奖。在他的书学专著——《东方思维与中国书法》的自序里，他这样写道："中国书法发展到今天，其独立自觉的时期也有一千多年。书法理论在过去与文艺理论相并行，不仅有独立的体系，更有许多独具东方民族文化特色、值得深入研究的美学课题。研究书法理论，不仅可宏观地指导创作实践，而且可以建立自己的书学思想，使创作有所依凭。

更重要的是，书法理论本身在中国当代学术中具有非常特殊的意义——一定程度上，书法艺术可以被认为是中华民族传统文化中一个不可多得的活标本。"正由于有这样的思考和认识，所以由他主编的这套丛书的学术价值、文化意义更不可低估。

《中国当代书法理论家著作丛书》共收入丛文俊《丛文俊书法研究文集》、黄君《东方思维与中国书法》、许宏泉《寻找审美的眼睛》、毛万宝《书法美学论稿》、王宏理《流月斋金石书法论集》、葛鸿桢《葛鸿桢论书文集》、郝文勉《走进书法》、傅周海《傅周海论艺笔记》、虞卫毅《友声书友逸事录》和常抒《常州书学论集》十部专著。

这些专著大多为当代书坛有影响的书论家的个人专集，像《丛文俊书法研究文集》收录了丛文俊1986—1999年这十五年中的书论文章39篇，这些可以说是他十余年研究书艺、书史、书论的心血结晶，也是研究丛文俊书学思想与治学方法的重要资料。另如黄君《东方思维与中国书法》、葛鸿桢《葛鸿桢论书文集》、王宏理《流月斋金石书法论集》、许宏泉《寻找审美的眼睛》、毛万宝《书法美学论稿》、郝文勉《走进书法》等，也都是汇集作者们多年研究书法理论与文艺理论的心血之作，分别是上述作者各自的代表性专著。此外，《傅周海论艺笔记》收集了已故著名学人型书家傅周海的论艺札记，是对已故书家艺术遗产的抢救性整理。虞卫毅编著的《友声书友逸事录》则记述和介绍了当代以友声书社成员为代表的一批中青年书法家、书论家的逸事轶闻与艺术风采，展示了当代书坛学人互敬互爱、各展所长、积极进取的精神风貌，是研究当代书法文化极有文史价值的宝贵资料。而由常抒编著的《常州书学论集》则收录了常州地区近二十年来的书学研究成果，它的意义在于从一个地域和一个侧面反映了当代书学研究的活跃与深入。

因此，仅从《丛书》第一辑的十本著作中，就能看出编辑出版《中国当代书法理论家著作丛书》是极有学术眼光、极有文化意义的学术举措。而该丛书在装帧设计、制版印刷方面达到的高品位与高格调，也是值得肯定与赞赏的。我们相信，随着该丛书第二辑、第三辑的陆续推出，其在当代学术界的影响将越来越大，其学术价值、文化意义也将进一步得到显现。

闲情偶寄亦斑斓

——读《雀巢语屑》

《雀巢语屑》是唐吟方新近出版的掌故小品集，其中所记掌故，多为近现代书画名家和文化名人的逸事轶闻。据作者自述，他写掌故"纯粹出于自娱，用零零星星的文字记下艺坛人物的吉光片羽，聊寄一片闲情"，这当然是作者的自谦之辞。

近读李泽厚先生新著《世纪新梦》一书，李先生在书中说"对我个人来说，哲学探寻也许只是'聊作无益之事，以遣有生之涯'罢了"。李泽厚是当代数一数二的大哲学家，其晚年以"聊作无益之事，以遣有生之涯"的心境研究哲学，其中透露的是一种"大彻大悟"的学人心态。唐吟方撰写《雀巢语屑》，看似闲情偶寄，实际上也是以"聊作无益之事，以遣有生之涯"的恬淡心境在探寻艺事。数年前，唐吟方在与我的通信中曾谈到撰写掌故的问题，他在信中说："此种文字（指掌故）虽不同学术文章，做得好，可读性和史料价值兼具。俗云'知人之言'，欲求此，书人逸事趣闻似不可少。写作品，写文章可作伪，而平日之行事绝少可伪者，弟酷爱掌故，取其通人真面意。"由这段话可以看出，他写掌故虽谓"聊寄闲情"，但实有深意存焉。他看重的是掌故的"通人真面意"。

《雀巢语屑》中记录的近三百则掌故，多为作者亲历、亲闻或有资料可据的逸事轶闻，那种道听途说、不具"史料"价值的传言是断不收录的。例如《语屑》中有一则记黄永玉与钱锺书交往的逸事："黄永玉某次为某单位制画，作礼品送某国城市。画内容为凤凰涅槃。画成，送画单位领导嘱写说明，俾使外国人知画内容。黄领命以为易事，及翻《辞海》，无此内容，急电询钱锺书，方解围。"这则掌故有无事实依据呢？恰好我最近在翻看刘智峰主编的《精神的光芒》一书，书中收录有黄永玉回忆钱锺书的文章《北向之痛》。在这篇文章中，黄永玉本人记述了这件轶事，只不过黄文叙述较长，《雀巢语屑》所记要精练得多。由这则掌故可以看出，这种掌故文字虽简短，但需要作者随时注意收集，还需要作者具有删繁就简的文字功底，既要善于发现，又要善于整理。因此，没有很好的艺术修养、广泛的交游及坚实的文字功底，是很难措手的。

《雀巢语屑》最引人击节处，是作者每陈一事，每记一人，皆能简洁生动、文笔雅致、趣味隽永。例如记石开逸事："石开某次赴京讲学，适某生持《中青年著名篆刻家22人集》，开亦作者之一，乃借读半日。越日，归还，书上批注累累。谓某生曰：'我读书好做法，幸勿见怪。'某生苦不堪言，盖书亦转借于他人。"又如记周祥林逸事一则："黄惇印集有闲章，曰'有酒当歌'。弟子周祥林有乃师风。某次，友人宴集，周赴，酒后微醺，忽发言：'顷得佳句可对黄师佳句，愿献众。'

相问，久久吐其辞，曰：'无孔不入。'"另有一则记王镛逸事，也能引人发噱："王镛书法粗头乱服，人亦然，不好修饰。某年新生入学，忽然室内电灯熄灭，争下楼寻电工。适王镛挎包从校园过，某生趋前，谓王镛：'宿舍电灯坏了，请师傅帮忙修理。'事后，人谓此国画系副教授王镛，某生愕然，说：'我怎么觉得他像电工师傅呢？'一时传为美谈。"此类轶闻，《雀巢语屑》中尚有许多。

也有几则是作者评人论艺的短札，如其评品当代名家书法："当代名家书法，师范不同，各有千秋。吴作人字温而雅，墨显而笔隐，是有美术修养的绅士字。黄永玉字有骚人气。黄苗子字若形单学士，才思过人而衷气略欠。赵朴初字具庙堂气，其体摹东坡，去其放达而增益规矩，一丝不苟，题匾最宜。以画法营字，当推李可染，苦心孤诣，人胜于天。王学仲字有才无体，启功字如逊位皇族，有典型而精神离散，描头画角，题跋书为佳，大字空瘦不称……"又如评学者之字，"学者之字，叶圣陶太稳，俞平伯太文，马一浮太枯，谢无量太稚，沈尹默太秀，梁启超太刻，叶公超太俗，独爱鲁迅翁手迹，刚毅有质。"由这两则短评，已能见出作者的眼光与胆识。

《雀巢语屑》共辑录掌故280余则，涉及书画界与文化界名流300余人，虽是薄薄的一册，而内容丰富，文笔优雅、斑斓多姿。闲暇之时，清茶一杯，捧读此书，既能怡情，还能增广见闻，如入胜境。此书收集了大量鲜为人知的艺林轶闻，其收集、保存"史料"之功，也是值得大书一笔的。

《佚红楼梦》序

《佚红楼梦》即将出版，这是红学研究的一件大喜事。

根据笔者的鉴定和考证，在《佚红楼梦》这部书稿中，大部分文字内容是曹雪芹的佚稿文本，少部分内容为后人增删。根据脂批记述，曹雪芹在写作《红楼梦》时，曾经写完后三十回，对《红楼梦》的故事进行收结，后因部分章回佚失，也可能还有其他一些原因，后三十回文本被曹公放弃，成为《红楼梦》一书的佚稿文本。当前，对《红楼梦》后三十回佚稿的研究，是红学界十分关注的一大课题。《佚红楼梦》的出版，无疑会给《红楼梦》佚稿的研究带来很多惊喜，甚至有可能会给《红楼梦》成书过程研究带来突破性的进展。

根据笔者的研究，曹雪芹写作《红楼梦》，曾经历过三个重要阶段。第一阶段是完成初稿本的撰写，其时间段约在乾隆二年到乾隆十一年。第二阶段是对初稿文本进行改写，写出一百一十回全本红楼梦，时间段约在乾隆十二年到乾隆二十四年。第三阶段，是放弃改写本后三十回文本内容，前八十回用改写本文本，后四十回改用初稿本后四十回内容续接（实际上是两个文本的嫁接），故有梦稿本一百二十回文本出现，其时间段约在乾隆二十四年到乾隆二十九年（曹雪芹去世之年）。

曹雪芹去世后，脂批本、梦稿本、初稿本以及后三十回佚稿文本等多种《红楼梦》写作稿本，均由脂砚斋妥加收存。脂砚斋在曹雪芹去世后不仅继续对脂批本《红楼梦》进行加批，而且还曾对曹雪芹所写《红楼梦》各稿本都进行了一定的整理和归类。去世前，她将曹雪芹所写《红楼梦》各种文稿妥善交于亲友，几经波折，这批书稿大部分被程伟元得到。程伟元请高鹗帮助整理，以初稿本内容补齐梦稿本残缺部分，出版了一百二十回本《红楼梦》（世称程高本），后期又利用出书方便的条件，将初稿本和佚稿文本换名出版，使曹公的书稿得到有效保存。初稿本出版时用了《金玉缘》这个书名，作者用"西楼居士"名（暗示是曹雪芹原稿）；而佚稿文本则用《佚红楼梦》为书名，作者用"芹溪居士"名（暗示为曹雪芹佚稿）。

在互联网时代，这两书的电子文本在网上出现，被笔者发现并作出鉴定意见，使困扰红学界近百年的《红楼梦》后四十回文本来源之谜与《红楼梦》佚稿文本之谜得到破解。笔者不仅发现了曹雪芹写作《红楼梦》的初稿文本，而且还发现了他生前所撰《红楼梦》后三十回的佚稿文本。这对《红楼梦》的版本研究、《红楼梦》佚稿研究、脂批研究、曹雪芹身世研究和《红楼梦》成书过程研究都有着十分重要的现实意义。

《红楼梦》的故事结尾对《红楼梦》影视剧本创作的意义十分重大。曹雪芹生前对《红楼梦》故事的结尾有两种述说：

一种是用初稿本后四十回故事内容进行收尾，另一种则是用《佚红楼梦》中的故事内容进行收尾。对前者，笔者指出其为"龙头"与"蛇尾"的成书组合；对后者，笔者认为是"龙头"与"龙尾"的成书组合。因为《佚红楼梦》书稿内容是曹雪芹在写完《红楼梦》前八十回后的续写，它的故事叙述是直接承接前八十回故事内容的，所以在故事的衔接上，比起用初稿本后四十回续接的程高本《红楼梦》要自然贴合得多。

笔者是在名为"古代小说研究"的网站上读到《佚红楼梦》这个文本的，又在网上查询了这个文本的来龙去脉，知道了这个文本最早在网上出现时，作者署名是"芹溪居士"。经过反复阅读和鉴定，笔者认定此文本不可能是现代人所能写出，只能是曹雪芹佚稿。

《红楼梦》在写作上的一个显著特征，是它以记述"表面现实"为"实录"表象，而以展现"深度真实"为写作旨趣。在叙述上，它坚持"善恶必书"的辩证深入的认知态度，追求以铭心刻骨之亲身体验、心血浸润之深广阅历为基础的"适如其人""适如其事"的生动逼真的写真境界，借助"春秋笔法"在"微言大义"中传达深隐在精微复杂、曲折动荡现象背后的深刻反讽意蕴，着力以平实、从容、细腻的白描手法，充分展现和展开多元现实之间的复杂世态与多维冲突，在复杂、深广、开阔、多变的世情世态描写中寄托作者深刻而隽永的人文情怀。

《红楼梦》的这一写作手法与写作特征，在前八十回中有着突出表现，而《佚红楼梦》文本同样对此有所保持。之所以有这样的结论，是因为这种写作手法与写作特征并不仅仅是

一种写作技巧，而且是与作者的修养、阅历、眼光、性情有着
密切的联系的，因此，这种写作笔法是其他人无法模仿和复制
的，它只能是曹雪芹特有的笔法。没有曹雪芹的身世和阅历，
就没有曹雪芹的眼光与性情，就没有《红楼梦》的文笔和意
蕴。从这个意义上说，《红楼梦》的文笔特征是人文合一的。

《佚红楼梦》在文笔上既然能做到与前八十回高度一致，
那么，它的作者就只能是曹雪芹而不会是其他人，这是笔者判
明《佚红楼梦》是曹雪芹佚稿文本的主要原因。当然，还有
其他一些原因，例如《佚红楼梦》文本中很多场景描写与脂
批中关于后三十回的记述能够相互吻合，且能合理地解答脂批
关于后三十回记述中的许多未解之谜等等，这也能证明这一文
本正是曹雪芹当年写作《红楼梦》后三十回的佚稿文本。

李芹雪女士在网上发现并保存了这一佚稿文本的电子文
本，同时用六年时间对佚稿文本缺失的部分进行了增补，使
《佚红楼梦》得以出版发行，这对《红楼梦》佚稿研究和《红
楼梦》成书过程研究意义十分重大。在此，笔者对为保存和
传播《红楼梦》佚稿文本作出巨大贡献的李芹雪女士表示深
深的敬意。同时，希望红学界有识之士能高度关注并深入研究
《佚红楼梦》这一文本，从文学、哲学、历史、民俗、医药、
音乐、诗词、语言等多个专业领域多角度地对该文本进行鉴定
和研究，通过红学界的共同努力，力争将《红楼梦》研究推
向新的高度。

是为序。

抒情言志　感怀人生

——读赵东升新著《似水流年》有感

赵东升君赠我其新著《似水流年》，此书为"文化寿州"系列丛书之一。寿县为国家历史文化名城，丰厚的历史文化积淀养育出古城一代代精英俊才。东升君这部新著，汇聚了自20世纪80年代初大学毕业步入社会，到本世纪第一个十年，中间近三十年他所写的随笔、游记、诗歌等文学作品二百余篇（首）。他用《致敬青春》这篇文章作为新著的序言，表达的是对三十年青春岁月的感怀与回忆。在他已步入知天命年龄之际，用这样一本文集来纪念已逝去的青春年华，表达对生命、对生活的热爱，这样的结集与绽放，当然是令人感到欣慰和惊喜的。

《似水流年》按写作类别共分六辑。第一辑《闲情遐想》收录了赵东升历年所写游记和杂感类随笔 38 篇。在这一辑中，有几篇游记散文写得非常生动、灵巧，充满真情实感。例如《五台山印象》这篇散文，记述了他游览山西五台山的经历和印象，写得曲折生动。文中既有对五台山自然景观的介绍，也有关于毛泽东、阎锡山、徐向前与五台山因缘际会的记述。其后的几篇如《北京的金山上》《延安漫笔》《西北望长安》《蝴蝶泉边》《谁识庐山真面目》《走过十八盘》《曲阜三记》等，也是游记散文，但都写得洋洋洒洒，颇有感人之处。游记文字要写得生动感人，不能像记流水账，只记录到过那里、有何感观，而要善于写景状物，表情达意。结合自然景观与人文历史对游历的感观进行描述，进而说理论事，纵横议论，能使游记散文超越记录式的游踪记述，而成为借景抒情、借题发挥的一种美文，读后能让人产生身临其境与"发思古之幽情"的感受。

好的游记文字常常是有感而发、借景抒情，能表现出作者的"才""学""识"。其中的"才"当然是指作者的文学才华。游记散文同样属文学作品，其中的遣词造句、谋篇布局，反映的是作者的文学才能，有了这种才能与才情，笔下才能妙语连珠、佳句迭出。但是，仅仅有文才还是不够的，还需要有学养的滋润与支撑，才能将游记散文写得出神入化，不同凡响。因为任何一处风景名胜，都有它的风土人情与历史掌故，熟悉这些历史、地理、风土人情，当然需要平时的读书积累。有了学养与文才，仍然不够，还得有"识"，因为游记文字大多是借景抒情、借题发挥，作者在文中表达的对自然、人生、社会的观察与认识、见解与识见，才是游记文字的亮点所在。这些需要作者对社会、人生有深刻的思考，有正确的洞见，有精辟的议论，这正是"识"在游记散文中的作用和意义。我读赵东升这几篇游记散文时，印象最深的，就是其纵横议论而不失精妙，这当然需要有"识"作铺垫和支撑。

《似水流年》的第二辑"会稽笔记",是赵东升在浙江绍兴参加"安徽省六安市第八期挂职干部培训"、到诸暨参观和挂职实习期间所写的28篇日记。这28篇文章,虽然是以日记的方式表述,却有很多实景的记述与心灵的感悟,让人读来有真情实感。每篇日记都有一个别致的标题,就事论事,触景生情,表达他的观察、感悟、体认、思考与议论,使这组日记各呈特色,超越于简单的记事状物,而成为感怀抒情的议论型随笔。

《似水流年》的第三辑"敝帚自珍",收录了赵东升在安徽师大中文系本科毕业时所写的毕业论文《"你这忧伤的花儿为谁而开"——肖洛霍夫〈静静的顿河〉婀克西妮亚形象浅析》。这是一篇文学评论文章,反映了作者对文艺作品认识的深度与高度。

《似水流年》的第四辑"平仄学步",收录了赵东升所写的旧体诗三十余首。第五辑"寂寞独白",收录了他创作的新体诗五十余首,反映了赵东升对旧体诗与新体诗皆有爱好,并皆有较高的造诣。

读完全书,我感到赵东升是一位善思敏学、勤于学习、善于思考、勤奋工作、积极进取,有信念、有追求的内秀之人。他写文章纵横议论、自由发挥,除了有文才、有文心、有笔力、有朝气,更主要的是他有自己的人生观、世界观,有自己的信念与志向。古人说"诗言志",赵东升的这本《似水流年》,言说的正是他奋发进取的人生志向,这也是每位捧读这本文集的读者在阅读时应该细心体察的地方。

《城墙根下》品读札记

《城墙根下》是赵阳君去年新出版的文化随笔，是"文化寿州丛书"之其中一种，全书共分"人文寿州""市井随笔""人物素描""岁月如歌""人生百味""山水揽胜"六个部分。去岁赵君初赠书时，我曾抽空细读过一遍，印象颇深，但未能动笔记下读书的感受。今日抽空再读此书，并有意写点品读文字，对此书的部分内容作一简要点评。

《城墙根下》第一辑"人文寿州"，描写的是这座古城的古往今来，以白描的手法叙写了古城人生活的点点滴滴。这些文章语言朴实生动，视野开阔独到，对寿州的人文与历史有介绍、有叙述，有议论、有感想，也有挖掘与考证。是以随笔和散文的笔调写周边的事物，言说古城的人文历史，有感而发，借景说事，借题发挥，情景交融，勾画出古城与古城人特有的风韵。

第二辑"市井随笔"中，赵阳带着观察的眼光，描写了古城人生活的方方面面，人间的烟火气息在他的笔下被追踪摄魂般地得到了凸现与放大。赵阳写的是身边的人与事，而思考的则是古今的风云变幻，使读者在感受古城人文魅力的同时，又增添了人文知识与超越时空的想象力。《张老师的罗曼史》一篇，属写人记事，但写得风趣幽默，文中对"张老师"的爱情悲喜剧极尽调侃之能事，在人物刻画上虽然模糊了一些，但在人性的挖掘上，有点石成金的妙笔。可见赵阳对生活的观察与思考，对往事的追忆与描述，都达到了"嬉笑怒骂皆能入木三分"的程度。《小胡轶事》也是写人，但是带着同情，带着欣赏甚至激赏，描写了人物的"智"与"痴"。虽然是写小人物的命运与轶事，但却真实地写出了当代有才情的年轻人的生存状态与精神意态。

同样是写人，第三辑中《名如其人的方敦寿》，写的是文化名人方敦寿在领导面前拍桌子的一幕，文章夹叙夹议，十分生动和精彩。从中也能看出作者对文人风骨的尊重与推崇。《是真名士自风流》写的是小城的文化名人苏希圣，文章虽然篇幅不长，但在他叙述的一些小事中，一位温文尔雅、淡定从容、多才多艺的小城文化名士形象却渐渐地在读者脑海中清晰和明朗起来。笔者与苏希圣先生是多年老友，对其了解较多。他在文史研究、书画创作、考古、戏剧乃至音韵训等方面均有造诣，但始终保持低调温和、淡泊情怀。经赵阳《是真名士自风流》篇目的点醒，苏希圣的文人风骨与形象立即显现出来，令人不得不赞叹他为这篇文章所选定的标题。文章的标题是文眼所在，一篇文章围绕一个标题去做，或叙事，或议论，但能让人回味，乃至拍案称绝，便是妙文与奇文。赵阳写人不着意于人物刻画，而是通过一些小故事的叙述，让读者自己去品读与体悟，其人物形象的丰满是在作者与读者的互动中得到实现的。这显然要比那种刻意的渲染与机械的刻画要高明了很多。《城墙根下》第三辑中写人的篇章尚有很多，它们虽各有侧重，但都写得自然生动，很有立体感。

第四辑"岁月如歌"，主要写对往事的回忆。这类写作重在唤起特定人群的"集体无意识"，而由这种"集体无意识"积淀形成的历史沧桑感正是文学作品关注人类命运、见证人类心路历程的着力点所在。其中《露天电影的怀念》《挖荠菜》《年趣琐忆》等文章，描写和记述的正是特定时期的生活场景，它们是一种回望，又是一种生活场景的定格。这类描写虽出自个体，但传递的却是同一时代某一族群中共同的人生经历，因此能给人带来历时性的回味与感喟。

第五辑"人生百味"，写生活中的方方面面，主要是个人的体验与感悟，有儿时的回忆，也有当下的感怀。这些文章大多为短篇小品，即兴而成。它们篇幅虽小，但个人的喜怒哀乐、所思所遇都在娓娓道来的闲叙中表露无遗，使读者在不知不觉间走近作者，与作者一起欢笑、一同远行、一同思考。

第六辑"山水揽胜"的 18 篇文章，均是旅游散文、游记散文，记述的是赵阳在各地参观游览的经历与感想。他注意了历史人文在游记散文撰写中的特殊意义，既写景状物，又抚今追昔，侧重于个人的旅游体验与对山川风物、古今逸闻的探访与追述。

读完全书，笔者总的印象是：赵阳的文笔很犀利，有真性情、真担当、真作为。他对于生活的观察描写非常细致、深入，捕捉人情世态时，既有恻隐之心，又有嬉笑怒骂皆成妙文的才能。文笔看似随意，实则字斟句酌、往复照应，十分精准、到位。

研古论今，阐精发微

——读《丘石印学研究文集》有感

南通市书协主席、南通印社名誉社长丘石先生两个月前寄来其印学专著《丘石印学研究文集》，因前一段较忙，未能坐下来认真拜读，近期稍闲，抽空细细阅览了此书，获益良多。

此书分"当代篆刻研究""古代印学研究""其他"三部分，对当代篆刻艺术发展特征与走向进行了研究与论述，对古代印学论著与印学思想进行了挖掘与梳理，还对中国香港与中国台湾地区篆刻艺术的发展现状与特征以及部分新老印人的篆刻成就进行了分析评论和个案研究。丘石本人精于篆刻创作与篆书研究，其文章也能做到深入浅出、议论精当、言之有物。笔者略懂篆刻，并对当代篆刻创作与理论研究持续关注，非常欣赏与认同书中的观点。

十年前，笔者曾购藏过韩天衡先生编著的《历代印学印文选》，一直未曾深入研读。这次通读丘石大著，对古代印论的主要内容有了较全面的了解与认识。读古代印论也需要去粗取精、分析研究，对当代篆刻创作更要站在宏观角度进行审视。

二十年前，辛尘出版《当代篆刻评述》，我曾撰写书评文章发表于《书法导报》。如今读了《丘石印学研究文集》，我对古今印学的发展脉络又有了更清晰的认识。

该书集中反映了精英文化的发展轨迹。明清以来，印学大家多为文化精英人物，他们开宗立派，影响的是整个文化界与学术界。可以说，不了解印学发展史，对传统文化的了解就是残缺的，对明清以来的文化走向也难有深入的认识。就书法而言，明末清初碑学书风的兴起与明清时期印学的发扬光大有直接的联系。印学是深入了解传统文化的又一座桥梁，可惜现在能深入印学研究的人越来越少。

丘石的这部专著填补了当代印学研究不够全面、深入的空白，是值得篆刻家与印学研究者认真研读的良好范本。持论严谨、文笔优美、思辨深刻是此著的另一特色。

古朴典雅，秀丽清新

——周顺元隶书陶刻简评

　　我和周顺元先生结识，得益于老友叶鹏飞的介绍。2011年，我与爱人在宜兴设立盛世逸品工作室，鹏飞兄介绍我与他的书法弟子周顺元认识。此后，我们便经常见面和交流。他曾经在宜兴紫砂一厂担任办公室主任，与宜兴紫砂界的大师们关系亲密，我们在宜兴的交游与开展的一些活动，得到他很多支持与相助。他爱好书法，并在隶书创作上长期研习，为自己的隶书创作打下了坚实的根基。

　　隶书创作贵有古雅之气。周顺元的隶书作品古朴典雅、清丽多姿，这得益于他多方面的文化修养和多年的临池实践。他研习隶书从汉隶下手，对《乙瑛碑》《史晨碑》《孔宙碑》以及《石门颂》等汉隶经典作品反复临习品味，下过一番苦功。长期的临池创作与观察体悟，使他对汉隶的用笔、结体、章法、布局等各方面都有了深刻的理解与把握。经过长期的摸索，周顺元在创作上融会贯通、化古为今，逐渐形成了典雅清新、平和简净的自我风貌。

隶书创作中规入矩易，平中见奇难。周顺元的隶书创作师古而不泥古，在处理方圆、曲直、粗细、大小等结字与用笔方面，善于变化发挥，既重视用笔结字的多样化与丰富性，又重视整体布局的和谐统一性，真正做到了寓灵动于平和之中，见变化于机巧之内，在轻松自然的书写中，见出一种风韵和雅致。

周顺元对隶书创作情有独钟，长期反复锤炼，不断深入精进，年届耳顺仍勤奋钻研，创作日臻成熟。他的隶书创作既有静气，又有灵气，更有几分儒雅飘逸之气，这是十分难能可贵的。刘熙载《书概》中说："书，如也，如其学，如其才，如其志，总之曰如其人而已。"周顺元的隶书作品儒雅含蓄，已进入了字如其人的大美境界。

近年来，周顺元在砚田耕耘的同时，又涉及陶刻艺术。数十年的工作情缘，使他最终在陶艺作品中找到了归宿，艺术创作得到了升华。凭借良好的书法功底、名家的悉心指点，周顺元在陶刻艺海中探索渐进，继承传统，探源求本，学习借鉴，博采众长，以刀为笔，以陶代纸，不断延伸和拓宽了自己的艺术之路。因此，尽管他起步迟、工作忙，但他起点高、进展快，如今在创作中已逐步形成自己的风格和气韵。细观他在壶、盘、瓶、盆上的陶刻作品可以发现，这些作品和他的书法一样，章法布局认真严谨，字体多数运用空刻技法，确定位置后单刀直入、略加修缮，可谓一气呵成、沉着流畅，尽显秀丽典雅的清新气质，又带有厚重古朴的金石韵味，难能可贵。

尤其值得一提的，是周顺元独具风采的青瓷书法镌刻。青瓷是宜兴陶苑的一株奇葩，悠久的历史根脉、特有的制作技艺，创作出色润如玉、质清似冰的高雅艺术珍品，倍受世人推崇。青瓷作品历来以釉色和造型见长，较少装饰。周顺元和同事们大胆探索，于青瓷坯体表面涂一层紫砂泥浆，再在上面刻画，最后经素烧、釉烧而成。在"青中泛蓝"的载体上凸现一幅"紫玉金砂"的陶刻画面，可谓别有情趣。

几经试验后，周顺元完成的第一件作品，是在青瓷钵上以隶书形体镌刻 268 字的禅学经典《般若波罗蜜多心经》，该作品把体现中华传统文化的青瓷、紫砂、书法、禅学和谐生动地融于一体，显现了端庄淡雅的深幽古味，洋溢着绝妙独特的丰厚新韵，深得陶艺大师们好评。2013 年 5 月，这件作品在"宜兴市首届曼生杯陶刻大赛"中荣获一等奖。

如今，年近古稀的周顺元仍在不断地努力，正如他在自述诗中所说"跋涉无涯路，得益贵坚持"。真诚地祝愿他在书法陶刻的艺途中锲而不舍、与日俱进，取得更多的成绩与收获。

业精于勤，艺成于思

——许频频书画、壶艺简评

中青年壶艺家许频频赠送笔者一册他最近出版的《铭陶轩作品集》，集子中既有他刻壶、制壶的作品，也有他的书画小品与艺术简介。在仔细观赏了集子中的作品后，笔者对其中的几件作品有了很深的印象。

一是许频频与著名导演陈应岐先生、著名书法家孙晓云先生合作的画缸铭陶作品。许频频的铭刻将陈应岐的山水画与孙晓云的行草唐诗分布于画缸两侧，十分传神。山水画与行草书在铭刻时最难把握的是"意"和"神"，许频频的铭刻能以刀法传笔法，对线条的起承转合、用笔的轻重缓急乃至用墨的枯湿浓淡都有很好的表现。其用刀的稳、准、狠以及对书意和画意的捕捉与表达，都达到了纤毫毕现、细致入微的程度，堪称铭陶高手。

二是紫砂奔马挂盘。画面中，两匹骏马奔腾向前，行书题款自右向左形成呼应之势，马首、马尾、马蹄所展现的动势与动感，以及用笔墨形成的直、曲、浓、淡、深、浅、粗、细、轻、重、干、湿等对立变化的元素经过刀法处理都得到了很好的展现。就以马尾上那数以百计的穿插避让、飞舞游荡的细线处理而言，刀法能达到如此精细、传神的境地，足以让人赞叹。通过这件作品可以看出，许频频在陶刻技艺上以刀代笔，实现书、画、铭刻三位一体的艺术实践，为传承和发展紫砂铭刻技艺作出了积极的贡献。

许频频不仅在陶刻技艺上出类拔萃，在制壶技艺上也有出色的表现。例如曾获首届"文博杯"工艺美术展览会金奖的"火焰套壶"，就体现了他在制壶艺术上精心构思、敢于独创的创新精神。这套壶（杯）因其壶流、壶盖、壶把与杯把的灵巧造型，传递出一种流动的、活跃的、呼应协调的套壶画面。作品构思奇巧，简洁大方，命名准确，寓意深刻，在形、质、色、韵四个方面都表现出了紫砂艺术深沉、灵巧的境界，堪称其得意之作。又如许频频创作的"筋囊如意壶"和"亚明四方壶"两件作品，在方圆结合与弧线处理上都达到了耐人寻味的高度，其中的精细与精致让人有过目不忘之感。

此外，许频频还利用自己擅长书画、陶刻的优势，创作了一批以书画彰显壶韵，提高紫砂壶文化品位的书画墨宝壶。其中的代表作有"得福壶""清逸壶""子冶石瓢壶""浑四方神韵壶""莲子壶"等。这些以书画为纹饰的紫砂壶基本上都是许频频自书、自画、自刻的作品，既展现了许频频多方面的才艺修养，也体现了诗文书画提升紫砂壶文化内涵与形式美感的作用。

紫砂壶的制作经过明清几代手工艺人与文人的合作研发，已经形成众多的经典款式，为当代制壶艺人的取法提供了极大的方便。但是，即便是对同一经典壶型的模仿和借鉴，不同的壶艺家所制成的紫砂壶仍有高下精粗之分，这里除了技法的精粗之别外，还涉及壶艺家的文化修养与审美眼光。因此，好的壶艺家不仅要善于师法，善于借鉴，而且还要善于"养眼"和"养心"。所谓"养眼"，简单来说就是提高审美眼光。中国的文化艺术重视古朴、厚重、典雅、端庄、灵动、飘逸、清奇、洗练等审美风格、审美趣味，它们通常在中国传统的诗文书画中有更多的展现和表现。因此，熟悉和掌握诗文书画创作中对意境的审美追求，对制壶艺人提高审美眼光与技艺水平有着良好的促进作用。所谓"养心"，说到底就是一种文化积淀。"艺由心生""艺由心造""外师造化，中得心源"，对"心"的涵养与修炼，绝非一日之功。这就要求制壶艺人必须做到"养眼"与"养心"齐头并进，只有这样，才有可能成长为学养深厚、技艺超群的艺术大师。

许频频在制壶与铭壶的实践中行走的正是博取约收、养眼与养心并重的坚实之路。他不仅制壶、铭壶，也画画、写字、刻印，并能转益多师，既师古人，也师今人，同时重视读书与交游，其常常因勤奋刻苦和善学善思而获得师友们的称许。他的画简约、灵动，花鸟虫鱼、人物山水、工笔写意皆能传情达意。其书法则以潇洒、雅致取胜。他的陶刻刀法细腻、章法灵活，能将书画、陶刻有机地融合在其制壶与铭壶技艺中，追求作品的极致韵味，这是他在制壶与铭壶上能超出时流，不断取得重要突破和重要成果的主要原因。

"路曼曼其修远兮，吾将上下而求索。"许频频年届不惑，正处青壮时期，他要走的路还很长。他的勤奋、执着、淡定和洒脱，他的聪慧、博学、谦虚和谨慎，都预示着他在艺术事业上有着宽广而光明的前程。

"文心"与"雅致"

——《熊召政诗文书法展作品集》读后感

　　仔细观阅《熊召政诗文书法展作品集》，一股清雅之气扑面而来，作品的高雅、古雅与典雅，给人留下了深刻的印象。熊先生的这本作品集以自作诗文为创作素材，以长卷、对联、横披、斗方、条幅、手札、书稿等多种形式进行创作和展示，充分表现了文人书法的创作特征，具有很强的艺术感染力。

　　熊召政的书法以行草为主，无论是长篇横幅，还是字数少的扇面，都写得灵巧别致。在冲淡散朗之中传递出一种意境和意趣，更展现出一种"文心"和"诗情"。其挺健的用笔与清秀的结字、变化的章法与合理的布局，让人产生"雅韵欲流"的感受。仔细品赏其诗、其文、其联、其字，让人感到回味无穷，甚至拍案叫绝。

　　熊召政的书法拙中藏巧，有静气，有禅意。行草条幅《京城听友人弹琴》清雅冲淡，"诗意"与"书意"互相映衬，相得益彰，细品之下，能使人产生"手挥五弦，目送飞鸿"的玄远感受。行书对联"坐老菩提树，翻残贝叶经"，笔画坚实，结字灵动，让人产生"散僧入圣"之思。行书扇面《题南武当》诗意清新，布局灵巧，线条瘦硬古拙，结字倚侧多变，似奇反正。行书《祭司马迁文》手稿行笔坚定，结字散朗，文采焕发，气象博大，令人击节称赞。

明代著名书画家吴宽在《跋鲜于困学诗墨》中写道："书家例能文词，不能则望而知其笔墨之俗，特一书工而已。"吴宽认为，真正的书家应有"文心"和"文才"，唯有如此，其作品才能脱俗，否则，充其量只是一"书工"而已。可以说，熊召政书法作品中展露的高雅与清雅，充分印证了吴宽的上述论断是深刻的精辟之论。

《红楼梦》研究琐谈

石破天惊逗秋雨

——谈红学谜案破解

《红楼梦》研究中，最大的谜案就是其后四十回文本来源及原作者问题，这是困扰红学界一百多年的大是大非问题，涉及对《红楼梦》成书过程的认知、后四十回文本文学价值评价以及曹雪芹身世研究等诸多重要课题。一百多年来，围绕《红楼梦》后四十回文本，学界有过很多讨论与争论。这期间，高鹗续作说几成定论，但是随着新材料的发现，高续说受到质疑并最终被推翻，无名氏创作了《红楼梦》后四十回成了红学会与红研所的研究结论与研究成果。《红楼梦》后四十回作者又多出一位无名氏，这结论真是让人哭笑不得。出现作者为一无名氏这一现象的原因在于，在高续说已经明显不成立的情况下，《红楼梦》后四十回的作者是谁就成了一桩悬案。如果说是曹雪芹续写，后四十回文笔与思路明显与前八十回有很大差异和很多矛盾；如果不是曹雪芹所写，那么作者又会是谁？在找不出作者的情况下，只能用"无名氏"解释，仍以悬案处置。

　　笔者认为，这里有一个误区，即多数人认为《红楼梦》后四十回是前八十回后的补续之作。在这种非此即彼的单向思维下，找不出后四十回原作者是必然的。但是，如果我们换一种思路，不将后四十回文本看成后人的续作，而将《红楼梦》看成曹雪芹自己用《石头记》的初稿文本后四十回内容拼接（移植）于改写本前八十回之后，形成的一个一百二十回的复合文本，那么后四十回文本与前八十回文本乃同一作者，这一结论是可以成立的。并且前八十回与后四十回之间出现的差异与矛盾也能得到合理解释。即它们是两个不同时期、不同构思形成的两个不同文本在拼接中出现的结构性矛盾所造成的。

　　这样的猜想与判断是可以成立的，但是需要有足够的证据。恰恰在此时，新的转机出现了，随着互联网的出现，大量个人私藏古典小说出现在网络上，其中就有一四十三回本《金玉缘》文本，其后四十回文本内容与《红楼梦》后四十回内容大同小异，几乎完全一致，只是小说中的人物名字被置换。因此可以认为，这部古典小说与《红楼梦》文本有交集、有重要的关联是明显的，也是肯定的。

　　有鉴于此，笔者在这一文本刚出现于网上时就对其产生了浓厚的兴趣，并进行了深入的文本比对研究。笔者得出的结论是：四十三回本《金玉缘》是原创文本，《红楼梦》后四十回文本内容取自于《金玉缘》后四十回文本，而不是相反。由此，笔者得出了"金前红后"的结论。既然《金玉缘》出现在红楼梦之前，而脂批中明确指出，曹雪芹曾写过一部与《红楼梦》相关的，叫作《石头记》的作品的初稿，并请其弟棠村写过序，说明它是一个完整文本，有一个完整的故事。另据脂批透露，曹雪芹在写完改写本《红楼梦》后，其后三十回不幸丢失（迷失）。在此情况下，用初稿后四十回文本内容拼接于改写本前八十回之后，形成一个复合型完整文本，就是一个可行的选项。

事实证明，曹雪芹就是这么做的。他留下的工作稿本《梦稿本》就是铁证。在《梦稿本》后四十回中，人物姓名已经完成了置换，但是文本拼接后形成的矛盾与破绽也充分显现出来。宝玉的二次入学、薛蟠的二次杀人、宝玉的二次祭晴雯，均是文本拼接后出现的故事重叠、叙说重复。由于涉及小说创作的整体叙事结构，牵一发而动全身，无法修改与删除，只能让这种矛盾保持原状。而这也从另一方面证明，《红楼梦》前八十回与后四十回是文本拼接关系，而不是情节内容承续关系。可以说，如果不是互联网时代让《红楼梦》初稿文本在网上出现并受到关注与研究，《红楼梦》后四十回文本来源之谜可能永远无法破解。因为没有人会想到，曹雪芹会拿初稿后四十回文本代替意外丢失的改写本后三十回。只有初稿文本出现，并且被有心人高度关注与研究，才能得出百廿回程高本《红楼梦》是一个拼接型复合文本的判断，而第一个做出这种鉴定与判断的就是笔者。

早在 2004 年，当四十三回《金玉缘》文本刚在"国学论坛——红楼梦研究网站"上出现时，笔者就判断它正是红楼梦一书的初稿文本，原名应该叫《石头记》或叫《风月宝鉴》。此案的破解可谓惊心动魄、石破天惊，它不仅合理解释了《红楼梦》后四十回文本来源问题与原作者问题，还指出了《红楼梦》初稿文本尚存世间。在后来的研究中，经过进一步分析，笔者提出网上出现的《佚红楼梦》文本正是曹雪芹改写《红楼梦》时不幸丢失的佚稿文本，并且明确指出初稿文本与佚稿文本的流传与存世，与程伟元的刻印保全有关。程伟元是保全《红楼梦》各种文本的最大功臣，并且也极有可能是脂砚在临终前选定的重托之人。这些谜案的破解，对《红楼梦》研究意义重大、影响深远，完全可以用"山重水复疑无路，柳暗花明又一村"来形容。

治学与预流

陈寅恪先生在《陈垣〈敦煌劫余录〉序》中云："一时代之学术，必有其新材料与新问题。取用此材料，以研究问题，则为此时代学术新潮流。治学之士，得预此潮流者，谓之预流。其未得预者，谓之不入流。此古今学术之通义。非彼闭门造车之徒，所能同喻者也。""预流"和"不入流"是释家语，陈寅恪先生借释语论学术，可谓画龙点睛，十分高妙。当代的红学研究，同样存在着"预流"和"不入流"的现状。有些研究者能够采用新发现的材料，破解红楼梦研究中的一些谜团与谜案，代表红学研究的新潮流与新方向。也有一些研究者故步自封，无视红学研究中的新发现与新材料，闭门造车，在原地打转，成为时代的落伍者。此类研究者，可谓不入流。

人文学科中的新发明与新发现，同自然科学中的新发明、新发现具有同等重要的作用，是推动人类文明进步的重要突破口。当然，要取得这些发明与发现，不是一朝一夕之功。这需要长期的钻研，还要有很高的识鉴能力。笔者在多年的红学研究中，有六项重大发现，可以说对红学研究取得新突破有着重大意义。这六大发现是：一，发现了《红楼梦》的初稿文本；二，发现《红楼梦》后四十回文本采自初稿文本后四十回；三，发现程高本《红楼梦》是一个复合型文本，其前八十回采自《脂砚斋重评石头记》前八十回，其后四十回采自初稿本《石头记》后四十回；四，发现了《红楼梦》的佚稿文本，明确指出古典小说网上最早出现的以"芹溪居士"署名的三十回本《佚红楼梦》文本正是《红楼梦》的佚稿文本；五，发现了曹雪芹在康熙五十年（1711）生于北京，至雍正五年（1727）曹家被抄家时已十六岁，已成婚，《红楼梦》后四十回故事是实录不是虚构；六，发现曹雪芹的红颜知己脂砚（脂砚斋）是清代著名学者何焯（何义门）之女。

上述六大发现，已将困扰红学家长达一世纪的六大谜团彻底破解。除此之外，笔者还有另外两项重要发现：一是《红楼梦》写作中，曹雪芹用"织锦法"为脂砚传诗，《红楼梦》中《葬花吟》《五美吟》《秋窗风雨夕》等诗皆是脂砚闺中之作，不是曹雪芹写作时的临时创作；二是程伟元一生不仕，为出版《红楼梦》费尽一生心血，是受了脂砚的临终重托。《红楼梦》初稿文本与佚稿文本的刻印传世，也是程伟元的功劳。

谈《红楼梦》写作中的实录与虚构

　　必须承认，《红楼梦》故事既有虚构，也有实录。那种认为该书故事全部是虚构的观点是完全错误的，同样地，那种认为《红楼梦》故事全部是实录的观点也是站不住脚的。小说就是小说，不是纪实文学，肯定会有虚构成分。但是，《红楼梦》又是一部特殊的小说，不仅作者曹雪芹是故事中的核心人物，点评者脂砚也是书中的重要角色。就像歌德的《少年维特之烦恼》，描写的是作者少年时代的一段情爱史。书中的少年维特为恋情所困而开枪自杀，这是虚构，但是并不能由此否定书中的故事与歌德的少年往事回忆密切相关。同样的，在《红楼梦》中，林黛玉为爱情含恨而逝，现实中的脂砚虽遭失恋而痛不欲生，但也并未死去。

　　曹雪芹借回江宁参加乾隆元年（1736）恩科考试之机，离家出走，在江南与脂砚相会。二人后期合作撰写，才有了千古名著《红楼梦》。《红楼梦》后四十回中借甄士隐之口说宝玉离家出走"既是避祸，亦是撮合"。所谓的撮合，是指有人帮助芹、脂二人圆了爱情梦。在四十回的最后一回借贾政之口说宝玉哄了老太太十九年，这一情节亦是实录。

依笔者考证，曹雪芹于康熙五十年生于北京（有张云章贺曹寅得孙诗为证），康熙五十四年（1715）随父母回到南京江宁织府。由康熙五十四年到乾隆元年离家出走，曹雪芹在其祖母身边陪伴了 19 年。这个记述不是出在《梦稿本》上，而是出在初稿本《金玉缘》上。由此可证，程伟元与高鹗在整理出版程甲本《红楼梦》时，后四十回文本内容不仅参考了梦稿本文本，也参考了初稿本文本。至于梦稿本文本与初稿本文本是如何到了程伟元手中，拙见认为是受了脂砚的临终重托。

《红楼梦》中为何会出现两次宝玉进学堂的描写？

　　曹雪芹在右翼宗学任笔帖式的史实应该是可靠的，因为有敦诚、敦敏的诗可证。《红楼梦》前八十回写宝玉进学堂，写了教师贾代儒的昏庸与监学贾瑞的无耻，并且还写了学堂的乱象，其实是影射曹雪芹在宗学任职时见到的人与事，或者说是借小说中的人物讥讽现实中他厌恶之人。但是写初稿时，曹雪芹还未到右翼宗学任职，所以，初稿中的吴修（对应贾代儒）是一个很会教学的饱学之士。用初稿本后四十回续接前八十回后，读者会发现贾代儒这个人变了，由昏庸无能变得博学通儒，其变化的原因就是用初稿中的吴修接续了贾代儒。而贾政在后四十回中居然会骑马送宝玉上学，并对贾代儒执礼甚恭，与前八十回中的道貌岸然判若两人，其原因也是用初稿后四十回故事续接产生的结果。读《红楼梦》如果看不清这些前因后果，评论起来只能是瞎子摸象。

　　《红楼梦》中出现两次宝玉进学堂的描写，一次是在前八十回，第二次是在八十回后的第八十一回。这一回是两个文本实现无缝对接的关键一回，为了减少破绽，该回目用了"两番入家学"替代了初稿回目中的"公子入家塾"。为了回目能对仗，又将"小姐钓游鱼"改成"四美钓游鱼"，甚至为了凑够"四美"，将李纹、李绮也拉来凑数，毕竟李纹与李绮属于民女，算不上小姐。如此移花接木，还的确让人看不出破绽。但细思之下，却有许多疑点。前八十回明明说的是进学堂，后八十回变成了进家塾，这是一不合。贾政在初入学时不亲送宝玉去学堂，等到宝玉大了，已能骑马赋诗了，贾政却骑马送宝玉二次入学堂，这也很不合常理。究其原因，这些矛盾与荒诞之处还是由于文本嫁接过程中对于故事的重复描写而导致的。

谈《红楼梦》研究中的三个"死结"

著名红学家刘梦溪先生认为《红楼梦》有三个"死结"无法解开,一是脂砚为谁?二是曹雪芹系何子?三是后四十回作者是谁?目前,笔者已给出了这三个"死结"的答案。

第一个"死结"的答案。脂砚姓何,是何焯之女,幼时因何焯丁忧回苏州,脂砚被托付给康熙帝八皇子胤禩夫妇照看,后成为其养女,也因此成了胤禩与何焯被人举报互相勾结的证据。何焯因此被抄家并入狱。详情可参阅拙文《解开脂砚斋身世之谜》(红楼品著网站上有收录)。

第二个"死结"的答案。曹雪芹乃曹頫之子,康熙五十年生于北京,一出生就有衔玉而生的传奇故事(天上惊传降石麟)。曹雪芹是曹寅侄孙,但是康熙五十四年康熙曾下旨让曹頫将他过继给曹寅一支,并接任江宁织造。曹雪芹也就名正言顺地成了曹寅和老太君李氏的孙子。曹雪芹五岁时随其父母回到南京,恰好《红楼梦》写宝玉也是从其五岁到贾母身边写起。曹雪芹幼时在北京就住在其姑母曹佳氏家中,曾经得到其姑母的照顾与亲教。这是书中写元春省亲要亲见宝玉,并说他长高了的一段事实。曹佳氏之子小平郡王福彭生于康熙五十七年（1718），比曹雪芹大三岁，是曹雪芹的表哥。福彭与曹雪芹是小时的玩伴，不仅如此，福彭还是弘历（乾隆帝）的伴读，与乾隆帝是发小关系。《红楼梦》中北静王的原型人物就是福彭，因此书中写北静王对宝玉关爱有加，并在检视宝玉之玉后另送一块玉麒麟给宝玉，也自有其渊源（参见《红楼梦》后四十回及初稿本《石头记》）。

第三个"死结"的答案。《红楼梦》后四十回的作者仍然是曹雪芹。因为后四十回文本源自初稿本《石头记》，初稿本《石头记》的作者正是曹雪芹。虽然程高本《红楼梦》是一个复合型嫁接文本，其前八十回与后四十回取自不同时间段的两个文本，但是因为前八十回与后四十回文本的原创作者都是曹雪芹，并且讲的都是曹雪芹少年时期的故事，所以两个文本才能顺利实现续接与对接，尽管对接中出现了很多混乱与破绽。

由元春判词看《红楼梦》中的实录成分

　　《红楼梦》中贾元春判词的最后一句"虎兔相逢大梦归"，披露的是曹寅之女曹佳氏（平郡王妃）的身世。虎、兔是指虎年与兔年相交，换句话说是寅年与卯年之交，农历中，雍正十三年（1735）十二月有寅卯之交（虎兔相逢）。曹佳氏于康熙四十五年（1706）嫁给小王子，出嫁时的年龄按当时的习俗应该是十五六岁。曹佳氏由康熙四十五年出嫁到雍正十三年去世正好是二十七年，二十七年加十六年，正好是四十三年。所以曹雪芹姑母曹佳氏于四十三岁去世，在宫中生活了二十余年，是实录而不是虚构。所谓"二十年来辨是非，榴花开处照宫闱，三春争及初春景，虎兔相逢大梦归"，主要是记述曹佳氏的身世。《红楼梦》中写的四大家族暗指的是江宁织府、苏州织府、杭州织府、平郡王府。此四家之间皆有联姻关系，一荣俱荣，一损俱损。

　　经过对清宫史料的查阅，笔者已经梳理出一些与《红楼梦》作者曹雪芹和点评者脂砚身世与家族有关的重要信息，现记述如下。

康熙帝登基前，宫里有一个少年班陪他一起读书，待他登基后，这些伴读与发小就成了他的亲信与耳目，并受到重用。其中最显贵者就是江宁织造曹寅、苏州织造李煦、杭州织造孙文成。他们不仅掌管朝廷在江南的采购、岁贡、税赋等经济大权，另有密折奏事、监督地方官员、反映民意社情的权力，是康熙帝设在江南三处的重要办事机构。

三织造中，江宁织造曹寅的母亲孙氏是康熙帝的奶妈，苏州织造李煦的母亲是康熙帝的保姆。杭州织造孙文成的姑妈是康熙帝的奶妈，是曹寅（书中荣国公）之弟曹宣（书中宁国公）的生母。曹雪芹（书中贾宝玉）的父亲曹頫（书中贾政）是曹宣之子，是曹寅的亲侄。曹寅的女儿曹福金（又名曹佳氏，书中贾元春）于康熙四十五年嫁小王子纳尔苏，后封平郡王妃，是曹雪芹的姑妈。曹福金的大儿子福彭（书中北静王）康熙四十七年（1708）生于北京，是曹雪芹表哥，比曹雪芹大三岁。曹雪芹于康熙五十年年底生于北京，有曹寅文友张云章是年贺曹寅得孙诗为证。曹頫之妻曹雪芹之母（书中王夫人）是杭州织造孙文成之女。曹寅的亲子曹颙（小名连生，书中贾珠）康熙五十四年病死于北京，其妻马氏（书中李纨）已怀孕七月，后生一子名叫曹天佑（比曹雪芹小四岁，书中贾兰）。曹寅与曹颙去世后，曹寅遗孀、李煦妹妹李氏（书中贾母）孤苦无依，在其女儿曹福金与其兄李煦的争取与运作下，由康熙帝亲自下旨让曹頫过继给曹寅，并接任江宁织造。有了这道圣旨，曹雪芹也就名正言顺地成了曹寅的孙子。曹頫能顺利接任江宁织造重职，一个重要的原因就在于他已有子曹雪芹，过继后能确保曹寅一支后继有人。以康熙帝与曹寅的私交之密、情谊之深，这种破格提拔实际上考虑了很多因素。

　　综上所述可以看出，曹雪芹身世极不寻常，其祖父曹寅、伯父曹颙、父亲曹頫曾任江宁织造，他的外祖父是杭州织造孙文成，苏州织造李煦是他的舅舅，平郡王纳尔苏是他的姑父，小平郡王福彭（乾隆帝的伴读与发小）是他的表兄。曹雪芹生长在这样一个显赫的家族中，又历经人生磨难，晚年能写出反映贵族生活的《红楼梦》与其特殊的家庭背景密不可分。

谈《红楼梦》的"传诗之意"

　　"黛玉葬花"出现在《红楼梦》第二十七回，此时的宝玉才十三四岁，黛玉才十二三岁，她尚未成年如何会有惜春、伤春之诗情?《葬花吟》明显是年龄大些的女子惜春、伤春之作，不可能是十二三岁女孩之作。

　　经过本人考证，《葬花吟》乃脂砚闺中之作，《五美吟》亦脂砚旧作，因为《五美吟》中咏红佛之诗乃赞颂女子与心爱之人私奔之诗，此种诗句断不会是十二三岁的黛玉所能作、所应作。相反，曹雪芹与脂砚为了爱情各自离家出走、结为伉俪，因此脂砚的诗作中出现赞颂红佛私奔之诗就很正常。本人还考证出，《红楼梦》中大量具有女性特色的诗作出自脂砚旧作，被曹雪芹以织锦之法写入书中，以便为脂砚传诗（脂批中有此记述）。须知，曹雪芹出身于织造家庭，以织锦法创作小说，对他来说不是难题，何况写书时还有才女脂砚在一旁相助。关于脂砚身世，我撰写有《解开脂砚斋身世之谜》的考证文章，有兴趣的红友可以查看、讨论。

　　《红楼梦》中的"传诗之意"及织锦笔法，是《红楼梦》

写作中的重要手法。研究《红楼梦》的写作手法与谋篇布局方式，不能忽视作者在写作中有意为脂砚"传诗"这一重要主旨。可惜到目前为止，真正注意这一重要写作特征的研究者为数寥寥。在我看来，解开脂砚斋身世之谜与解开《红楼梦》创作中的"传诗"之谜，是当代红学研究的重中之重。而《红楼梦》后四十回文本来源之谜，与曹雪芹生年之谜、《红楼梦》佚稿之谜、《红楼梦》成书之谜皆有赖于脂砚斋身世之谜的破解才能得到确证。只有了解了脂砚的身世及脂砚与曹雪芹的关系，才能正确解读脂批。只有正确解读脂批，才能解开各种谜团。

曹雪芹有书法真迹存世吗？

曹雪芹是《红楼梦》一书的作者，享誉中外。对曹雪芹有无书法真迹存世这个问题，书法界可能更感兴趣。今天笔者就此问题作一解答。

1959 年，乾隆抄本百廿回《红楼梦》稿被世人发现，经专家鉴定，它是曹雪芹写作红楼梦的一个工作稿本，世称《梦稿本》。2010 年，人民文学出版社出版发行了这部书稿的影印件，共三册，并注明作者是曹雪芹。笔者曾网购此书稿，并做过仔细研究。发现此手稿不同段落字迹不同，全书稿大约出现过五六种不同字迹。据杜春耕先生介绍，此部书稿的前八十回是由五个以上早期抄本直接过录成书的，后四十回的改文说明梦稿本文本与程高本文本有相同处，也有相异处。

经笔者深入比对研究发现，程高本后四十回文本绝大部分与梦稿本改定后的文本相一致，另有少部分文本内容是梦稿本文本所没有的。这说明，程高本《红楼梦》后四十回文本大部分采自梦稿本文本而不是相反，另有少部分内容采自其他文本。据笔者研究，它们采自初稿本《石头记》（可参见笔者相关论述文章）。

　　整体来看，梦稿本是由不同抄本过录后拼接而成的。但是值得注意的是，尽管不同段落的过录字迹各有不同，但是，所有的增删、修改字迹均为同一人的。由此可以判定，这部书稿在成书时，有其他人帮助抄录过一些文本，而对文本做出修改、增删者，只有一人，这个人应该就是曹雪芹本人。因为过录文本容易，只要具有抄写能力者，皆可参与文本的过录工作，但是，要对文本内容进行精细的修改与增删，只有作者本人才能完成，其他人是无法代劳的。梦稿本的作者既然是曹雪芹，那么其中大量出现的修改、增删字迹应该就是曹雪芹的，而不会是其他人的。将这些字迹放大后发现，字体属行草书，非常流畅自然。这些增添、修改文字用特制的小楷毛笔写在过录文本的纸笺上，虽然是蝇头小字，但笔画清晰，体现出很深的书法功力与人文气息。

　　由于这部书稿的实物收存在中国社科院文学研究所，所以我们有理由相信，曹雪芹的书法字迹不仅存世，而且能够查看、复制。它就在梦稿本的书页上，有时疏疏朗朗，有时密密麻麻，尽管很小很细，但无疑是可供我们研究与玩味的真迹。

脂砚有书法真迹存世吗？

《红楼梦》的点评人物脂砚是一个神秘人物。从脂批的解读中可以看出脂砚与曹雪芹是知音、情侣，也是生死之交。经笔者考证，脂砚是清代著名学者何焯（何义门）之女（详细考证过程见拙文《解开脂砚斋身世之谜》）。脂砚不仅参与了对《红楼梦》一书的点评，写下了大量的脂批文字，而且还在曹雪芹写作过程中帮其誊抄和对清，甚至建议增删文字，这些在脂批中都有记述。

存世的《脂砚斋重评石头记》有多个抄本，有原抄本，也有过录本。原抄本仍然存世，并有影印本出版。笔者通过对原抄本影印本笔迹的观察与鉴赏，发现正文与批语是同一人书写，这说明原抄本上精丽的字迹正是脂砚的手迹。从某种意义上讲，现存脂批本《红楼梦》原抄本上的正文与批文字迹，就是脂砚存世的书法真迹。

从字迹来看，其书端庄灵动，又具有女性书家特有的精丽气息，书风有苏东坡、黄山谷行书笔意，虽属蝇头小楷，但笔画坚实、清雅，气息醇厚，体现出很高的书法功力。脂砚之父何焯是清代中期四大书法名家之一，其弟子金农同样书艺超群。何焯独女脂砚生长于文化醇厚之家庭，具有很高的诗文、书法造诣也是正常之事。她与曹雪芹琴瑟和鸣，共同努力创作出不朽文学名著《红楼梦》，值得我们予以更多的关注与研究。

由《红楼梦》故事的重叠描写看《红楼梦》一书的成书过程

这里说的《红楼梦》是指由程伟元与高鹗编辑出版的一百二十回本《红楼梦》。对程高本《红楼梦》，学界争议最大的是其后四十回文本的来源与作者。笔者经深入研究，确认《红楼梦》后四十回文本是作者用初稿本后四十回续接过来，用移花接木的方式将两个不同时期写下的文本进行了拼接，从而形成的一个复合型文本。

依笔者考证，曹雪芹在乾隆元年至乾隆十年（1745）曾经写过有四十三卷文本内容的红楼梦的初稿文本，最初书名叫《石头记》，又叫《风月宝鉴》，这是《红楼梦》故事的第一个版本。而大约在乾隆十年至乾隆二十年（1755），由于对初稿文本不甚满意，曹雪芹又另起炉灶，通过改写，写出了一个一百一十回文本的《红楼梦》故事，这是《红楼梦》故事的第二个版本。可惜的是，这个改写本《红楼梦》刚写完，其后三十回就因被人借阅而"迷失"。无奈之下，为了使《红楼梦》成为一个有头有尾的完整故事，曹雪芹便将初稿文本的后四十回内容续接在改写本的前八十回文本之后，从而形成了一个有百廿回文本内容的《红楼梦》故事。这是红楼梦故事的第三个版本，其实物形态就是梦稿本文本。

但由于梦稿本文本是用两个文本故事拼接而成的，所以在故事叙述中出现了很多重复与重叠现象。例如，在《红楼梦》前八十回中已经有了宝玉进学堂的详细描写，但是到了后四十回，又出现了贾政亲送宝玉去私塾的描写。这是因为宝玉进学堂在改写本前八十回中是重头戏，描写得很细致，很纷繁。但到了第八十一回，用的是初稿本第四回，初稿中麟麟（宝玉）入家塾是吴礼（贾政）骑马亲送到吴修（贾代儒）家让吴修亲教的。为了消除两次入学的矛盾，题目中改用了"两番入家学"的回目，将这一矛盾搪塞过去。但是细心推究一下会发现，前八十回宝玉进的是学堂，有几十个学生，有讲师授课，还有监学监督；而后四十回宝玉去的是私塾，仅老师在家中带几个学生，完全不是一码事，这是一处明显的破绽。再如第七十八回中宝玉为悼念晴雯撰写了《芙蓉女儿诔》，已经写得尽情尽义，到了第八十九回，又出现了宝玉写两首词悼晴雯的描写。如果说这样的重复描写勉强能搪塞过去，那么，前八十回中已经写过薛蟠因打死人而惹上官司，而到了后四十回又出现了薛蟠打死人而引发官司的描写，这样的重复与雷同则是小说创作中的大忌。而前八十回中柳五儿已死，到了后四十回，柳五儿不仅复活，还在宝玉身边陪伴，就更说不过去了。

这些矛盾与破绽不能以续书作者失察来解释，而只能从文本拼接时故事内容发生了重叠和重复这个角度去理解。因此笔者依考证得出《红楼梦》后四十回文本是用初稿文本拼接而不是其他人续写的观点，是有其充分的文本依据的。

曹雪芹有无兄弟？

　　《红楼梦》第一回，作者在提到初稿书名叫《石头记》又叫《风月宝鉴》时，脂砚有一段眉批："雪芹旧有《风月宝鉴》之书，乃其弟棠村序也，今棠村已逝，余睹新怀旧，故仍因之。"这段批语非常重要，它传递了四条重要信息：一，《红楼梦》（原名《石头记》）的作者是曹雪芹；二，曹雪芹有个弟弟叫棠村，曾经给初稿文本《风月宝鉴》（《石头记》）写过序；三，在曹雪芹改写初稿《石头记》为《红楼梦》时，其弟棠村已经去世；四，《脂砚斋重评石头记》这个书名是脂砚"睹新怀旧"时定下的。

　　这四条信息都很重要，因为脂砚是红楼梦一书的点评人，又与作者关系亲密，因此，脂批中指出《红楼梦》一书的原名叫《石头记》以及其作者是曹雪芹，对考证《红楼梦》作者究竟是谁具有直接证据的作用，甚至可以说具有无可置疑的作用。试问，世间还有谁能比脂砚更清楚该书作者是谁？所以，要想否定《红楼梦》作者是曹雪芹，就必须否定脂批，但是，大量的脂批是客观存在的，并且有多个抄本实物存在，要想全部否定很不现实。

关于曹雪芹有无兄弟一事，脂批说得很明白：不仅有，而且他的兄弟还为初稿《石头记》起了书名叫《风月宝鉴》并写了序。那么，曹雪芹究竟有没有兄弟？依笔者的考证，他有一个叔伯兄弟叫曹天佑，是曹颙的遗腹子。康熙五十四年，曹雪芹父曹頫奉康熙帝旨意过继给曹寅一支，并接任江宁织造。其时，曹雪芹已虚龄五岁，而曹天佑尚在曹颙遗孀马氏腹中（史料记述已怀孕七月）。而从曹家的家谱来看，曹颙有子曹天佑，说明曹天佑正是曹颙的遗腹子，他的年龄应该比曹雪芹小四岁。由于曹頫已奉旨被过继给曹寅，所以曹雪芹与曹天佑都是曹寅的孙子，二人由叔伯兄弟变成亲兄弟，曹雪芹为兄，曹天佑为弟。史料中记载曹天佑曾中举，并做过州同这样的小官。所以，曹雪芹写完初稿后请他这位有功名有文才的兄弟（笔名棠村）题名作序是完全有可能的，此可证脂批所述是实情，而并非虚言。

其实，《红楼梦》中贾兰的原型人物正是曹天佑，他的母亲李纨的原型人物正是曹颙的遗孀马氏。《红楼梦》中写宝玉比贾兰大四岁，后四十回中写二人一同参加科考，贾兰考中，宝玉走失（离家出走）都是实录，而并非虚构。《红楼梦》后四十回的最后一回借贾政之口说宝玉哄了老太太（贾母）十九年，也是实录，而不是虚构。因为从康熙五十四年曹雪芹随其父母回南京陪伴老太太，到乾隆初年参加恩科考试借机离家出走，正好是十九年。这不是什么巧合，而是实情所在。笔者多次提醒研红者注意对《红楼梦》后四十回文本的研究，注意对四十三卷本《金玉缘》文本的研究，是因为深入研究之后，很多红学谜团皆能迎刃而解。

曹雪芹活了多少岁？

曹雪芹生年问题，一直存有争议，乃红学研究一大悬案。但是，曹雪芹卒年却基本可定，无过多争议。这要归功于脂砚在《红楼梦》第一回中写下的批语，其中清楚地记述了曹雪芹于壬午年除夕去世。在《红楼梦》第一回曹雪芹的题诗"满纸荒唐言，一把辛酸泪。都云作者痴，谁解其中味"的诗题上，有脂砚写下的一段眉批：

能解者方有辛酸之泪，哭成此书。壬午除夕，书未成，芹为泪尽而逝。余尝哭芹，泪亦待尽，每思觅青埂峰再问石兄，奈不遇癞头和尚何！怅怅！今而后惟愿造化主再出一芹一脂，是书何幸，余二人亦大快遂心于九泉矣。甲午八月泪笔。

这段批语里，脂砚传递了三条重要信息。

一、脂砚明确记述曹雪芹死于壬午年除夕。这里的壬午年是乾隆二十七年（1762），这年的最后一天，大年三十是一个特殊的日子，因此脂砚对曹雪芹在这一天病死于北京的记述不会有误。依笔者考证，曹雪芹是康熙五十年（1711 年，辛卯年）冬生于北京，属兔。从 1711 年出生到 1762 年去世，他去世时虚龄是五十二岁。从后来出土的曹雪芹墓碑上的纪年可知脂批所述属实，二者可以互证，并且可以确定曹雪芹去世后葬在北京通州的张家湾。而从史料记载的史实上看，曹雪芹家族在北京张家湾置有田地、房屋与当铺。张家湾在清代是大运河入京的重要港口，江宁、苏州、杭州三织造府运送织造物品进京的重要集散地就在张家湾。因此，张家湾有曹家的资产与墓地非常正常。关于曹雪芹生年问题，笔者另有专文《曹雪芹生年考》论述，这里不再赘述。

二、脂砚这段写在诗题上的眉批，以"芹""脂"自称和互称，可见脂砚与曹雪芹关系至为亲密，而以"余二人九泉下亦大快遂心"之语述事，可证二人为夫妻或情侣关系。这是这段批语透露出的第二重信息。

三、这段批语中有"书未成，芹为泪尽而逝"的记述。说明曹雪芹去世时，对《红楼梦》书稿的撰写与整理尚未全部完成。关于这一点，从梦稿本的实物形态来看，曹雪芹生前以移花接木方式将初稿《石头记》与改写本《石头记》互相拼接形成一百二十回复合型文本《红楼梦》的整合修改工作虽然已大部分完成，但是也还有待修改完善处，因此，脂批这里所说的"书未成，芹为泪尽而逝"亦属实情。曹雪芹未竟之事，后由程伟元与高鹗参考梦稿本与初稿文本而修补完成。俞平伯临终说出"程伟元、高鹗保全红楼梦有功"，其意旨正在于此。

《红楼梦》有哪些写作特征

　　《红楼梦》是古典小说名著，位列四大名著之首，其写作手法可谓灵活多样，技艺高超。在总结《红楼梦》写作特征时，脂砚有一段批语揭示、概括得比较全面。在第一回作者自述创作旨趣与创作特征时，脂砚写了如下一段眉批：

> 　　事则实事，然亦叙得有间架、有曲折、有顺逆、有映带、有隐有见、有正有闰，以致草蛇灰线、空谷传声、一击两鸣、明修栈道、暗度陈仓、云龙雾雨、两山对峙、烘云托月、背面敷粉、千皴万染诸奇书中之秘法，亦不复少。

　　这段批语指出，曹雪芹在写作过程中采用了很多优秀的写作方法与写作技巧，在篇章布局、文章架构、人物描写与语言运用各个方面的技巧都堪称一流，这也是红楼梦一书受到尊崇与推重的主要原因。后世作家，包括现当代的一些作家（如张爱玲、汪曾祺、贾平凹等），在写作手法上皆有受红楼梦写作方法启发与运用之处。笔者在撰写《手札里的故事》系列文章时，在故事叙述与语言处理方面，也曾受益于《红楼梦》写作的手法。《红楼梦》在写作上的特征，其实不止于脂批中指出的这些方面。曹雪芹在写作中通过人物设置与情节设置，将脂砚诗作以织锦之法巧妙地写入书中为脂砚传诗，这一高超的写作技巧不仅体现在《红楼梦》前八十回文本之中，也体现在《佚红楼梦》后三十回佚稿文本之中，并且是笔者鉴定《佚红楼梦》文本为曹雪芹佚稿文本的重要依据之一。关于《佚红楼梦》文本是《红楼梦》后三十回的佚稿文本，笔者另有专文考证与论述，这里不再赘述。

谈《红楼梦》的三个文本

依笔者考证研判，《红楼梦》写作与成书共分三个阶段，并形成了三个不同类型的文本。

第一个文本即《红楼梦》的初稿文本《石头记》（又名《风月宝鉴》），写作时间约在乾隆二年到乾隆十年。初稿文本共有四十三回，已全部写完，并且由曹雪芹堂弟曹天佑作了序。曹雪芹去世后，此文本由脂砚保存，脂砚临终前将初稿文本、梦稿本及其他脂评本全部交托程伟元保存并希望出书。程伟元请高鹗相助，以初稿文本内容补齐梦稿本缺漏之处，于乾隆五十六年（1791）出版了一百二十回程甲本红楼梦。后期程伟元利用掌管书局的方便条件，将初稿文本换名为《金玉缘》出版。在如今网络时代，《金玉缘》与其他私藏古典小说被扫描传到网上，引起研究红楼梦的专家与学者的关注与研究。经笔者深入考证研究，确认此文本正是曹雪芹写作红楼梦的初稿文本（具体考证另有专文论述），其原名叫《石头记》。

《红楼梦》的第二个文本是在初稿本基础上另行改写的第二个文本，笔者称它为改写本，共有一百一十回，已全部写完

（脂批中曾透露此改写本最后一回中有关情榜的内容，故知改写本已完稿）。遗憾的是，此本完成后不久，其后三十回文本被人借阅而丢失，仅存前八十回文本内容。曹雪芹去世后，脂砚在整理曹雪芹遗作、遗物时，意外发现已佚失的后三十回文本，临终前将此佚稿也一并转交程伟元收存。程伟元后期将此佚稿以《佚红楼梦》书名整理出书，作者署名为芹溪居士（曹雪芹笔名）。互联网普及后，此文本亦以古典小说之一种被传至网上，引起研红人士关注。经笔者深入考证研究，确认此三十回《佚红楼梦》文本正是曹雪芹写作红楼梦时的佚稿文本（具体考证另有专文论述）。《红楼梦》改写文本的创作时间大约是在乾隆十一年到乾隆二十年。

《红楼梦》的第三个文本就是我们今天所看到的程甲、程乙本《红楼梦》，共有一百二十回。它其实是一个复合型文本，是由改写本的前八十回文本与初稿本的后四十回文本拼接而成。改写本后三十回迷失后，曹雪芹尝试用初稿后四十回文本内容续接于改写本八十回之后，使其成为一部有头有尾的完整小说，并为此做了大量的拼接、修补工作，留下尚有缺漏部分的梦稿本手稿撒手人寰。在曹雪芹去世后，脂砚一方面继续点评《红楼梦》，另一方面将曹雪芹留下的所有稿本都进行了整理、收存，并选择可靠之人予以重托，于临终前将曹雪芹所有遗稿交给程伟元保管。程伟元不负重托，历尽艰辛出版了程甲本与程乙本《红楼梦》，后期又利用掌管书局的有利条件，将《红楼梦》初稿文本与《红楼梦》佚稿文本分别换名为《金玉缘》和《佚红楼梦》印刷出书。在程伟元的细心保护与有效传承下，《红楼梦》的初稿文本、佚稿文本、复合文本均得到了有效的保护与流传，使今天的人们仍然能看到《红楼梦》的三个不同文本。

　　《红楼梦》是古典小说名著，在世界文学史上都占有重要地位，具有一定的影响，更是中华文明的骄傲。《红楼梦》三个文本的存世与传世，在世界文化史与文学史上都堪称一大奇观。对《红楼梦》的三个文本，笔者皆有深入研究，且认为最具现实主义色彩的，当属初稿文本；最有浪漫主义色彩和最具文学价值者，当属改写文本；同时兼具现实主义与浪漫主义及多重意象表现的，当推复合型文本。这三个文本讲的是同一个故事，有真有假，有虚有实，有开有合，有简有繁。最能代表曹雪芹文学水平的，当推改写文本。由于其后三十回文本失而复得，已经能形成合璧。

《红楼梦》成书过程与"龙头蛇尾"说

　　《红楼梦》不仅是中国古典小说名著，也是世界文学名著。这里所说的《红楼梦》是指由程伟元与高鹗整理刻印的一百二十回本《红楼梦》，后世大量刊印及向海外宣传、介绍的《红楼梦》文本，也是程高本《红楼梦》。对程高本《红楼梦》，后人经过仔细研究，发现其前八十回与后四十回在写作特征与故事叙述上存在较大的差别与出入，甚至有很多矛盾与混乱之处。因此，在很长一段时期，研究者普遍认为《红楼梦》的前八十回是原作者曹雪芹所写，后四十回由高鹗补写。这种错误的认识延续了将近一百年，给《红楼梦》的研究与评论带来很多误判与误解。

　　进入新世纪以来，随着大量新资料的发现，高鹗续写了后四十回的观点不攻自破，红学研究进入新的历史阶段。对《红楼梦》成书问题的研究成为新时期红学研究的重中之重。笔者在研究过程中曾经提出"龙头蛇尾"说的成书观点，认为程高本《红楼梦》是一个复合型文本。这个复合型文本很特殊，它的前八十回文本是改写文本，后四十回文本是用这部小说的初稿文本续接而成。如果说它的初稿文本像一条蛇，改写文本像一条龙，那么它的前八十回呈现的是"龙首""龙身"，后四十回呈现的则是"蛇身""蛇尾"。造成这种情况的原因，是这部小说改写本的后三十回在成书后不幸遗失，无奈之下，曹雪芹只能用初稿文本的后四十回文本接续改写本。由于两个文本内容讲述的是同一个故事，所以文本拼接后，仍能形成一个完整的故事链。对这样的拼接方式，笔者形象地将它称为"龙头蛇尾"式。用于拼接的"蛇尾"部分，采用了初稿文本的绝大部分内容，因此，程高本《红楼梦》实际的文本结构是"龙首""龙身"加"蛇身""蛇尾"，而在"龙身"与"蛇身"之间出现重复与重叠之处，也就不可避免了。在程高本《红楼梦》中，我们看到宝玉两次入学堂、宝玉两次祭晴雯、薛蟠两次杀人的描述，这正与文本内容因拼接而造成的复合性叠加密切相关。虽然曹雪芹在文本拼接时进行了一些改动与调整，使得一些矛盾与破绽不是十分明显，但是仔细推敲，仍然会发现很多矛盾与混乱之处。这是文本拼接必然会出现的结构性矛盾，是无法完全消除与避免的。

尽管程高本《红楼梦》在故事叙述上存在一些矛盾与混乱，但是由复合型文本形成的优势与特征，也有必要引起研究者的高度重视。有很多研究者对《红楼梦》后四十回文本质疑并有所诟病，但同时也有一些研究者对《红楼梦》后四十回文本内容给予过肯定和赞扬，例如王国维与鲁迅都曾高度肯定过《红楼梦》后四十回的悲剧性描写。而《红楼梦》广泛的社会影响力与高超的文艺表现力证明这一复合型文本的构建自有其不同凡响之处，值得深入研究与探讨。

由贾元春判词说起

在《红楼梦》中，十二钗的判词预示着人物的命运与结局。其中贾元春的判词在红学界多有争议，争议的焦点在判词的最后一句。程高本《红楼梦》第五回在讲述元春判词时是这样写的：

> 遂又往后看时，只见画着一张弓，弓上挂着香橼。
> 也有一首歌词云：二十年来辨是非，榴花开处照宫闱。
> 三春争及初春景，虎兔相逢大梦归。

此处"弓上挂着香橼"，用谐音法暗示"宫"与"妃"，而"二十年来辨是非"则暗指王妃曹佳氏在宫中生活有二十多年，对皇宫内的明争暗斗心知肚明。"榴花开处照宫闱"，是指曹佳氏的才华识见与其他福晋相比也是鹤立鸡群，"照宫闱"三个字显示曹佳氏嫁王子后的不同凡响。"三春争及初春景"，更进一步点明是元春（初春）的判词。

最后一句"虎兔相逢大梦归"，有抄本上写的是"虎兕相逢大梦归"。究竟是"虎兔"还是"虎兕",红学界有很大的争论,可以说已经成为红学研究中争执不休的一段公案。笔者通过文本解读,认为"虎兔相逢大梦归"更加合理,"虎兕相逢大梦归"属于牵强附会。其原因在于,虎兔相逢中的"虎"与"兔"暗藏了贾元春(曹佳氏)的生辰八字与去世时的年月时辰,其中的"虎"暗指寅年,"兔"暗指卯月。古典小说中用命相学预示人物命运是比较流行的一种写法,比《红楼梦》出书更早的《金瓶梅》和比红楼梦稍晚的《儒林外史》及当代文学名著《白鹿原》《废都》中都有用卦象和命相预示人物命运的描写。《红楼梦》中用占卜和命相学设置人物命运的描写,最典型的就是对元春命相的描写与讲述。《红楼梦》第八十六回写算命先生为元春算命,有如下的描写:

> 老太太叫人将元妃八字夹在丫头们八字里头,送出去叫他推算。他独说这正月初一生日的那位姑娘只怕时辰错了,不然真是个贵人,也不能在这府中。老爷和众人说,不管他错不错,照八字算去。那先生便说,甲申年正月丙寅这四个字内有伤官败财,惟申字内有正官禄马,这就是家里养不住的,也不见什么好。这日子是乙卯,初春木旺,虽是比肩……什么巳中正官禄马独旺,这叫作飞天禄马格。又说什么日禄归时,贵重的很,天月二德坐本命,贵受椒房之宠。这位姑娘若是时辰准了,定是一位主子娘娘。这不是算准了么!我们还记得说,可惜荣华不久,只怕遇着寅年卯月,这就是比而又比,劫而又劫,譬如好木,太要做玲珑剔透,本质就不坚了。

　　由这段描写，可知寅年卯月（虎年兔月）是元春的生死之劫。而《红楼梦》第九十五回写元春的死亡时间"是年甲寅年十二月十八日立春，元妃薨日是十二月十九日，已交卯年寅月，存年四十三岁"。这里讲述的"卯年寅月"与虎兔二字也有密切关联。因此，元春判词中的最后一句应为"虎兔相逢大梦归"，而"虎兕"是误解。

辩证认识新红学

肯定一切和否定一切都是错误的。对以胡适为代表的新红学，既要看到成绩，也要看到失误。新红学最大的成绩，是确定了《红楼梦》的作者是曹寅侄孙曹雪芹。研究《红楼梦》重视对曹寅家族的考察研究并无大错，值得肯定。但是同时，新红学也有三个致命的错误。

第一个是错误地认定《红楼梦》后四十回是高鹗补续的，并对程伟元、高鹗及后四十回内容有很多污蔑不实之词。这是严重的误判和误导，必须给予修正。第二是在曹雪芹生年问题上存在很大的误判，认为曹雪芹只活了四十五岁或者四十八岁，将曹天佑（曹颙之子）的生年与曹雪芹（曹頫之子）生年混为一谈。这直接导致《红楼梦》后四十回中写到的抄家前宝玉已成婚的内容成了虚构情节，为红学研究设置了障碍，必须给予澄清和修正。第三，新红学的主流观点认为脂砚斋是曹雪芹之叔，这也是很大的误判，必须给予澄清与修正。

本人撰写的系列研红文章《研红札记》，重点就是要修正新红学的上述三大误解与误判。笔者称这一研究方向为"新红学修正派"。换言之，对新红学取得成绩和突破的地方，要给予肯定和支持，但是对新红学错误的地方要敢于说不，敢于修正并善于修正。

笔者的主要观点有以下三点：一、《红楼梦》后四十回文本源自初稿《石头记》后四十回，其作者仍然是曹雪芹。二、曹雪芹生于康熙五十年。雍正五年曹家被抄家时，曹雪芹已成婚。红楼梦中贾宝玉的婚恋故事是实录而不是虚构。三、脂砚是曹雪芹的初恋情人与红颜知己，是清代一流学者何焯之女，才情出众，曾经两次避难于曹府。

"凡鸟偏从末世来"

——由王熙凤判词说起

　　《红楼梦》中王熙凤的判词是："凡鸟偏从末世来，都知爱慕此生才。一从二令三人木，哭向金陵事更哀。"在这段判词前面有一句暗示："后面便是一片冰山，上面有一只雌凤。"可以确认这段判词与王熙凤有关。王熙凤是《红楼梦》故事中的重要角色，但是她也是实录人物，这一点从脂批中可以看出。

　　《红楼梦》第二十二回写贾母为宝钗过生日，请了戏班并分别点戏，其中有一条脂批写道"凤姐点戏，脂砚执笔事，今知者寥寥"。由这段批语可以知道，凤姐在现实生活中是有原型人物的，而脂砚也应是书中暗写的原型人物。既然凤姐点戏时，脂砚能在身边帮助执笔写戏单，按当时男女授受不亲的习俗，脂砚只能是女性，而不可能是男性。这是笔者判定脂砚是女不是男的一个重要证据（关于脂砚身世，笔者有另文专论，此处不再赘述）。

　　那么王熙凤的原型人物究竟是谁？笔者曾做过考证，基本确定她是杭州织造孙文成的孙女，而书中王夫人的原型人物是孙文成的女儿。因此，书中的王夫人与王熙凤在现实生活中都姓孙而不是姓王，她们的家族是在杭州而不是在金陵，这是我们在赏读《红楼梦》时需要知悉的一个线索。王熙凤判词中的最后一句"哭向金陵事更哀"的实际语境应该是"哭向杭州事更哀"。

实际上，《红楼梦》中的故事与曹雪芹身世大有关联，有很多故事与情节有实录成分，这一点曹雪芹与脂砚斋在书中和批语中都有透露，但是《红楼梦》中也有很多故事情节是虚构的，还有一些是张冠李戴、故意混淆的。这些内容虚虚实实、真真假假，让人捉摸不透，很难分辨。但是通过对史料与脂批的分析，我们还是能找出一些蛛丝马迹，理清一些来龙去脉。

依笔者考证，书中贾政的原型人物正是曹雪芹的父亲曹頫，他于康熙四十八年（1709）由南京进京当差，康熙五十四年回南京接任江宁织造，是曹寅最小的养子。康熙四十八年曹寅安排他陪送回家探亲的曹佳氏回京，并给康熙帝写了私信介绍他进京当差，信尾向康熙帝说了一句意味深长的话："臣男女之事毕矣。"这里的男女之事，实际是指儿女之事，意指对子女的婚姻、工作、住房等大事都有了妥善的安排，可以说得过去了。曹寅因为曹佳氏在京城购房而留下巨额亏空，导致后来一连串变故（李煦被抄家赔补与此事大有关联）。由曹寅的这份奏折可以判断，曹頫进京当差时已经成婚，因为曹頫这位养子的婚姻大事不解决，曹寅也不会说出"臣男女之事毕矣"这样的话。况且如果是曹頫夫妇一起陪同其姐曹佳氏回京，途中诸事也更方便一些。按当时习俗，大家族子女的结婚年龄都在

艺林藻鉴

十六七岁，曹𫖯与曹寅亲儿子曹颙也极有可能是同年出生的叔伯兄弟（这是曹颙小名叫连生的一个缘由）。曹𫖯的妻子（书中的王夫人）是孙文成之女，孙文成的姑妈是曹宣与曹寅的母亲，因此，曹𫖯夫妇是表亲关系，他们之间的结合，既是江宁织造与杭州织造的联姻，也是一种亲上加亲的关系。

前面已经指出，王熙凤的原型人物是孙文成孙女，她是孙文成女儿（书中王夫人）的侄女，而书中的贾琏也有原型人物，他是曹𫖯二哥的儿子、曹宣的孙子。换句话说，曹宣的孙子娶了孙文成的孙女。由于曹宣与孙文成是姑表兄弟，所以，他们之间的联姻同样是亲上加亲，这种现象在当时的年代很普遍。因此小说中正因为王熙凤是王夫人的侄女，所以王夫人能放心地将家政大权与财务大权交给王熙凤掌管。王熙凤有理财的能力与方法，放贷即是其才能的一端。而在现实中，孙文成孙女这一能力并不是她嫁到曹门后习得，而是在杭州织造府当大小姐时就已学会的本事。据专家考证，杭州织造孙文成被罢官正与放贷有关。其实，曹家被抄家，也与有人举报曹家有人放高利贷一事大有关联。事发后，孙文成的孙女主动承担责任，承认放贷一事是她个人所为，与曹𫖯无关，并自请处分，要求官府按当时的律例判她被休妻，以便与曹府分割，减轻曹𫖯罪责。从史料上看，曹家的被抄家及最后的处理由雍正帝亲自过问，由范时绎查处并汇报。在曹家被抄家不久，杭州织造孙文成也被免职。因此不排除放贷案牵连孙文成，使其被罢官，这才是"哭向杭州事更哀"的真实含义。

孙文成这位孙女弄权时，曹家已经开始走上了下坡路。雍正帝当权后，对曹、李、孙三织造都采取了控制与防范措施。

雍正帝一上台就抄了与允禩关系亲密的苏州织造李煦的家，而曹家与孙家因为与康熙帝有特殊关系，暂缓一步处理。这才是判词中"末世"二字的真正含义。因此读《红楼梦》，不了解当时的历史与境况，是很难读懂其弦外之音的。

《红楼梦》中王熙凤的判词颇受研红人士关注，其中对判词中"一从二令三人木"的解读更有多种说法并引发争议。这句判词其实是描写王熙凤这个人物在书中贾府的地位升迁过程与悲剧性的结局。

王熙凤在《红楼梦》中是一个血肉丰满的人物，无论是在人物刻画还是在故事情节的设计安排上，曹雪芹都对其费尽了心思，倾注了情感。大体上说来，曹雪芹对王熙凤这个人物既有同情又有批判。他没有用脸谱化的方式将王熙凤定位于善恶之一端，而是通过故事情节展现既有善也有恶的人性多重性。表现在王熙凤身上，是她既有善于逢迎贾母、王夫人，而对下人比较刻薄的一面，也有善待刘姥姥，善待宝玉、黛玉及大观园诸姐妹善良的一面。她的虚荣心与嫉妒心都是超强的，这在弄权铁槛寺及迫害尤二姐等章回中有细致的刻画与描写。这种刻画与描写非常符合人物的性格特征，同时也符合某类女性人物的人性特征，所以读来并不觉得夸张和离奇，相反会让人感到非常逼真与生动。这是曹雪芹在塑造人物方面的高明与成功之处。

从字面上解释，"一从二令三人木"应是指王熙凤在贾府从一开始的小心谨慎，遵循三从四德古训赢得家族众人好感与信任，到后期成为贾府的内当家主持家政，逐渐由顺从的角色变为发号施令的角色，再到后来由于放贷之事被人告发，引发贾府被抄家，最终被休弃的悲剧结局。曹雪芹在塑造王熙凤这个人物时，是以现实生活为依据的。

前文已经指出，王熙凤的原型人物是杭州织造孙文成的孙女，在现实生活中她是曹雪芹母亲的亲侄女，又是曹雪芹堂哥的妻子。换句话说，王熙凤的原型与曹雪芹是表姐兼堂嫂的关系。恰好在小说中，贾宝玉与凤姐也是表姐兼堂嫂的关系。这是属于实录的一面。但是《红楼梦》中写凤姐也有虚构的一面，这个虚构的一面主要集中在她对尤二姐的迫害及指使尤二姐原夫张华状告贾琏的描写。这一情节的设计其实是为贾府被抄家后，贾琏得知真相决意休妻的结局埋下伏线。

王熙凤的判词出现在《红楼梦》第五回，她迫害尤二姐与陷害贾琏的描写是在前八十回。她被贾琏休妻的描写本应该出现在红楼梦的后三十回，但不幸的是，后三十回文本虽已写出却意外"迷失"，我们现在看到的《红楼梦》后四十回文本其实是用《石头记》初稿的后四十回续接而成的。因为不是同一版本的故事，所以我们看不到关于王熙凤最终被贾琏休弃的描写。但万幸的是，已经迷失的后三十回文本在曹雪芹去世后又被发现，并被程伟元以《佚红楼梦》的书名刻印成书。这部佚稿在网上出现，被李芹雪女士发现并整理出书，使我们终于看到了凤姐被休的结局。在《佚红楼梦》中，我们还可以看到红楼十二钗其他女性人物的结局，它们与《红楼梦》第五回中十二钗的人物判词暗示完全一致，与脂批中对后三十回内容的披露也完全一致。由此可以断定，《佚红楼梦》正是曹雪芹生前迷失的后三十回佚稿。

值得注意的是，程高本《红楼梦》后四十回中关于凤姐结局的描写，采自《石头记》初稿文本，其原作者是曹雪芹。第一百零六回的回目是"王熙凤致祸抱羞惭，贾太君祷天消祸患"。从故事叙述中可知，贾府被抄家时搜到了一箱子放高利贷的票据，这是严重的违法行为，而放贷者正是王熙凤。故贾府的被抄家、被定罪与王熙凤的放贷行为有关，这是书中用"王熙凤致祸抱羞惭"做回目的主要原因。因此案牵涉到初稿本中王熙凤的判词与人物形象、故事的描写，论述起来相对复杂，只能另文再论。

王熙凤的判词中，"都知爱慕此生才"一句点明了王熙凤的管理能力与持家能力得到了贾府上上下下所有人的认可。由此可见，曹雪芹对王熙凤这个人物是充满同情的。但是，他对于王熙凤又是有所批判的。这一点从与判词相对应的红楼梦十二支曲中的《聪明累》一词可以看出：

机关算尽太聪明，反算了卿卿性命。生前心已碎，死后性空灵。家富人宁，终有个家亡人散各奔腾。枉费了，意悬悬半世心；好一似，荡悠悠三更梦。忽喇喇似大厦倾，昏惨惨似灯将尽。呀！一场欢喜忽悲辛。叹人世，终难定！

在这首曲子中，曹雪芹以嘲讽的笔法写出了王熙凤十分精明但是却因聪明过头而误了终身的悲剧结局。王熙凤能持家、会理财，这是她的精明之处，这种才能让她取得了贾府内当家的地位。书中贾府最高掌权人贾母和王夫人都很信任她。她也因博得了贾母的信任和喜爱，可以在贾府为所欲为。从另一方面看，贾府大家庭人口众多，开销巨大，也需要有王熙凤这样的管理人才与理财能手。这是贾母与王夫人信任和重用王熙凤的主要原因。

王熙凤放贷取利、以钱生钱，在当时的社会不是个别现象。她一开始可能是拿私房钱放贷生利，后期随着贾府的开销增大，入不敷出，她便将放贷的规模扩大，甚至有可能动用公款放贷。这虽然解决了贾府的经济危机，但是也给她后来被人告发，导致贾府被抄家被处罚埋下了祸根。所以，王熙凤放贷取利不完全是为了敛财，更多的是为了维持贾府的日常开销与运转，维持她能在贾府掌控大权发号施令的地位。但是，王熙凤命运不济，她在贾府掌权之时，贾府（现实生活中的曹府）已经开始走下坡路，当权的雍正帝在站稳脚跟后已经开始要对曹家进行清算了。此时，靠她那点小聪明，已经无法挽回贾家大厦将倾的命运了。这才是王熙凤判词与曲词中的暗藏之意。

"慧质娇娃惯理家，到头谁似玉无瑕。昔曾接济一村妪，幼女田园赏桂花。"这四句诗出自《石头记》初稿中的《杭州女儿录仙簿》（姚慧兰的判词）。由于初稿本中的姚慧兰对应改写本中的王熙凤，所以这段判词可以认为是红楼梦（《石头记》）早期稿本中王熙凤的判词。

《红楼梦》的写作经历了由粗到精的嬗变过程。曹雪芹虽然是文学天才，但是不可能一出手就能写出古典小说的巅峰之作，在创作中间肯定有由粗到精、由低级向高级的转化、升华的过程。从这一角度观察，《红楼梦》的初稿文本作为曹雪芹写小说的处女作，不可能是很完美的，只有经过后来的反复改写与增删，才能成为高雅、完美的作品。曹雪芹在《红楼梦》第一回也明确写道，他曾经对初稿《石头记》"披阅十载，增删五次"。脂批中也明确提示《石头记》这部小说有初稿文本与改写文本两个版本。初稿文本一开始取名也叫《石头记》，后改名为《风月宝鉴》，并且由作者的弟弟棠村写了序，说明它是一部完整的小说。但是，初稿文本有多少回、写了哪些人和事，作者与批者均未披露。笔者经十多年考证研究，发现与《红楼梦》后四十回文本密切相关的四十三回本《金玉缘》，正是《红楼梦》初稿《石头记》的文本。对这一重大发现，笔者曾撰写过多篇文章进行考证与论述，并认为初稿文本的保存与流传与程伟元的保全之功有关。这是另一话题，这里不再赘述。但笔者想指出的是，《石头记》初稿文本只有四十三回，实际上属于中篇小说。而这也更符合写作规律与客观实际，因为初稿《石头记》是曹雪芹小说创作的处女作，他不可能一开始写小说就一步登天，一上来就写出一百余回的小说。他先写出四十三回的中篇小说，后经不断改写与增删，最终完成这部长篇小说。

值得注意的是，初稿《石头记》与改写后的《石头记》（《脂砚斋重评石头记》）在构思布局上有一个相同之处，即都是通过人物判词预设故事情节与人物命运。只是初稿文本中的人物判词比较通俗和浅显，而改写后的人物判词包括与之呼应的《红楼梦》十二支曲都比较精严与高雅。小说开始部分人物判词的预设，既给故事情节的展开留下悬念与想象空间，又给故事的讲述埋下伏线，同时还带有一定的易理与神秘色彩。《石头记》是在第二回出现人物群族的判词，《红楼梦》则是在第五回出现了人物群族的判词。从判词的对应关系与改动情况可以看出作者由初稿向改写稿过渡时的改写思路。例如在初稿中，姚慧兰的判词很浅显和直白，其人物形象比较单薄和模糊，而到了改写本中，王熙凤的判词既清雅又高深，其人物形象也变得十分饱满和生动（《红楼梦》后四十回文本因为是用初稿文本接续的，所以王熙凤的人物形象又变得单薄与模糊）。从这种变化能够看出《红楼梦》一书在创作与改写中由粗浅到精致、由直白到高雅的转换过程。

曹雪芹写《石头记》时只有二十多岁，属青年作家，人生阅历与写作经验都有不足。到改写初稿、完成改写稿的创作时，他已步入中年，社会阅历、学养积累与写作经验都有了大幅度的提高与充实。在初稿文本的基础上，经过十多年的改写与增删，加之有大才女脂砚在身旁支持、协助，曹雪芹终于完成了《红楼梦》这部旷世经典之作。

"自从两地生孤木，致使香魂返故乡"

《红楼梦》故事中的人物判词，预示着人物在书中的命运与结局。由于程高本《红楼梦》是由改写本与初稿本两个不同时期的文本拼接而成的，而两个文本在塑造人物形象以及安排人物命运结局时出现了变化，致使书中后四十回人物的命运与结局与书中第五回的人物判词出现了偏离甚至是背反的现象，其中最典型的就是香菱的判词与结局完全不符。只有对程高本《红楼梦》成书过程与成书特征有清晰的认知，才能洞察出现这种矛盾与混乱的真实原因。

《红楼梦》第五回中香菱的判词为："根并荷花一茎香，平生遭际实堪伤。自从两地生孤木，致使香魂返故乡。"两地生孤木，是一个拆字寓，意指两个土字旁加上一个木字，乃"桂"字的暗写，这里是隐喻薛蟠娶了夏金桂后，香菱受屈而死。由于判词的画面上画有桂花与枯莲，而香菱的原名叫甄英莲（真应怜），因此，这段判词是关于香菱身世的判词可以说是毫无疑问的。但是，从《红楼梦》后四十回的故事叙述来看，香菱不仅没有死，还为薛蟠生了娃，并被扶了正。这与判词预示的结局大相径庭。

如果说这是由于续书作者没有读懂判词的含义而任意编造出现的结果，那续书作者未免太过愚笨，又如何能续写出《红楼梦》后四十回？实际情况是，后四十回文本并不是其他人按照前八十回的判词与线索续写而成，它实际上是用《石头记》初稿文本的后四十回拼接过来的，最终与前文形成了一个完整的文本与完整的故事。而在初稿本中英莲的对应人物是珂莲（可怜），其判词为："可怜母逝父成仙，更叹娇花雌虎前。埋首苦熬虹散日，春回冬去胜于前。"故事中，高丹虹（对应夏金桂）想毒死珂莲（香菱），却阴差阳错毒死了自己。珂莲在丹虹死后被扶了正，并为董如虎（薛蟠）产下一子以承宗祧。这样的结局显然与初稿本第二回珂莲的判词相吻合。个中的变化缘由足可证明《红楼梦》后四十回文本取自《石头记》初稿文本。

值得注意的是，在《佚红楼梦》文本中，香菱是在薛蟠迎娶夏金桂后不久便被夏金桂设计陷害而死，这一结局与红楼梦第五回中香菱的判词完全吻合，故笔者指认《佚红楼梦》是《红楼梦》的佚稿文本是有充分的文本依据的。

《红楼梦》中的"真事隐"究竟"隐"的是什么？

《红楼梦》借甄士隐与贾雨村两个人物的姓名，透露了以"假语"暗写"真事"的实情。很多研究者对书中隐写的事理有很多猜测，也有很多附会与臆断。以笔者拙见，《红楼梦》"隐藏"的"真事"其实就是曹雪芹家族的家事与曹雪芹的少年情事。很简单，没有太多的复杂之处。

笔者曾将《红楼梦》与歌德之《少年维特之烦恼》作横向比较，二者皆为世界名著，皆写少年心事与少年情事，皆有生死之恋情节。少年维特的原型人物正是歌德本人，为情所困而开枪自杀是虚构的，只是为了更好地强化小说的叙事结构。同样的道理，林黛玉为情所困、泣血而亡也是虚构的，也是为了强化故事的叙事结构。

实际情况是，曹雪芹的初恋情人脂砚在曹雪芹成婚后含悲离去，但是二人的情思未断。所以到乾隆元年恩科考试时，曹雪芹借回江宁参加科考之机玩了一个"神秘失踪"。实际上，他是在好心人的帮助下到瓜洲（今江苏镇江）与脂砚再度相会。脂批中所言瓜洲渡口互相劝诫之事，即指此事。此后二人生活在一起，合作撰写了回忆往年情事的《红楼梦》。

脂砚之所以数十年帮助誊抄、整理、点评《红楼梦》，脂批中之所以会有让造化主"再生一芹一脂""余二人大快于九泉之下"的批语。说到底，还是要表达二人的生死之恋。《红楼梦》中林黛玉写有《五美吟》，其中的一首赞美了红拂私奔的勇气。林黛玉作为十一二岁的年幼少女，能写出这样大胆的诗句吗？根本不可能。因此它其实就是脂砚的闺中旧作，包括《葬花吟》中那种伤春、惜春的情感，也不是当时十二岁左右的林黛玉所能写出的。所以，它只能是年龄稍大而未婚的脂砚当年独守空房时写下的闺中之作。读《红楼梦》看不到这些，很难说做到了知其味、懂其意。

"终不忘，世外仙姝寂寞林"

——再谈《红楼梦》中的"真事隐"

  《红楼梦》中的甄家，是对苏州织造李家的隐写。曹雪芹写到甄家被抄家时，写明家产被转移到贾府，并派包勇守护。这一情节，对应的是李煦被抄家后将部分家产转移到曹府。曹、李两家关系至为亲密。苏州织造被抄家是雍正元年（1723）始，曹家被抄是雍正五年（1727）年底，脂砚第二次避难曹家应该是雍正二年（1724）前后。

  雍正当权后有一些新动作，封王的封王，抄家的抄家。平郡王纳尔苏封王，让苦熬了十五年的曹寅之女曹佳氏正式成为了王妃。有了王妃这个头衔，才能有"省亲"之说。故《红楼梦》第十八回写元春省亲应该讲述的是雍正二年年初曹佳氏由北京回南京省亲探视老母的故事。此时的曹家尚安全。

  雍正元年，康熙帝八皇子允禩由郡王升为亲王，避难于曹府的养女脂砚尚无大碍，并受到曹家礼遇，专门修了让她居住的地方。其时，脂砚年龄约十七岁，曹雪芹年龄在十三四岁；至雍正五年曹府被抄时，曹雪芹年龄在十六岁左右，脂砚年龄约二十岁。曹雪芹与脂砚的恋情即发生于这四五年中。《红楼梦》也主要是写这四五年中的故事，其中有他们二人美好的回忆，当然也有痛苦的回忆。

雍正三年（1725）平定西北后，雍正帝开始对反对派进行清算，允禩不仅被取消王位，还被定名为"阿其那（满语，旧说是狗的意思）"。此时的曹家自身难保，又怎么敢让曹雪芹娶允禩养女脂砚为妻？因此二人的结局是曹雪芹娶了他不爱的另一女性，脂砚只能含悲离开曹府。这是书中写到西园时曹雪芹附批"恐先生落泪"的真实原因。

曹雪芹婚后与全家搬回北京，在京中与其表哥小平郡王福彭多有交往，这是书中写北静王关爱宝玉的故事原型。雍正十三年，雍正帝突然暴毙，新上台的乾隆帝释放了曹雪芹的父亲，曹雪芹与其弟曹天佑也得以一道由北京回南京参加恩科乡试。考完后，曹雪芹借机出走，实际上是到瓜洲与脂砚相会。书中第五回"终身误"（"都道是金玉良缘，俺只念木石前盟。空对着，山中高士晶莹雪，终不忘，世外仙姝寂寞林"）其实就是曹雪芹对脂砚的深情道白。脂砚小名叫菫菫，其含义为小草，后被曹雪芹演绎为三生石伴的降姝草。二人的爱情故事惊天地、泣鬼神，这才有了旷世杰作《红楼梦》。

曹寅亏欠宫银之因的辩析

　　从史料来看，曹寅于康熙五十一年（1712）病逝后，身后亏欠宫银数十万两。康熙帝安排让曹寅之子曹颙接任江宁织造，并让曹颙的舅舅苏州织造李煦兼任江淮盐务，所得款项帮助曹颙偿还所欠宫银。

　　此事史料记载甚详，从李煦与曹颙给康熙帝的奏折上看，曹寅生前所欠官银有五十四万两之巨。何以会有如此大的亏空？有些研究者认为是因为康熙帝南巡，曹家四次接驾，花费巨大所造成。笔者以为，这只是一个次要的原因。南巡所需的花费完全可以从宫中支出，无须曹寅背负巨额欠债。据笔者考证，这笔欠债主要还是用在了曹寅为其女曹佳氏（书中元春）在京购房以及置庄田奴仆上。从曹寅在康熙四十八年二月写给康熙帝的奏折中可以看出，这一年曹寅为其爱女曹佳氏在北京东华门外购置了新居，"并置庄田奴仆，为永远之计"。在北京城的繁华地带买房与置地，其花费应在数十万两范畴，这些银子当然只能从官银中挪用。而在当时的官场，王公贵族从宫银中借贷已成风气，故康熙朝后期国库空虚。为了收回这些欠银，康熙帝让四阿哥胤禛负责催收欠款，王公大臣中被逼家破人亡者有很多。包括雍正帝即位之后李煦被抄家，也是因为亏欠库银，加上李煦与雍正帝的政敌允禩关系亲密，故受到清算。

康熙四十八年曹寅奏折中所说的为婿置房及送女回京之事，有人解读为是曹寅为次女购房并送京成婚。但是这个解读是错误的，因为如果女儿未婚，曹寅断不会贸然称王子为婿，因为他是包衣身份，曹寅不会也不敢在奏折中说出这样的话。何况尚未结婚就擅自做主为"准女婿"买房移居，这也不合情理。更重要的是，如果是嫁女，曹寅不可能让其弟相送，必然是和妻子亲自送女儿至京参加婚礼，因为康熙四十五年曹佳氏嫁王子时，曹寅夫妇曾亲送至京并参加婚礼，不可能第二个女儿嫁王子时夫妇二人不亲送，厚此薄彼，肯定行不通。所以，笔者判断奏折中所说送女回京，所送之人应该是生下福彭后回南京探亲的曹佳氏。

事实上，在其他史料中并没有曹寅有两个女儿的说法。说曹寅次女也嫁了王子，是对这份奏折的误读。从史料来看，曹佳氏嫁王子纳尔苏是康熙帝的指婚，此举让曹寅一家由包衣身份一变而为皇亲国戚，可谓意义重大、关怀深切。而曹寅对其爱女在京城的生活当然也会更多关爱。康熙四十七年曹佳氏生下长子福彭后，适逢其夫纳尔苏正随同康熙帝在西北作战。而曹家有船只往返于北京与江宁之间，曹佳氏借机带孩子回南京探亲，并与家人团聚也是情理中事。有了儿子后，她想有新居与奴仆照顾也很正常，而能满足她的心愿的，当然只能是曹寅。等新房购好后，曹寅又安排其养子曹颙送曹佳氏回京，并让曹𫖯进京当差。一切安排妥当后，曹寅在给康熙帝的奏折中才会说出"臣男女之事毕矣"这样的话。曹寅为给曹佳氏购房并置办庄田奴仆，花费巨大。又因为他是突然病亡，身后留下来不及处理的巨额欠债也很正常。为了儿女，父辈不惜付出一切，这就是古语所说"可怜天下父母心"的真实含义。

在曹家宗谱中，曹天佑排在曹颙子嗣名下，这有资料可据。而另据曹𫖯给康熙的奏折，曹颙去世后，其妻马氏已有孕，而之前曹颙并无子嗣，所以可以肯定马氏生下的遗腹子就是曹天佑。他应生于康熙五十四年，因为曹𫖯给康熙帝写奏折的时间是康熙五十四年三月，并说马氏已怀孕七月。所以曹天佑的出生时间应该是康熙五十四年六月，此时，曹雪芹已随其父母由北京返回南京织造府，并得到了老太君的钟爱，毕竟这是康熙帝亲赐给她的孙子。康熙帝让曹𫖯过继曹寅一支，就是要确保曹寅一支后继有人，老太君身边有亲孙承欢。因此曹𫖯能顺利接任江宁织造，与他已有五岁的儿子曹雪芹有一定的关联。就像胤禛能顺利接任皇位，与他有康熙帝钟爱的小孙子弘历有关联一样。康熙帝处事十分周密，江宁织造一职不可能随便任命。笔者考证，曹𫖯是康熙四十八年进京当差，曹雪芹是康熙五十年在北京出生，除了有张云章贺曹寅得孙诗为证，再有就是曹𫖯接任时已经有六年在宫中当差的经历，并且已有聪明可爱的曹雪芹。从史料看，曹𫖯的接任有李煦的推荐，更有曹佳氏暗中支助。而康熙四十八年曹𫖯进京当差时，随行的正是产下彭福后返乡探亲的曹佳氏。曹寅在京中为婿置新居，其实是给他的爱女置新居，并且还安排了仆人等，花费肯定不小。因此曹寅亏欠库银的原因不排除曹佳氏置新居而背下很大的债务，这一债务直到曹寅去世都未还清。康熙帝体谅他的父爱与苦衷，在其去世后让其子曹颙接任，并让苏州织造李煦兼管盐务，帮助曹寅补还亏空，这些情节都有史料可据。其中的事理环环相扣，非明眼人是看不出其中因果关系的。

谈程高本、梦稿本、初稿本三者的关系

　　程高本《红楼梦》的出书人是程伟元，他是总编。高鹗是程伟元请来帮忙的，主要任务就是整理修改梦稿本后四十回文本内容。梦稿本后四十回漶漫不清，并且有缺页和缺行现象。修订与增补的方式，就是用《石头记》初稿本（《金玉缘》文本）为底本，校对并增补梦稿本后四十回缺失部分和漶漫不清的部分。

　　对于《金玉缘》后四十回与《红楼梦》后四十回的文本关系，有多人做过文本比对研究，得出的结论是"金前红后"，金是原创，红是转用。其实，由金到红，中间还有一个环节，就是梦稿本。梦稿本后四十回采自《金玉缘》后四十回，其置换工作由曹雪芹生前完成，留下了梦稿本这一未刊本（稿本）。由稿本到刊印本需要有人整理与修补，高鹗所做的工作就是整理与修补。他不是后四十回的作者，但他是整理者和修补者，这是事实。他的整理与修补不是凭空完成的，而是以初稿本（《金玉缘》）文本为底本进行校对和增补的。尽管两个文本合成后会出现矛盾与破绽，但是程高二人基本上都是用曹雪芹留下的梦稿本与初稿本文本为准完成合成工作的。这一点，在程、高二人写的序中有清楚的记述。

《红楼梦》后四十回文本采自梦稿本后四十回，有高鹗在梦稿本上的留记为证（兰墅阅过）。梦稿本文本为曹雪芹撰写《红楼梦》的工作稿本，这是绝大多数研究者的共识。梦稿本是由多种抄本过录、汇集而成的，这也是不争的事实。梦稿本后四十回文本内容取自《石头记》初稿文本（《金玉缘》文本）后四十回，故而"金前红后"也是不争的事实。初稿本故事发生在吴府，梦稿本前八十回采自改写本，故事发生在贾府。要实现两个文本的对接与嫁接，必须将人物姓名进行置换，有些人物如包勇在前八十回未出现，可以不用置换，仍用原名。在置换过程中，由于吴府与贾府人员体系不同，修改颇费周章，只有作者本人才能完成这种置换与嫁接。

因此，程本《红楼梦》是一个复合型文本，前八十回用的是改写本版本，后四十回用的是初稿本版本，两个文本合成后必然会出现矛盾与混乱。这是程高本《红楼梦》前八十回文本与后四十回文本之间出现落差的根本原因。看不清这一点，就很难解释一些怪象，如妙玉前八十回住在大观园内，到了后四十回，她要进园找惜春下围棋，却受到包勇的阻拦而进不了园。个中原因就在于后四十回的妙玉是由初稿本中的伴云改换过来的。在初稿本中，伴云住在吴府外面，她要进吴府，当然会受到不认识她的包勇的阻拦。像这样因文本嫁接而出现的内容上的矛盾还有很多，只要深入分析并进行文本比对研究，就能看得很清楚。

"千里东风一梦遥"

——由贾探春的判词说起

《红楼梦》中，贾探春是"十二钗"中的重要人物，在第五回中，有关探春命运的判词这样写道：

才自精明志自高，生于末世运偏消。

清明涕送江边望，千里东风一梦遥。

从这段判词中，可知贾探春后来的结局是被迫远嫁。

但是，初稿本与改写本对探春远嫁的原因与去向有两种不同的讲述。在初稿本中，探春的远嫁是因为其父贾政与镇海总制周琼曾同为京官有联姻之议。这位周琼与京营节度使有亲戚关系，而薛蟠杀人案的复审官正是京营节度使。为了仕途及家族利益，贾政被迫同意让探春远嫁镇海总制周琼之子。而在改写本中，探春的远嫁可谓一波三折。她先是奉旨入宫为已故的太上皇、皇太后灵殿侍奉香火纸烛，后被圣上赐为贵人，准备服丧期满即纳为妃子。不料东都国刚即位的太子听说探春才貌双全，愿以倾国之力，谋结秦晋之好。圣上为顾全大局，废贾探春贵人封号，赐封杏云公主，嫁东都国君为妃。

在《聚红厅评佚红楼梦》中，关于探春远嫁的过程写得很曲折、很详细，并交代了她离家远嫁的具体时间是清明节，与判词中"清明涕送江边望，千里东风一梦遥"呼应密切。值得注意的是，在《聚红厅评佚红楼梦》第九十七回中，有一条脂批"吾见初稿有'圣天子夜访荣国府，贾探春接驾秋爽斋'回，后删之"。这条批语是点评者对作者写作过程中的一些细节进行的回忆与讲述。由于曹雪芹与脂砚在写作过程中是生活在一起的，脂砚对他在写作中的增删与修改情况知根知底，所以写出的批语皆是实情披露。但是《聚红厅评佚红楼梦》的作者李芹雪与评者赵建忠二人生活在当下，《佚红楼梦》成书前二人互相并不认识，也无交往，因此只能对小说文本进行点评，对作者写作过程中的增删细节并不知晓，无法进行回忆式和披露式的点评。此条回忆式的点评出现在《聚红厅评佚红楼梦》一书第220页，说明这条批语的原评人正是脂砚，由此可见，曹雪芹佚失的后三十回文本不仅有原文，而且有脂批。这一珍贵文本能够流传下来，并且在新时代以新面貌公布于众，其中当然有许多鲜为人知的故事。笔者曾考证《佚红楼梦》乃曹雪芹佚稿，此条批语的存在从侧面提供了又一佐证。

谈谈《红楼梦》中的原型人物

　　小说创作通常是以现实中的人物和故事演绎成小说中的人物和故事，例如《西游记》《水浒传》《三国演义》皆有真实事件为背景。而《红楼梦》是以曹雪芹家族兴衰故事为底本演绎而形成的小说，故事中的主要人物同样有其现实原型，例如凤姐这个小说中的人物就明显有原型人物存在。脂批的记述，更可证明这一点。其他人物，有的有原型，有的是虚构。因此分析红楼梦中原型人物与书中人物的对应关系，对解读这部小说叙述的故事及其作者的立意、宗旨有非常重要的意义。这需要对史料与脂批有深入的研究与判断，而不能仅凭想象和臆断。

　　虽然《红楼梦》中很多人物有其原型，但是曹雪芹在创作过程中对书中人物与原型人物之间的关系进行了调整与变换，这是他有意设置的"障眼法"，或谓"烟云模糊法"。一是为了避免读者对号入座，二是为了故事情节的展开与变换。例如书中贾元春的原型人物是曹寅之女曹佳氏，现实生活中，曹佳氏是曹寅遗孀李氏的女儿。在初稿《石头记》中，吴渊妃是权太君之女，尚保留了这层关系。但是在改写本《红楼梦》中，贾元春变成了贾政之女，老太君的孙女。又如书中李纨的原型人物应该是曹颙的遗孀马氏，在现实生活中，她是老太君的儿媳，但是书中将李纨写成是王夫人的儿媳、老太君的孙媳。这样一来，书中人物之间的辈分与现实人物（原型人物）的辈分就出现了错位。这种变换在纪实文学中是不允许的，但是在小说中却是可行的，因为小说创作本身是可以想象与虚构的。

谈脂砚的身世

　　脂砚斋的身世是《红楼梦》研究中最大的谜团，有人称之为红学研究的"死结"。十多年前，笔者曾撰写过《解开脂砚斋身世之谜》一文，对脂砚斋的身世有所考证与研究。文中指出脂砚是清代大学者何焯之女，曾在曹家避难并与曹雪芹产生恋情。其实，脂砚称得上是一位"孤女"，她刚出生，母亲便去世了。未及周岁，其父何焯因要回苏州奔丧而将她寄养在康熙帝皇八子胤禩家中，后成为其养女。康熙五十四年，何焯被人诬告而下狱并被抄家，脂砚彻底成了孤女，随曹頫一家由北京到南京避难。其年脂砚八九岁，曹雪芹五岁，二人两小无猜，都住在老太君的套房里，这是《红楼梦》写宝黛二人自幼在一起相处的实情。

　　何焯出狱后，将脂砚接回苏州，并带着她到各地访友游览。《红楼梦》中薛宝琴的十首怀古诗就是脂砚随其父游历各地时在其父指导下写出的闺中之作，后被曹雪芹以猜谜语的方式写入书中。

　　康熙六十一年何焯去世，李煦被抄家，脂砚在苏州叔叔家过活已不安全，遂到南京曹家二度避难，便有了与曹雪芹的再度相逢与生死之恋。这就是"若说没奇缘，如何今生偏又遇见他"的缘故所在。

《红楼梦》中黛玉、湘云、妙玉、宝琴皆是孤女形象，皆有脂砚的身影。盖因曹雪芹以分身法写脂砚，并为脂砚传诗，仅用一个人物形象难以完成，故设置了众多的孤女人物。

再谈《红楼梦》后四十回文本来源及原作者问题

　　《红楼梦》后四十回文本来源及原作者问题，是《红楼梦》研究中最大的难题，也是红学研究的重中之重。笔者曾撰写过多篇文章研判这一课题，认为《红楼梦》后四十回文本是曹雪芹用初稿文本后四十回续接于改写本八十回之后形成的复合型文本。后四十回文本原作者是谁，是关系到对《红楼梦》整体认知的大是大非问题。搞不清原作者及其来由，又如何对后四十及全书作出中肯的评论。

　　实际上，《红楼梦》后四十回文本中有很多精彩之处，例如写古琴的琴曲与曲谱，写围棋的精妙对阵，都不是泛泛描述，而是有极深的造诣与感悟，并且要有很好的文笔才能写出。在传统艺术中，古琴与围棋是摆在首位的。曹雪芹是世家子弟，生长于文化家庭，故有条件钻研琴棋书画，并取得高深造诣。高鹗是一介穷儒，又要参加科举考试，没有条件也没有时间研习琴棋书画这些富家公子与有闲阶层才能研习的才艺。

仅从这一方面考察，就可以断定《红楼梦》后四十回不可能是高鹗的作品，而只能是曹雪芹的作品。《红楼梦》文本中如果缺少了古琴与围棋艺术，将是最大的缺憾。曹雪芹不愿放弃初稿后四十回内容，以初稿本后四十回续接在改写本八十回之后形成一个复合型百廿回文本，其深层原因正在于此。当然，改写本后三十回文本的"迷失"也可能是另一个原因。这两种因素的叠加，促使曹雪芹采用拼接方式完成了《红楼梦》的写作。其留下的遗稿，就是我们今天见到的梦稿本文稿。高鹗在程伟元处看到的《红楼梦》后四十回文本，就是梦稿本后四十回。虽然这个稿本涂改、漶漫处很多，但是它有一个底本（《石头记》初稿，也在程伟元处），可以据此底本修补、整理完成梦稿本的不清和缺漏之处。

因此，高鹗的补续工作其实就是对梦稿本的整理与修补工作，而梦稿本的实际作者正是曹雪芹。这也告诉我们，《红楼梦》后四十回的实际作者是曹雪芹，高鹗只是整理者、修补者。高鹗在梦稿本上的题字及序中说他在程伟元处见到《红楼梦》后四十回内容有"波斯奴见宝之幸"，都证明了这一点。

重新认识后四十回

对程高本《红楼梦》后四十回文本，批评者居多，赞扬者甚少，其原因之一，在于胡适、俞平伯、周汝昌等人将后四十回认定为高鹗补续，故将前八十回与后四十回不合拍处归罪于程伟元与高鹗。

这其实是一个天大的误解，梦稿本的被发现，使人们看清了早在程高本出书之前，就已经有了后四十回的文本内容。高鹗所做的工作，最多也只能称作是整理与修补，他根本就不是后四十回的原作者。俞平伯先生晚年在看到了梦稿本实物后幡然醒悟，认识到《红楼梦》后四十回不是高鹗创作的，而是作者曹雪芹的原创。但是对于《红楼梦》后四十回文本在格调上为何与前八十回出现落差和矛盾，俞平伯先生仍然弄不明白，只用了一句"难以辞达"作为解释。但是俞平伯先生承认他之前力主高续说是错误的，并且在临终前说出了"胡适、俞平伯腰斩红楼梦有罪，程伟元、高鹗保全红楼梦有功，大是大非，难以辞达"这样惊心动魄的话。可以说，俞平伯先生在临终前终于看清了程高本百廿回本《红楼梦》是作者曹雪芹的精心之作。

程伟元与高鹗在整理出版这部小说时尽量维持了作品原貌，这一点在二人撰写的序文中有明确的表述。而在《石头记》初稿文本（四十三回本《金玉缘》文本）在网络上出现后，经笔者深入考察与研究，确认《红楼梦》后四十回文本采自《石头记》初稿文本后四十回，并得出程高本《红楼梦》是在梦稿本基础上经过整理、修订而形成的复合型文本，前八十回是曹雪芹对初稿的改写，后四十回是他对初稿的增删的结论。由于两个文本写作于不同的时间段，所以拼接后出现文笔落差现象是非常正常的。这是迄今为止，对《红楼梦》后四十回谜团做出的最清晰、最精准的解说与判断。

当我们明确《红楼梦》后四十文本作者仍然是曹雪芹这一大是大非问题后，对其相关的认知也会发生变化。实际上，《红楼梦》后四十回文本虽然在文笔格调上弱于前八十回，但是它在反映社会现实方面要强于前八十回。《红楼梦》前八十回借太虚幻境的描写，借诗社的描写，借大观园的描写，呈现奇幻的色彩，虽然高妙处多多，但是虚构飘忽处也不少，真正反映社会现实的残酷性与严酷性的，恰恰是后四十回文本。人们常说《红楼梦》是伟大的现实主义文学作品，是伟大的悲剧作品。实际上，离开了后四十回文本，《红楼梦》的现实主义与悲剧描写都要大打折扣。从这一角度看，应该对《红楼梦》后四十回文本有重新的认识。

读《红楼梦》，各人有各人的读法，不同时期有不同时期的读法，其感悟与收获也各有不同，不必强求一律，各人的认识、体会不同很正常。大多数人阅读《红楼梦》时，基本上都会认真细读前八十回。而对后四十回，有些人有误解、有反感，因此不去细读，这是十分可惜的。因此笔者在这里强调，我们应对《红楼梦》后四十回重新认识，认真研究。结合对初稿《石头记》文本（《金玉缘》）的考察与研究，才能够看清作者的苦心和造诣所在。例如探春的远嫁与薛蟠杀人案的求情有关，探春属于被迫远嫁。故事环环相扣，尤其是薛蟠杀人案的判案与说情，一波三折。薛家耗尽所有资产再加上让探春远嫁，才保下薛蟠一条命。其对官场与世态的揭露可谓入木三分。这种大手笔艺术创作只有经过世情历练，具大眼光、大胸怀的人才能写出。《红楼梦》后四十回通过黛玉抚琴解说古琴艺术，通过惜春与妙玉的对弈讲述围棋艺术，通过元春生辰八字讲述命理，其中涉及的乃是中国传统艺术中最高深的艺理。

再如《红楼梦》第九十九回叙记贾政外放江西粮道，因狡吏、刁奴等上下其手，将官事与私利弄瞒得污浊而巧妙，糊弄得贾政这位不甚了解下情的"正派领导"一筹莫展，国家纲纪法规形同虚设。这段创作非常深刻与精彩，与前八十回中深刻揭露官场腐败与社会矛盾之手法完全一致。

曹雪芹为何要用初稿本后四十回内容续接于前八十回之后，其原因恐怕不仅仅是由于改写本后三十回的"迷失"。他对初稿本内容的认可与不舍可能才是更重要的原因。另外，在初稿本后四十回与梦稿本后四十回，尽管故事内容与人物语言完全一致，但是人物姓名却有置换。曹雪芹在世时已经进行了置换，这种置换过程中出现的变化与内容增删，反映出的是他整体的构思与布局，这些也需要通过对后四十回文本进行深入的考察与研究才能获得深入的认知。《红楼梦》后四十回文本的来源是红学研究的谜中之谜。加强对《红楼梦》后四十回文本的解读与研究，当然应该成为当代红学研究的重中之重。

解开脂砚斋身世之谜

在《红楼梦》的考证研究中，最大的谜团就是脂砚斋的身世问题。对于这位与曹雪芹关系十分亲密，又亲自参与红楼梦创作与批评的重要人物，迄今为止，学界对他（她）的身世和家世、姓氏、生卒年等问题难以达成共识。有关脂砚斋身世的考证存在着一些不同的说法，如曹雪芹之叔说、史湘云说等，但都有片面猜测之嫌，学界很难看到一个有说服力、有事实依据的结论。难道脂砚斋的身世真要成为千古之谜吗？笔者在研究金农书艺的过程中，无意中发现一些线索，或许能为解开脂砚斋的身世之谜提供有益的答案。

笔者认为，考证脂砚斋的身世，最方便、最有效、最有说服力的证据就是脂砚斋在《红楼梦》文本上所作的批语。我们知道，《脂砚斋重评石头记》（即脂本系统的《红楼梦》）中留下了大量的脂批，其中透露了大量的有关脂砚斋与曹雪芹，脂砚斋与《红楼梦》其他人物、事件之间的信息。这些信息与已发现的曹家史料和其他史料证据相互印证，能帮助我们解开《红楼梦》研究中的许多谜团，包括脂砚斋本人身世的谜团。

下面笔者就从脂评入手，来看脂砚斋到底是谁。

脂评甲戌本第一回上有两条颇似"临终绝笔"的批语，写在作者所题"都云作者痴，谁解其中味"这首诗的眉端：

> 能解者方有辛酸之泪，哭成此书。壬午除夕，书未成，芹为泪尽而逝。余尝哭芹，泪亦待尽，每思觅青埂峰再问石兄，奈不遇癞头和尚何！

> 今而后惟愿造化主再出一芹一脂，是书何幸，余二人亦大快遂心于九泉矣。甲午八月泪笔。

由这两条批语可以看出脂砚与雪芹是夫妻关系。因为这两条批语明显是未亡人的口气。据敦诚、敦敏的诗可知曹雪芹死后有遗孀，笔者认为这位遗孀正是脂砚斋。

在这两条批语中，脂砚斋指明曹雪芹死于壬午年（1763）除夕。而张家湾出土的"曹雪芹墓石"上确有"壬午"的纪年。这说明脂砚斋的批语是可靠无误的。由此批语我们可知，脂砚在乾隆三十九年（甲午年，1774）尚在世，但已是风烛残年。我们还可以看出，脂砚与曹雪芹感情很深，在曹雪芹去世后，脂砚并没有停止对《红楼梦》的评点，而是通过不停地评点《红楼梦》，寄托对曹雪芹的怀念。所谓"余尝哭芹，泪亦待尽"，正是脂砚在曹雪芹去世后的悲苦写照。

脂批中能够找到脂砚为女性且与曹雪芹是夫妻关系的证据还有很多。例如庚辰本上有一条眉批："凤姐点戏，脂砚执笔事，今知者寥寥矣，（宁）不悲乎！"这条脂批不仅能说明脂砚确是女性，还能证明脂砚曾在"大观园"里生活过。值得注意的是，甲戌本《红楼梦》第二回写贾雨村在石头城游览，从外面看贾府，当作者写到"就是后一带花园子"时，有一段一问一答的批语：

> 问："后"字何不直用"西"字？
> 答：恐先生坠泪，故不敢用"西"字。

问话者显然是批书人脂砚，回答者显然是作书人曹雪芹。这条一问一答的特殊批语，向我们透露出了这样一个信息：脂砚早年曾住在曹家的西花园。对曹雪芹在答语中称脂砚为"先生"的问题，笔者认为这只能说明曹雪芹对脂砚很尊重，而不能说明脂砚一定是男性。脂批中有"茜纱公子情无限，脂砚先生恨几多"的对句，也可以说明"脂砚先生"是女性。脂批中还有"作书人将批书人哭坏了"等批语，显然也是女性口气。由这些批语可以看出：一，脂砚是位女性；二，脂砚曾经在大观园生活；三，曹雪芹对脂砚很尊重；四，脂砚与曹雪芹感情深厚。以此四条检视大观园中众女性，符合条件与宝玉结缡的只有妙玉一人。史湘云虽然也有与宝玉结缡的可能，但曹雪芹不大可能称她为"先生"，因为书中史湘云比贾宝玉小，贾宝玉称史湘云为"云妹妹"，且湘云已订婚，不大可能再与贾宝玉一道离家出走。而在《红楼梦》中，贾宝玉一直对妙玉非常尊重，称妙玉为"大士"（第五十回）和"妙公"（第八十七回），因此批语中称脂砚（妙玉）为"先生"，实属正常。妙玉的容貌、才情、叛逆性格及对贾宝玉的感情，使我们完全有理由相信，他们二人后来能走到一起，过上隐居著书的生活。如果我们再注意仔细品味红楼梦中几处记述妙玉与宝玉交往的描写，更可以看出该书中有他们二人对往事的深情回忆。

通过以上分析，笔者认为，脂砚斋在《红楼梦》十二钗中的对应人物应是妙玉。或问："妙玉在后四十回中不是被强盗所抢，沦落风尘了吗？曹雪芹怎么可能会这样去描写脂砚斋呢？"答曰："《红楼梦》后四十回中的妙玉和前八十回的妙玉已非同一描写对象。"个中原因涉及《红楼梦》后四十回文本来源及成书过程问题，情况极其复杂，非三言两语所能尽述，笔者对此另有专文考证。要而言之，《红楼梦》后四十回书中所谓妙玉被抢、宝玉出家，不过是掩人耳目的"明修栈道"。实际情况是，皆有叛逆性格的宝玉与妙玉互相倾慕、志同道合。在贾府被抄家后，妙玉在贾府已无存身之地，宝玉也无法忍受家庭强加给他的无爱情、无共同语言的婚姻生活，故与妙玉精心策划了离家出走，一起远走他乡过隐居生活的"暗度陈仓"之计。

以上是笔者对脂砚在书中的对应人物是妙玉这一问题的分析和推断。下面再结合脂批，论述脂砚是何焯之女这一大案，这是解开脂砚斋身世之谜的又一关键。

笔者认为，《红楼梦》中有曹雪芹对少年时代恋情的回忆，就像歌德创作《少年维特之烦恼》中有对少年爱情经历的回顾一样。尽管小说中的描写不一定就是现实生活的实录，但肯定是有一定的生活原型和角色原型的。曹雪芹与脂砚斋在书中和批语中反复强调此书中有往事实录和回忆情节，有"真事隐"于其中，就足可为证。

前面已经指出，通过对脂批的分析，可以判断出脂砚比曹雪芹大，但又不是大很多。书中写妙玉是元春省亲那一年进的贾府，时年十八岁。而元春省亲时，宝玉十三四岁，因而她比宝玉大四岁左右。到元春去世、贾府被抄家时，宝玉十六七岁，此时的妙玉年龄约在二十一岁，属成熟少女，且才貌双全，被宝玉所痴恋，是完全可能的。这里有一个问题值得重视，那就是脂砚斋的生年与曹雪芹的生年问题。脂砚斋如果是何焯之女，那么据史料推断，其生年约在康熙四十六年（1707）。笔者曾考证曹雪芹于康熙五十年生于北京，并认为曹寅好友张云章在康熙五十年所写贺曹寅获孙诗，所贺的正是那时曹雪芹在北京出世。如果曹雪芹是康熙五十年出世，那么，到雍正五年曹家被抄家，曹雪芹十七岁，而脂砚二十一岁，与红楼梦中写贾府被抄家时宝玉的年龄和妙玉的年龄完全相同，这难道只是一种巧合吗？从脂批来看是实写的可能性更大，所以笔者的考证意见从时间链上看是完全可以成立的。如果作者是实写，那么对脂砚斋的生年，我们也就有了大体的了解，这是考证脂砚斋身世的一个重要线索。当然，这一线索与曹雪芹生年考证及《红楼梦》后四十回作者考证有着密切的联系，所以笔者认为《红楼梦》三大谜团是互相关联的一个连环"大案"。

如果脂砚斋是妙玉的原型这一推断能够成立的话，那么我们可以顺着这一思路继续进行分析和追问。

按书中的描写，妙玉进贾府，是因幼年多病，师傅让她到贾府"带发修行"以避灾。这难道就是脂砚到曹家的真实原因吗？显然不是。笔者认为，妙玉因病出家是假，另有隐情是真。在甲戌本《红楼梦》十三回，针对凤姐治理宁国府"五病"，有这样一条脂批："旧族后辈，受此五病者颇多，余家更甚。三十年前事，见书于三十年后，令余悲恸，血泪盈面。"由此可知脂砚三十年前生活在望族家庭，后遭变故。按甲戌年为乾隆十九年（1754），前推三十年为雍正二年（1724），当时曹家尚未被抄家，但是曹雪芹的舅舅，苏州织造李煦家，恰是在前一年，即雍正元年，被抄的。因此脂批中的"余家更甚"，显然不是指曹家，而是指脂砚自己家中的一段"树倒猢狲散"的往事。依《红楼梦》中所记，妙玉进贾府是在元春省亲的那一年，亦即贾家被抄家的前两三年。从史料来看，曹家是雍正五年被抄家的，妙玉（脂砚）进贾府（曹府）的真实时间段是在雍正二年，此正是脂砚家遭离乱的时间段。因此，所谓妙玉（脂砚）因病到贾府大观园出家不过是掩人耳目的一种谎话，以带发修行方式隐姓埋名投奔到曹家避祸才是实情。至于要避什么样的祸，后文将有专门论述。

脂批中有苏州方言，据此可知，脂砚斋（妙玉）确是苏州人。《红楼梦》第十八回写妙玉进贾府时颇有意味，不仅王夫人"命书启相公写请帖去请妙玉"，而且"次日遣人备车轿去接"。这哪里是在迎接一名出家人，分明是在迎接一名落难的女公子进入贾府。妙玉进贾府后，贾家人专门安排了栊翠庵让其居住。妙玉活动自由，很受贾母等人的尊重和礼遇，甚至凤姐点戏时，她也能在一旁执笔。需要指出的是，妙玉在栊翠庵是"带发修行"，过的是女居士生活而不是女尼姑的生活，故可以自由出入于大观园与众姐妹结伴吟诗、弈棋、听琴、观戏、品茶和论禅。这些都说明，妙玉的身世非同寻常，其父祖辈肯定是高官名宦，并与曹家有一定的深交关系，否则不会在其遭难时受到曹家如此的礼遇。

笔者在研究金农书艺时，无意中发现一些线索，猜测妙玉（脂砚）极有可能是金农的老师何焯的女儿。更为关键的是，在脂批中果然找到两条与何焯入狱大案密切相关的批语。

要说清其中原委，需先对何焯的身世作一简要介绍。

何焯（1661—1722），字屺瞻，号义门，晚号茶仙，苏州吴县人。康熙朝以拔贡生直南书房，赐举人，复赐进士，官编修，直武英殿修书，著有《义门先生集》《义门读书记》。何焯精于古籍版本鉴定，初以布衣身份受聘于工部尚书王鸿绪，后由直隶巡抚李光地推荐给康熙帝，深得他的赏识。康熙四十一年（1702），何焯以拔贡生身份应召入京，入直南书房授皇八子书。次年，康熙帝赐何焯举人身份参加考试，又特许参加殿试，而何焯也不负所望，在殿试中中第三名进士，可谓君恩浩荡，一步登天。何焯不仅学问渊博，而且足智多谋，有"袖珍曹操"之誉。在皇八子胤禩与皇四子胤禛争夺皇位的过程中，何焯出谋划策，深得倚重。由于胤禩争夺皇位之心太过急切和明显，引起康熙帝的警觉和反感，兼之胤禛寻得胤禩结交外臣、图谋皇位的证据密奏康熙帝。康熙帝震怒之下，谕旨云："（胤禩）自幼阴险……与乱臣贼子等结成党羽，密行奸险。"胤禩从此失宠，且连累一大批官员受到处分。何焯因在丁艰回籍守制期间违反清室规定，将幼女托胤禩收养，遂成为结党的铁证，为此被逮捕下狱，虽不久获释，但家中被抄，一切官职全部削去。何焯出狱后，托病回原籍休养，于1722年（雍正帝继位的前一年）在郁愤中去世。此一史实，在清史中有明确记载。何焯的得意门生，大书画家金农在何焯去职回乡后曾作一诗怀念其师："宋元雕本积万卷，夫子著书游禁庭。近不得意但高卧，秋风吹老古槐厅。"

在了解了何焯的上述身世后，我们再来看脂批中的一些话，就能知道批语的真实含义，及脂砚与何焯的父女关系了。脂评甲戌本《红楼梦》第一回写甄士隐家被烧时是这样写的：

> 不想这日三月十五，葫芦庙中炸供，那些和尚不加小心，致使油锅火逸，便烧着窗纸。此方人家多用竹篱木壁者，大抵也因劫数，于是接二连三，牵五挂四，将一条街烧得如火焰山一般。

在"接二连三，牵五挂四"这句话上有段眉批："写出南直召祸之实病"。所谓"南直召祸"，应是指何焯受康熙帝之召到京入直南书房为胤禛之师，不幸引来入狱和抄家之祸。书中所谓"那些小和尚不小心，致使油锅火逸……于是接二连三，牵五挂四，将一条街烧得如火焰山一般"，其实是隐写胤禛及其党羽谋取皇位东窗事发，致使诸多官员接二连三受到牵累的一段史实。如果不了解这段史实，当然就无法理解脂砚斋的上述批语。曹雪芹对脂砚的身世是清楚的，所以会这样写，脂砚斋对导致何家家道衰落，导致自己身遭离乱的"南直召祸"的隐情更了解，所以才会这样批。

对这段痛史，脂砚耿耿于怀，在脂批中有多处流露。例如在第十三回"一日倘或乐极悲生，若应了那句'树倒猢狲散'的俗语"句上脂砚批道："'树倒猢狲散'之语，今犹在耳，屈指三十五年矣，伤哉，宁不恸杀！"有人认为"树倒猢狲散"这句话是曹寅的口头禅，其实不对，由甲戌年（1754）上推三十五年，时在康熙五十八年（1719），曹寅早已去世，不可能再说此话。那么说这句话的人是谁？笔者认为正是脂砚的父亲何焯。何焯于康熙五十四年系狱丢官，不久获释，在康熙五十七年前后返乡隐居。在何焯系狱期间，其苏州老家曾被抄家。何焯去职返乡后，看到红极一时的何府已是七零八落、一片萧条的景象，发出"树倒猢狲散"的感叹也在情理之中。此时的脂砚是唯一能慰藉何焯受伤心灵的"掌上明珠"，她能清晰地记住其父生前反复念叨的这句口头禅，并在批书时发出悲叹，也就完全可以理解了。这是一例。

再如甲戌本《红楼梦》第一回中，写英莲"有命无运，累及爹娘"这八个字上有一段眉批："八个字屈死多少英雄，屈死多少忠臣孝子，屈死多少仁人志士，屈死多少词客骚人！……"何焯系狱主要是因为他在返乡守制期间，将自己的幼女（脂砚）留在胤禩家托养。此事为胤禛所参奏，加之何焯回乡守制期间，曾四处活动，为胤禩拉拢官员穿针引线，此事也被他人密奏康熙帝，引起康熙帝的反感与震怒。龙颜大怒的康熙帝一面将胤禩怒斥一通，一面将何焯关进大狱。一大批与胤禩、何焯关系亲密的官员受到罢免和牵连，何焯众多有才华的门生弟子从此失去进身之阶。正是有感于此，脂砚才会在"有命无运，累及爹娘"八个字下写出这样沉痛的长段批语。如果不了解其中的隐情，是无法理解脂批这段话的真实含义的。

除了上述三例外，还可以找到一些批语与脂砚身世有关，这里限于篇幅，不再详述。值得一提的是，何焯晚号茶仙，精于茶道。《红楼梦》中妙玉精于茶道且将很名贵的茶具带入贾府，这大约也能作为妙玉是何焯之女的一个旁证。

何焯是苏州人，又是康熙朝的著名学者，且担任过胤禩之师，而从史料来看，胤禩与曹、李两织造关系亲密，曹、李两家与胤禩、何焯显然在政治上是同党关系，过从甚密。何焯去世后，特别是继位的雍正帝抄了李家后，何氏后人惶惶不安，感到在苏州过活已不安全，随时都会有大祸临头。因此脂砚在其师的指点下投奔曹家，以带发修行的方式隐姓埋名寻求保护，是最好的选择和安排。曹家因感念旧时与何家的交情收留脂砚并给予礼遇，也属正常。这是从事理上看脂砚进入曹家藏身有其可能性与合理性。

再从存世的实物来看。《文物》杂志 1973 年第 2 期曾刊出脂砚斋所用之脂砚的实物照片，并介绍说该砚原为明代江南名妓薛素素所有。砚侧刻有"脂砚斋所珍之研其永保"十个隶字。砚背刻有明代著名文士王稺登题诗"调研浮清影，咀毫玉露滋。芳心在一点，余润拂兰芝"。砚匣底部刻有"万历癸酉姑苏吴万有造"字样。像这样名贵的砚台，一般人家很难拥有。何焯是大收藏家，酷爱藏砚，他有一个斋号叫赉砚斋，他拥有这样的名砚实属正常，传给其爱女珍藏使用也很正常。此砚后来成为曹雪芹与脂砚斋创作、评点《红楼梦》的得力工具。脂砚在离开曹府后，即以此砚为号，继续过隐姓埋名的生活，其中实有万般的无奈和隐痛。

　　"茜纱公子情无限，脂砚先生恨几多。"在《红楼梦》这部不朽名著中，凝聚了曹雪芹与脂砚斋二人无尽的欢乐与悲苦。正因为如此，脂砚才会在临终前写下"今而后，惟愿造化主再出一芹一脂，是书何幸，余二人亦大快遂心于九泉矣"这样的泪批。

对梦稿本《红楼梦》的辨析与认识

梦稿本《红楼梦》是《乾隆抄本百廿回红楼梦稿》一书的简称。该书原由晚清时期收藏家杨继盛收藏，1959年被发现并由中国社会科学院文学研究所从一古旧书店购入珍藏。1963年，中华书局上海编辑所首次影印出版此书，定名为《乾隆抄本百廿回红楼梦稿》。2010年1月，人民文学出版社将其重新出版，著名红学家杜春耕先生为其作序。因为此版书是《红楼梦》各种抄本中唯一带有后四十回文本内容的早期抄本，对研究《红楼梦》成书过程及《红楼梦》后四十回文本来源有着非常重要的考证价值，因此很受红学家的重视。

笔者去年网购此书，反复阅读后有所发现。由于此书与《红楼梦》其他几种早期抄本均有交集，且与程甲本、程乙本《红楼梦》有着错综复杂的关系，因此梳理起来十分困难。要弄清楚梦稿本的真实面目，非下大功夫不可。近期抽空再来检阅此书，笔者又有新的发现与认识，现将研究心得与考辨意见写成短文，公诸同好，以期对解开《红楼梦》成书之谜与《红楼梦》后四十回文本来源之谜有所贡献。

在《"梦稿本"序》这篇序文里，杜春耕先生通过仔细辨析，提出梦稿本前八十回是由五个以上早期抄本过录成书的。他的考证很严谨，证据确凿，是可信的意见。但是这一考察结果会让我们产生另一疑问，即为何梦稿本前八十回要用五个早期抄本拼接？它出自何人之手？原因何在？目的何在？按照杜春耕先生的观点，这是因为程伟元在出书时找了不同的抄手，分别抄了不同抄本、不同回目的内容，然后合并成书。但是，笔者认为这种判断可能有误：既然是为了出书，选择一个抄本进行过录要省事得多，选择多个抄本抄录和拼接，不仅会增加统稿的难度，而且容易造成内容的错误与混乱。何况，程伟元手里能否收集到五种以上早期抄本也是一个很大的疑问。即便程伟元能够收集到这些早期抄本，并曾分别请人过录与统稿，那么出书的文本应该与梦稿本文本完全相同才是。但是经过仔细比对，实际情况并非如此，无论是程甲本还是程乙本，其文本内容与梦稿本并不完全相同。换句话说，梦稿本并不是程甲本和程乙本的出书底本。就像程高本后四十回中，虽然有大部分内容与梦稿本后四十回相同，但是也有很多不同之处与改动之处。这说明，梦稿本在程高出书时只是一个参考文本，而不是实际出书的底本。因此梦稿本的成书一定是另有其因，作者也是另有其人。

再举一个例子。杜春耕先生在考察梦稿本时发现，梦稿本后四十回中在写到凤姐女儿时，出现了"大姐儿"与"巧姐"两个人与两种称呼。这种现象在《红楼梦》早期抄本中曾经出现，但后来曹雪芹在改写中已经将大姐与巧姐合并为一人，称呼上也已用"巧姐"定名。因此《红楼梦》后四十回如果是其他人续写，不会再有"大姐儿"这个称呼出现。而梦稿本后四十回中有这个称呼，说明其文本内容源自早期抄本而不会是后来的续写。根据"错误继承"原则，杜先生认为《红楼梦》后四十回的作者与前八十回一样，均是曹雪芹。杜先生的这一考证很重要，可惜时至今日仍未引起足够重视。笔者在研红时曾经提出"龙头蛇尾"说，认为《红楼梦》后四十回文本是由《红楼梦》初稿《石头记》后四十回文本嫁接而成。这与杜先生对梦稿本后四十回文本来源的考察可以说有相通之处。

从梦稿本的成书情况来看，它的前八十回是由多个早期抄本拼接而成，后四十回文本中则含有早期抄本内容，因此可以判定它是一个拼接型文本，其内容涵盖了不同时期的稿本内容。又因为它是由不同的稿本拼接而成，并有大量的增删与修改，因此可以肯定，梦稿本的集成工作只能是曹雪芹亲力亲为，而不会是由后来的过录者或收藏者完成。因为任何一位过录者或收藏者都不可能同时得到多种早期抄本的底本，并能对其进行任意增删，只有作者本人才能做到。由此可以判定，梦稿本《红楼梦》的作者只能是曹雪芹，其文本内容在程高本《红楼梦》成书之前就已经存在。因此同时可以判定，程高本《红楼梦》后四十回文本不是高鹗的续作，而是高鹗对梦稿本后四十回文本内容的修补、梳理和修订，这部分内容的作者严格来讲只能是曹雪芹。而这也与程、高二人在出书时所写序言的记述完全一致。因此，通过对梦稿本的考察与辨析，已经能够排除高鹗是《红楼梦》后四十回作者这一既往的说法，并且也基本上可以判定梦稿本文本是由多个早期稿本拼接、增删、修订而成的，作者是曹雪芹。

对于曹雪芹为何要用早期稿本内容进行梦稿本的拼接、增删和修订，笔者的看法是，曹雪芹去世前很想让《红楼梦》一书以刻本方式刻印传世。而经过脂砚斋抄录、对清和点评的脂批本因为有大量的批语，是难以实现以刻本方式出书的。因此为了便于印书和出书，就必须去除批语内容，程高本《红楼梦》无批语即是明证。早期的稿本因为是写作中的底稿，所以恰恰都是无脂批的文本，因此用这些底稿文本进行拼接，可以很方便地形成无批语的完整文本。加之由于改写后的后三十回文本不幸"迷失"，而初稿后四十回文本的底稿仍存，故而可以用初稿后四十回文本内容进行嫁接，形成完本。但要实现这种嫁接，需要做大量的修改与对接工作。为了做到合理对接和减少破绽，不仅后四十回文本要进行大量修改，前八十回文本内容也要进行相应的调整，这是梦稿本中出现大量增删现象的原因之一。这种增删与修改费时费力，加之尚未完全定稿和成书曹雪芹就去世了，因此只留下了一百二十回回目及大体成型的梦稿本文本。这是脂批中所记述的"书未成，芹为泪尽而逝"的真正原因和最好的解释。

从抄写格式上看，梦稿本前八十回基本上是一页十四行，后四十回是一页十二行。其特征是字距小而行距大，大量的改文与增补文字都是写在行与行之间的空白处，到了后四十回中，这种现象更为突出。这说明，梦稿本的文稿是一个过录本，留下较大的行间空白，是为了便于增补和修改。从改稿情况来看，以添加文字为主，删节较少，有些删节文字在删除后又以添加方式增补进来，细察后可以发现这是为了调整和理顺文句内容。例如梦稿本第八十一回，第920页第一行原稿是"你不许在老太太跟前提起半个字，你去干你的吧"；改稿在"你""不"之间添加了"断断"二字，又在"半个字"后添加"我知道了是不依你的"九个字，使全句变为了"你断断不许在老太太跟前提起半个字，我知道了是不依你的"。查看程甲本和程乙本《红楼梦》相同段落，两书用的都是改动后的文句。又如同页第二行原文写宝玉"憋着一肚子闷气往潇湘馆来"，改文在"闷气"后添加"无处可泄走到园中一径"十个字，使全句变为"憋了一肚子闷气，无处可泄，走到园中，一径往潇湘馆来"，使这句话变得更加生动和完整。程甲本与程乙本此处用的也都是改动后的文句。这就足以说明，梦稿本是比程高本更早的文本，程高本后四十回源自梦稿本后四十回的改定文本。从影印的实况来看，梦稿本前八十回和后四十回都有大量的修改增删内容，显得十分混乱和漶漫不清。这与程高序言中对残稿的记述"漶漫不可收拾"十分吻合。由于在梦稿本中有"兰墅阅过"题记，由此同样可以判断出程高本《红楼梦》后四十回文本正来源于梦稿本后四十回。由于梦稿本后四十回文本源自《红楼梦》的早期抄本，因此笔者提出的《红楼梦》后四十回文本是由初稿文本嫁接而成的观点，就有了可靠的依据。

梦稿本的多稿拼接与漶漫不清，给它的修订与增补工作带来了很大的困难。程伟元之所以要请高鹗合作，就是因为梳理、校订、审稿、改稿的工作量太大，一人完成不了，需要在高鹗帮助下，两个人分工合作（分任之）。大概的情况应该是程伟元负责前八十回校订，高鹗负责后四十回增删修订。由于前八十回有其他文本（如脂批本）可以作为定本进行校对，而后四十回只有通过对梦稿本的梳理、修订后才能成文，所以高鹗的任务不轻。后四十回是高鹗通过对梦稿本文本的梳理、增删、修订而最终成文的，这应是客观事实。但是高鹗只是《红楼梦》后四十回文本的修订、增补者，并不是文本的实际作者。由此也可以确认，《红楼梦》前八十回与后四十回中讲述的故事均与作者曹雪芹的人生经历有一定的关联性，对考证曹雪芹的身世与家世有一定的参考价值。

谈《红楼梦》的经典魅力

　　夜读白先勇先生《红楼梦醒》一文，颇有感触。五年前，我撰写了一篇评论民国时期著名文人高语罕（陈独秀挚友，八一南昌起义宣言的撰稿人）所著《红楼梦宝藏》的评论文章，寄给胡文彬先生请益。先生看了文章非常激动，半夜打来电话告诉我他刚从上海白先勇处回京，看了我的这篇文章很高兴、很激动。今天读到白先勇先生的这篇文章，我突然明白胡先生为何读了拙文后会高兴与激动。因为白先生、胡先生对《红楼梦》的底蕴与意义有真切的认知与感悟，是作者曹雪芹的"铁杆粉丝"，而高语罕在抗日战争时期写下的《红楼梦宝藏》揭示的也是《红楼梦》的文学成就与文化意义，在这一点上他们达成了共识，找到了知音。

　　在对《红楼梦》的解读与认知方面，不同的人群会有不同的认知，但是能站在开阔与精深的文化层面认知并深入评价《红楼梦》的人并不多见。绝大多数人都是在看热闹，属于耳食之辈，真正能深入进去，有深入评鉴能力的人，可以说是少之又少。高语罕、胡文彬、白先勇都有专著评论《红楼梦》

的文学价值，总结出的优点，既有相同处，也有不同处，可谓互相认同又互相补充。这些后来人的解读进一步丰富了《红楼梦》的文化底蕴。这种由作者、作品与读者、评论者之间产生的互动效应，是一种溢出效应，使作品的文化意义得到了丰富与扩展。

因此，《红楼梦》的宝藏内涵，不仅是作者曹雪芹所赋予的，也与解读者与评论者的解读深度密切相关。这种关系其实就是著经与注经的关系。经典的内涵伴随着解读的生长而生长，随着时代的变迁而变化，这正是经典的魅力所在。经典之作在任何时代都会焕发不同的光彩，带给人们激动与震撼。《红楼梦》正是这样的文学经典。

堇堇与脂砚

梦稿本《红楼梦》题签上的"己丑秋月，堇堇重订"八个字，值得我们重视与研究。堇堇有美丽、美好之意，适合女性取用。笔者考证脂砚乃何焯之女、康熙帝八皇子胤禩养女，曾两次避难曹家，并与少年曹雪芹产生生死之恋；后期二人走到一起，共同撰写了千古名作《红楼梦》。《红楼梦》中的宝黛之恋讲述的正是曹雪芹与脂砚在曹府西园的恋情故事。

值得注意的是，"堇"字是草本植物，与《红楼梦》中林黛玉是绛珠仙草化身的讲述有密切的关系。曹雪芹出世时有"天上惊传降石麟"的传奇传说，故其终生以顽石自喻。而《红楼梦》将宝黛之恋写成是"木石前盟"，用绛珠仙草（书中黛玉）到人间为神瑛侍者玉兄（书中宝玉）还泪形容二人的前世今生，这个故事太凄美。题签中的"己丑秋月"，应是乾隆三十四年（1769）秋天。此时曹雪芹去世已经六年多，不可能再为稿本订稿，具备收藏、保存并修订《红楼梦》文稿条件的只有脂砚。所以，可以肯定，堇堇正是脂砚的小名或学名。在脂批中，有"甲午八月泪笔"之批，说明脂砚在曹雪芹去世十二年后仍然在世。

　　"己丑秋月……重订"的题签和"甲午八月泪笔"的批语充分证明,曹雪芹去世后,脂砚仍在整理、订正、评点他的《石头记》手稿。二人的情缘堪称惊天地、泣鬼神。

程甲本与程乙本各有千秋

现今传世的《红楼梦》文本大多以程高本为底本，程高本是由程伟元与高鹗人二共同整理刻印的文本。该文本先后刻印了两次，分别被称为程甲本和程乙本，程甲本先出，程乙本后出。两个文本大同小异，部分内容有一定的差异。程乙本刻印时对程甲本内容进行了一定的增删与修改。至于为何要增删与修改，情况比较复杂，总体来看，修改处有正有误。因此，程甲本与程乙本各有千秋，各有优长与短缺，无需厚此而薄彼。

对上述观点，可以举几个例子加以说明。在《红楼梦》第九十二回"评女传巧姐慕贤良，玩母珠贾政参聚散"中，程乙本在"冯紫英道：'人世的荣枯，仕途的得失，终属难定。'"这段话后多出下面一段话：

> 贾政道："天下事都是一个样的理哟，比如方才那珠子，那颗大的，就像有福气的人似的，那些小的都托赖着他的灵气护庇着。要是那大的没有了，那些小的也就

没有收揽了，就像人家儿当头人有了事，骨肉也都分离了，亲戚也都零落了，就是好朋友也都散了，转瞬荣枯，真似春云秋叶一般，你想做官有什么趣儿呢！"

这里共多出 124 个字。那么程乙本添加的这 124 个字是多余的呢，还是有必要的呢？笔者认为很有必要。因为此回的回目中有写"玩母珠贾政参聚散"，有了这段话，故事才能对回目有所交代；相反，删除这段话，故事就失去了与回目的关联与呼应。值得注意的是，程甲本删去这段话并非随意而为，而是因为沿用了梦稿本中的同段内容。而程乙本也不是凭空创造，而是按初稿本中吴礼（对应贾政）的同段内容加进了这段话。程甲本先出，据此可以断定程甲本是参考了梦稿本而确定的。后出的程乙本应该是对程甲本内容的修订，在与初稿本同段内容做了比对后，程伟元认为初稿本内容比较完整，这段删除的话应该添加进去，所以又以初稿本内容为底本添加了这段话。

从这种改动情况来看，谁同时拥有梦稿本文本与初稿本文本，谁才能进行这种修订。从程高序言可知，文本的持有人是程伟元，高鹗只是程伟元请来帮忙出书之人。因此在程甲本出书后，有条件对程甲本进行修订者，只能是程伟元。所以可以得出结论：程甲本是程伟元与高鹗二人合力完成的，而程乙本主要是程伟元一人做的重新修订。当然，这只是一种推断，真实情况如何，仍需进行进一步的考证。

"气质美如兰，才华馥比仙"

——由妙玉判词说起

《红楼梦》第五回有妙玉的判词与歌辞，其判词为：

> 欲洁何曾洁，云空未必空。可怜金玉质，终陷淖泥中。

其歌辞为：

> 气质美如兰，才华馥比仙。天生成孤癖人皆罕。你道是啖肉食腥膻，视绮罗俗厌；却不知太高人愈妒，过洁世同嫌。可叹这，青灯古殿人将老；辜负了，红粉朱楼春色阑。到头来，依旧是风尘肮脏违心愿。好一似，无瑕白玉遭泥陷；又何须，王孙公子叹无缘。

在《解开脂砚斋身世之谜》这篇文章里，笔者曾考证《红楼梦》里妙玉的原型人物正是脂砚。她是清代大学者何焯的独生女，幼年时因其父要回苏州奔丧，被康熙帝八皇子胤禩夫妇收养。在诸皇子皇位之争中，此事被人举报，成了八皇子与汉臣结党的罪证，致使何焯被下狱和抄家，后虽免罪释放，但家产被抄，官职被免，受牵连的官员有数十人，是康熙朝震动朝野的一件大案与冤案。受此案的影响，脂砚曾两次到南京江宁织造府曹家避难。第一次避难是在康熙五十四年，第二次避难是在何焯已逝、雍正上台的雍正二年。前一年，雍正帝将与允禩关系亲密的苏州织造李煦以亏空之名逮捕入狱并抄了他的家，其家人妇仆一百余人被变卖。为防不测，脂砚借曹佳氏省亲之机，以带发修行方式来到了曹家避难。此时，李煦被抄家，而允禩一家尚在平安之中。刚上台的雍正帝为了稳住政局，对其他皇子采取了分化、安抚和利用的策略。允禩不仅没受处置，还被晋封为和硕廉亲王。但是到了雍正四年，雍正帝坐稳根基后，开始对其进行清算，用各种借口对其施以了削爵、圈禁的处罚，还将他改名为"阿其那"。因此，雍正二年脂砚刚到曹家时，受到了欢迎与礼遇，但随着雍正帝对允禩态度的转变，由于脂砚曾经是允禩夫妇的养女，她在曹家的处境也开始日益艰难。但就在此时，曹雪芹与脂砚之间有了恋情。随着政治气候的转变，曹雪芹的父母为了自保和家族利益，不得不想方设法拆散这对恋人，这才是曹雪芹与脂砚爱情悲剧的真实原因。

脂砚之父何焯是康熙朝著名学者、书法家，脂砚生长于这样的家庭，有着良好的家学渊源，长大后又得其父亲授，展露出过人的才华。从脂批中透出的信息可以看出，脂砚学养深厚，精通禅学与诗文，书法超妙，堪称才华超群的奇女子。雍正二年她第二次到曹家避难时，年龄约十五岁，此时曹雪芹年龄十二三岁。到雍正五年曹家被抄家时，曹雪芹十六七岁，脂砚约在二十岁。《红楼梦》中写贾宝玉的婚恋，主要写的也是宝玉在这个时间段的故事，这其实正是曹雪芹与脂砚在曹府重逢后的恋爱故事。在书中，曹雪芹以分身法描写脂砚，记述往事。林黛玉、妙玉、史湘云、薛宝琴四位才女都是脂砚的化身，这四位才女的共同特征都是父母早亡、寄人篱下、才貌出众、气质脱俗。曹雪芹要在书中为脂砚传诗，特意塑造了这样四位美女兼才女的形象。

其中，妙玉的形象与故事反映了曹雪芹与脂砚互相关爱的一些往事。妙玉是有洁癖的人，但是她在栊翠庵请黛玉、宝玉、宝钗喝茶时，将自己平时使用的茶杯给宝玉用。宝玉过生日时，她还写了贺帖。栊翠庵里的梅花，别人想求都求不到，宝玉去求却顺利求到。而宝玉对妙玉也很关爱，见刘姥姥等人在栊翠庵有醉酒行为，特意让人挑水给妙玉冲地，这些描写其实都有一些真实回忆的成分隐藏其中，反映的是当年在曹府西园，二人斯敬斯爱的场景。

当然，曹雪芹与脂砚的恋情故事在书中主要是以贾宝玉与林黛玉之间的恋爱故事为主线进行讲述，宝玉与妙玉之间的情缘关系只是作为补充而展开。但是，书中第七十六回写黛玉与湘云凹晶馆月下联诗，黛玉与湘云先后联了二十二韵。妙玉引她们到栊翠庵喝茶，然后提笔一挥而就一口气续了十三韵，为全诗作了收结。黛玉与湘云从未见过妙玉作诗，见妙玉诗才如此敏捷，一致夸赞妙玉为"诗仙"。这是妙玉在《红楼梦》中展现诗才的一段重要描写。按笔者考证，《红楼梦》中有很多诗作是脂砚当年的闺中之作，被曹雪芹以织锦法写入书中，以便为脂砚传诗。像这首中秋咏月诗，是一首五言长律，共有三十五韵，其中"寒塘渡鹤影，冷月葬花魂"堪称千古名句。曹雪芹在创作中用黛玉与湘云月下连诗、妙玉补续的形式，将这首脂砚昔年所写的五言长律写入书中。书中还有多首脂砚的闺中之作，也被曹雪芹以多种形式用在了《红楼梦》里。例如，林黛玉所写《五美吟》，其中有一首是咏红拂的诗，赞颂红拂与李靖私奔之精神。此时黛玉只有十三四岁，尚未成年，不可能写这样的诗句，这样的句子也不符合黛玉的人物性格与人物塑造要求。又如黛玉所作《葬花吟》中，有"一年三百六十日，风刀霜剑严相逼"之句，也不符合黛玉的真实处境，相反，却与脂砚的身世与性格完全吻合。

《红楼梦》初稿文本只有四十三回，到改写文本之后，前三回的内容变成了前八十回。究其原因，要设置各种场景为脂砚传诗，是篇幅大幅扩张的一个重要原因。脂批中曾明言，曹雪芹著此书，"也有传诗之意"。因此曹雪芹撰写《红楼梦》的一个重要目的，就是为脂砚传诗。如果不了解这一创作旨趣，对红楼梦的创作特征就缺乏深入的认知。

脂批中曾经透露，脂砚曾经建议曹雪芹删去书中天香楼一段描写，其使用的语辞是"命雪芹删之"。这足以见得，在这部小说创作中，脂砚不仅是誊抄者，更是指导者，并且曹雪芹对她还能做到言听计从，从中既能看出二人的亲密关系，也能看出脂砚的才情与识见非同一般。曹雪芹用"气质美如兰，才华馥比仙"描写妙玉，实际上是在暗赞脂砚。因此"一个是阆苑仙葩，一个是美玉无瑕。若说没奇缘，今生偏又遇着他；若说有奇缘，如何心事总虚化？一个枉自嗟呀，一个空劳牵挂。一个是水中月，一个是镜中花。想眼中能有多少泪珠儿，怎经得秋流到冬，春流到夏"这段歌辞，也称得上是曹脂二人恋情的真实写照。

曹雪芹与脂砚之间曾经有过一段刻骨铭心的恋情故事，二人被强行拆散，后期冲破重重阻力，又重新走到一起，并合作完成了《红楼梦》的创作。没有这种刻骨铭心的恋爱经历，仅凭想象与虚构，是不可能让《红楼梦》的爱情故事如此感人至深的。对脂砚斋身世的考证，对脂砚与曹雪芹情侣关系的考证，是《红楼梦》研究在新世纪绕不开的重大课题。笔者所作的考证与解说，为这一话题的展开拉开了序幕，更多的研究成果，寄望于后来的有识之士。

"假作真时真亦假"

——从文本互证谈《红楼梦》初稿文本《石头记》的被发现

《红楼梦》初稿文本的被发现，是红学研究中石破天惊的大喜事。但是直到目前，这一发现在红学界虽有讨论，但并未受到重视，甚至引起多方置疑。这也难怪，这种发现就像天方夜谭一样，太离奇，太不可思议。何况一些标榜"旧时真本"的冒牌文本不时出现，使得真正有价值的文本被发现也受到牵累，被认为是伪作，这正应了《红楼梦》中的那句名言"假作真时真亦假"。

从曹雪芹自叙及脂砚斋的批语中，我们得知《红楼梦》是在初稿文本《石头记》基础上经过"披阅十载，增删五次"的反复修改后完成的。从脂批中还能知道，《石头记》写完后，曹雪芹曾请人写过序，说明它是一个完本，有一个完整的故事。从脂批中注明的时间来看，初稿完稿的时间约是乾隆十年。如果按曹雪芹生于康熙五十年来推算，则写完初稿文本的曹雪芹年龄约三十四岁。初稿文本的写作至完成有七八年时间，因此，曹雪芹一开始写作《红楼梦》的年龄在二十六岁左右。这里就出现了几个问题，即《红楼梦》初稿文本一共写了多少回，它的文笔如何？它的内容及其要传达的思想是什么？这当然很难猜测，但是有两点可以肯定：一，初稿文本肯定不会有一百二十回；二，初稿文本的艺术水平与写作技巧肯定没有经过改写后的文本那样超妙。因为曹雪芹二十多岁写《石头记》，可以说这是他写小说的处女作，不可能一上来就能写出一百二十回文本的长篇小说，也不可能一上来就能写得文笔超妙、思想精深。因此，初稿文本很可能是一个比较粗糙、比较幼稚的文本。正因为如此，曹雪芹才会在后期费时十年对它进行反复修改、反复增删。但是有一点也是清楚的：既然是批阅与增删，那小说故事的内容与人物基本是保留了下来的。换句话说，故事还是那个故事，人物还是那个人物，只是场景、对话、情节、叙述语言与写作技巧出现了变化与提高，实现了由粗到精、由一般到高级的转变。这是我们对《红楼梦》一书写作历程的考察与认识。

因此，《红楼梦》初稿文本只有几十回而不是后来的一百二十回是可以肯定的，初稿文本的写作水平与写作技巧远不如后来的改写本，也是可以肯定的。到曹雪芹决定改写初稿文本时，他已经年过而立，生活阅历与写作技巧都比写初稿文本时大有丰富与提高，再加上改写过程中脂砚一直在旁边帮助誊抄、点评并提出建议与意见，所以他才能写成有极高文学造诣的《红楼梦》。

我们完全可以肯定地说，《红楼梦》的初稿文本，包括其中的诗文内容不会太高级，人物描写也不会太高级，它是经过改写后才脱胎换骨变得高级起来的。现在笔者可以告诉大家一个事实，《红楼梦》前八十回是改写文本，很高级，后四十回是用初稿本后四十回嫁接上去的，虽然还是讲述的同一个故事，但是写作技巧与人物性格都发生了变化，变得不那么高级，甚至还出现了很多明显的破绽。虽然《红楼梦》前八十回与后四十回在写作用语和故事叙述上有极其相似之处，但是其差别是明显存在的，不明真相的人将《红楼梦》后四十回写作水平不如前八十回归结为后四十回是高鹗的续作。但是现在已有充分的证据证明高鹗没有时间、也没有能力完成《红楼梦》后四十回的写作，加之后四十回中的很多叙事与曹雪芹身世密切相关，因此后四十回的作者只能是曹雪芹，而不会是其他人。

《红楼梦》后四十回写作水平的突然下降，是因为它是一个嫁接本。笔者在《红楼梦》成书考证上曾提出"龙头蛇尾"的论断，认为《红楼梦》初稿文本像一条蛇，它的头部经过反复改写变成了极有生气和魄力的"龙头"，它的尾部用的却是初稿文本的"蛇身"与"蛇尾"，当它们成为一个整体时，就出现了"龙头蛇尾"的现象。

《红楼梦》成书的复杂性远远超出人们的想象。这里所说的《红楼梦》是指我们现在常见的由程伟元、高鹗整理出版的一百二十回本。作为一个复合型文本，前后出现差异、矛盾和不吻合的现象是必然的。俞平伯先生在《红楼梦辩》一书中详细指出了《红楼梦》后四十回中很多与前八十回不吻合、有破绽之处，并据此认为后四十回是高鹗的续作，才会出现这许多差错。他在与顾颉刚的红学通信中，也反复论证了这一观点。顾颉刚一开始是认为《红楼梦》后四十回是曹雪芹的文本，后来在俞平伯的多处指证下，也转而认为后四十回是高鹗的续作，其原因就是后四十回描写明显不如前八十回高级，并有很多破绽。但是，俞平伯所看到和指出来的只是一个方面，在他看来，既然《红楼梦》后四十回明显不如前八十回，那么后四十回的作者必然不是曹雪芹而是其他人。既然程、高序言中言及《红楼梦》后四十回是高鹗对残稿的补续，所以他就认为后四十回是高鹗续写的。俞平伯的《红楼梦辩》出版时，顾颉刚写了序，胡适给了赞评。在此后很长一段时间里，高鹗是《红楼梦》后四十回文本的续作者几成定论。但是，俞平伯的研究只看到了表面差异的一面，是只知其一，不知其二，他并没有想到《红楼梦》后四十回是由初稿文本嫁接而成的。俞平伯晚年看到了一些新材料，承认早年的判断有误，并在临终前写下了"胡适、俞平伯腰斩红楼梦有罪，程伟元、高鹗保全红楼梦有功，大是大非，难以辞达"这样触目惊心的临终遗言。这种敢于认错的勇气展现了他作为学人的良知与品质。

梦稿本《红楼梦》被发现，使俞平伯明白在程高本《红楼梦》出版之前就已经有了《红楼梦》后四十回的回目与内容，说高鹗是后四十回续作者的观点显然不能成立。但是，《红楼梦》后四十回写作水平不如前八十回原因何在？俞平伯先生临终前也没弄明白，所以写下了"大是大非，难以辞达"这样的遗言。可以说，梦稿本《红楼梦》的出现只能证明《红楼梦》后四十回不是高鹗的续作，还不能证明后四十回文本是由《红楼梦》初稿文本嫁接而成的这样一个"大是大非"

的问题。《红楼梦》后四十回文本来源之谜的破解，还需要有新线索、新材料的出现。

谁也想不到，这一新线索与新材料居然在新时期出现了。2005 年，国学论坛网站上出现了四十三回本的《金玉缘》文本。这一文本的后四十回回目和内容与《红楼梦》后四十回基本一致，只是人物姓名出现了变化，少数文字内容有了变更与改动。并且，它的前三回内容与后四十回内容前呼后应、浑然一体，找不出半点破绽。面对这样一个与《红楼梦》后四十回文本有密切联系与相关的文本，笔者对其进行了深入的考察与辨析，经过文本比对与文本互证后得出结论：四十三卷本《金玉缘》文本是一个原创性文本，其故事内容与《红楼梦》故事密切相关。这一文本极有可能正是曹雪芹写作红楼梦的初稿文本，它所叙述的镜面石上的故事及男主人公衔石而生并取名麒麟与《红楼梦》初稿《石头记》的命名情节密切相关，与张云章贺曹寅诗的首句"天上惊传降石麟"也有暗合。如果《金玉缘》文本是后人由《红楼梦》后四十回演绎而成的伪作，那么它的前三回必定是后来补写，再嫁接上去的。但是即使再高明的作者，由于彼此写作思路、语言技巧与故事情节构思不同，其内容都必然会出现各种破绽，何况《金玉缘》前三回内容要把《红楼梦》前八十回内容浓缩进去并要做到缜密严谨，是根本做不到的。因此鉴于《金玉缘》前三回与后四十回的浑然无间与毫无破绽，笔者断定它是原创作品，换句话说它是原生态文本而不是拼接性文本。

有了这样的认识与判断后，笔者再进一步思考这一文本，就感到它虽然在写作上有粗糙之处，但所叙述的故事与《红楼梦》故事密切相关，是《红楼梦》故事的早期版本。结合曹雪芹在书中的自述和脂批中的记述，笔者断定，这一文本正是《红楼梦》初稿《石头记》，高鹗正是参考它补齐了梦稿本后四十回中残缺的内容，从而在四个月内完成了《红楼梦》后四十回的"补续"工作。在完成百廿回本《红楼梦》的出版工作后，程伟元与高鹗又利用主持书局、出书方便的条件，将此初稿文本改名为《金玉缘》出版，从而有效地保存了这一初稿文本。

互联网时代，该作被当作古典小说之一种传录到网上，受到了人们的关注与研究。至此，《红楼梦》后四十回文本来源之谜及《红楼梦》初稿文本之谜已经被笔者完全解开。"红楼品茗"等网站有四十三回本《金玉缘》的完整文本，有兴趣的朋友可以结合本人的考证研究意见对其进行更深入的研究，一定会有更多的新发现、新认识、新惊喜。

浅论《红楼梦》的成书过程与《佚红楼梦》文本出版的意义

在《红楼梦》研究中，至今仍存在很多未解之谜，例如《红楼梦》后四十回文本来源之谜、《红楼梦》初稿文本之谜、《红楼梦》佚稿文本之谜、《红楼梦》成书之谜等。面对这些未解之谜，红学家在长达一个多世纪的时间里曾经进行过很多研究，但是一直未能获得突破。笔者通过对网上出现的四十三回本《金玉缘》文本的鉴定与研究和三十回本《佚红楼梦》文本的鉴定与研究，通过文本考证与文本互证，对《红楼梦》后四十回文本来源之谜与《红楼梦》成书之谜进行了深入的剖析与梳理，给出了具有说服力的答案，破解了这两个困扰红学家长达一个多世纪的谜案。

一、《红楼梦》成书的三个阶段

根据笔者近十年的研究，《红楼梦》的写作与成书实际上经过了三个重要的阶段。

第一个阶段是《红楼梦》初稿文本的写作，时间应是在乾隆元年到乾隆十年左右。从脂砚的批语中可以看出,《红楼梦》初稿一开始取名叫《石头记》,后改为《情僧录》,再改为《风月宝鉴》,并且请曹雪芹弟写了序,应是一部完整的小说。

第二个阶段是《红楼梦》由初稿文本向改写文本过渡的写作阶段,时间应是在乾隆十年到乾隆二十年左右。从脂批中透出的消息来看,《红楼梦》改写本共有一百一十回,其中前八十回脂砚斋参与了点评与誊抄,后三十回文本因被人借阅后丢失而成为佚稿。对佚稿内容,脂砚斋是有记忆的,并在《红楼梦》前八十回点评中多次提到过。因此可以相信,改写本是一个有一百一十回文本内容的完整文本。但由于人为因素,这一改写本最终变成了残缺本,只有"龙头"(前八十回),而无"龙尾"(后三十回)。在这一时间段内,曹雪芹与脂砚斋对改写本的前八十回不断进行改写和对清,出现了多种脂批本《石头记》。

第三个阶段是《红楼梦》初稿文本与改写文本进行合成与嫁接的阶段,时间应是在乾隆二十年到乾隆二十七年。为了使《红楼梦》改写本成为一个完本,曹雪芹想到用初稿本的后四十回内容续接到改写本的八十回之后。这虽然是不得已的事情,但也聊胜于无。如果说,初稿本是一条蛇,改写本是一条龙,那么,将初稿本后四十回嫁接在改写本的八十回之后,其实就是一种"龙头"与"蛇尾"的组合。何况改写本本身就是参考初稿本内容改写而成,因此嫁接后内容虽然会有一些破绽,但还是能保持故事的完整性的。

从现存的梦稿本来看,曹雪芹在世时就有意将初稿本与改写本进行嫁接，形成一部一百二十回本的《红楼梦》。这一计划在曹雪芹在世时就已开始执行，但没有最后完成。曹雪芹去世后，梦稿本、初稿本、脂批本等大量遗稿被程伟元得到（不排除程伟元是受脂砚斋临终所托而完成红楼梦出书计划的，这是他能一次性得到各种红楼梦手稿本最合理的解释）。程伟元请高鹗相助，完成一百二十回本《红楼梦》的成书工作。这就是我们今天所看到的程高本红楼梦。它实际上是《红楼梦》初稿本与改写本的组合体，是用初稿本后四十回嫁接在改写本前八十回之后形成的一百二十回的完整文本。由于它是一个嫁接体，所以，它的前八十回与后四十回在人物描写、故事情节等方面都存在一些不合理、不连贯之处，给后世的《红楼梦》文本研究带来很多难解之谜。

以上就是笔者梳理出的《红楼梦》成书的三个阶段。下面笔者将结合对《红楼梦》各文本的详细分析，进行更深入的论证。

二、红楼梦的三个文本与它们之间的相互关系

通过上述分析可以看出，红楼梦一书在写作过程中实际上是出现过三个完整的文本的，即初稿文本、改写文本、复合文本（程高本）。这三个文本分别出现在红楼梦成书的三个时间段中，而后世人们看到的大多是第三个文本，即程高编一百二十回本《红楼梦》，对初稿文本与改写本的情况知之甚少。透过脂批，人们仅知道在《红楼梦》写作过程中有一个初稿文本叫《石头记》，但是它的回目有多少，却不得而知。对改写本，由于有脂批介绍，人们知道它有一百一十回，其中前八十回得到保存，后三十回迷失，其中有部分内容在脂批中有所披露。对程高本《红楼梦》，人们了解得较多，知道它共有一百二十回，其中前八十回是曹雪芹所写，但后四十回文本是谁所写尚是一个未解之谜。

由于《红楼梦》成书过程的复杂性，更由于三个文本之间互有牵连和纠结，因此，有关《红楼梦》成书的研究是存在很多困难的。笔者对《红楼梦》后四十回文本的来源进行过深入研究和考证，在长达十多年的追索和考查中，有幸先后在网上发现了《红楼梦》的初稿文本与佚稿文本，从而终于对《红楼梦》的成书过程有了清楚的认知。

笔者经过深入研究，发现网上出现的四十三回本《金玉缘》，正是红楼梦一书的初稿文本。对这一事实，笔者通过排除法、反证法、互证法对文本进行了研究和考证。通过与《金玉缘》文本的比对，由情节、内容上的各种破绽，揭示出《红楼梦》后四十回正是脱胎于《金玉缘》，从而证明了四十三回本《金玉缘》正是《红楼梦》一书的初稿文本。这是《红楼梦》研究中具有划时代意义的大事，这一发现对《红楼梦》研究产生的影响不可估量。可以说，如果没有这一发现，红学研究很难取得重大突破，只能在谜团中打转。而对《红楼梦》佚稿文本的发现与鉴定，对解开《红楼梦》成书之谜也有很重要的作用。正由于有这两次重大发现，才使笔者对《红楼梦》成书的过程有了清晰的认知。

在研究过程中，笔者二十多年的检察工作经验与专业破案知识，和三十多年从事文艺批评与文艺鉴赏的眼光与学养，都为破解《红楼梦》中的这些"疑难案件"发挥了重要的作用。可以说，是机遇、学识与坚持不懈，使笔者能在《红楼梦》

研究中通过二十多年努力，取得了丰硕成果。

笔者撰写有《关于红楼梦后四十回文本来源的考证》，文中列举了大量实例，论证了《红楼梦》后四十回文本来源于其初稿——四十三回本《金玉缘》，它正是《红楼梦》一书的初稿文本。

笔者还通过深入的研究与考证，证明了网上出现的三十回本《佚红楼梦》正是《红楼梦》的佚稿文本。至于这一文本为何能在网上出现，笔者认为也与程伟元的精心保全有关。从现有的资料可知，程伟元出版程高本《红楼梦》时，手中掌握了大量的《红楼梦》书稿。程伟元是苏州人，精于文学诗词。而据笔者考证，脂砚斋也是苏州人。程伟元的人品与学养都很出众，所以，不排除脂砚临终前将她所保存的《红楼梦》各种手稿本托付给程伟元这位小老乡，请他设法出书，以完成曹雪芹未竟事业的可能。

《红楼梦》的佚稿文本很可能是曹雪芹去世后脂砚在整理书稿时发现的，所以她临终前将《红楼梦》初稿、佚稿及各种脂批本手稿全部交给了程伟元。对脂砚来说，这是她的头等大事，不会把这些书稿轻易送人，而会有所考查、有所安排。而程伟元果然不负脂砚的重托，将全部精力放在了《红楼梦》的出版事业上。程伟元后期在沈阳主持书局，有便利的出书条件。他在出版程高本《红楼梦》取得成功后，为了让曹雪芹的遗稿能得到保存和流传，将《红楼梦》的初稿文本换名为《金玉缘》，《红楼梦》的佚稿换名为《佚红楼梦》，并将其相继出版。

今天，这两本与《红楼梦》有关的古典小说，被扫描上传至网络。笔者经过深入研究，终于弄清了它们的来龙去脉，揭示出它们的真实面目。这虽然有一定的传奇性，却是不可否认的事实。因为笔者已经通过文本互证，揭示出它们之间的关系。

随着研究的深入，笔者对程伟元的敬重之心日益加深，对程、高二人为保全《红楼梦》文本所付出的心血与努力感到由衷钦佩。笔者认为，在保全《红楼梦》方面，第一位有功的人士是脂砚斋，没有她的妥善保存与郑重托付，《红楼梦》的各种文本可能早就散失了。第二位有功的人士便是程伟元，没有他的努力和精心组织、精心运作，《红楼梦》的各种文本不可能顺利出版、流传千古。高鹗对于《红楼梦》的出版也有功劳，但他只是协助之功，真正的主持人和决策人还是程伟元。但是多年来，人们更关注高鹗的整理工作，对程伟元的幕后主持与运作认识不清、重视不够。从这层意义上来说，笔者所进行的考证工作，对人们正确认识程伟元在《红楼梦》出书中的重要作用与贡献，也起到一种很好的宣传作用。因此，笔者的研究，既对破解《红楼梦》谜案有重要意义，同时也使人们对保全《红楼梦》各文本有重要贡献的程伟元有更多的关注，予以更大的敬重。这无疑也是一种扬人之善的行为，值得笔者付出精力与心血。

关于《佚红楼梦》文本正是《红楼梦》佚稿文本的论证，笔者撰有《关于〈佚红楼梦〉为〈红楼梦〉后三十回佚稿的考证》一文，证据确凿，发人深省，现将此文附录于本书。

附：关于《佚红楼梦》为《红楼梦》后三十回佚稿的考证

脂批中有多条批语是涉及《红楼梦》后三十回文本内容的，从这些批语中可以看出，曹雪芹写出过一百一十回本《红楼梦》，但由于后三十回文本被他人借阅后不幸"迷失"，成了《红楼梦》的佚稿文本。因为有脂批的记述，我们才知道《红楼梦》八十回后原本有这样一个三十回的后续文本，并且知道这后三十回文本是曹雪芹生前曾经写出过的。

现在我们看到的由程伟元、高鹗所编纂的一百二十回本《红楼梦》，其后四十回文本的内容又与脂批中关于后三十回文本的内容完全不同。故知现在传世的《红楼梦》后四十回并不是脂批中提到的由曹雪芹写出的后三十回文本。因此，到目前为止，《红楼梦》后四十回文本来源之谜和红楼梦后三十回佚稿之谜仍然是困扰红学家的未解之谜。

由于《红楼梦》后四十回作者之谜直接关系到对《红楼梦》一书的研究与评论，是当前《红楼梦》研究中难以有所突破的瓶颈难题，因此，有关《红楼梦》后四十回文本来源和《红楼梦》佚稿问题越来越受到《红楼梦》研究者的关注和重视。红学研究中的这一重大疑案是摆在当代红学界，甚至可以说是摆在当代整个学术界面前的一道难题。因为，有太多的学术界精英都参与或涉及了红学研究领域，中国艺术研究院还专门设立了红楼梦研究所，并有《红楼梦学刊》提供专门的研究阵地和研究平台。可以说，当代的红学研究条件大大改善了，当代红学研究在一些旁枝细节的个案上也取得了一些成就。但是，在红学研究的一些重要的、具有关键意义的学术焦点问题上（如后四十回作者与文本来源、脂砚斋身世、曹雪芹身世、《红楼梦》成书过程、《红楼梦》佚稿等）仍无大的突破性进展，甚至有倒退和混乱的现象。这是很让人感叹的。

笔者虽然只是业余从事《红楼梦》的研究工作，但笔者的研究成果和研究方法足以让那些专业的红学家受到启发。笔者将结合对脂批的研究，揭开《佚红楼梦》一书的神秘面纱，还原其红楼梦佚稿的真实面貌。

脂批中有关后三十回线索的批语主要有：

（1）第八回双行批："交代清楚。'塞玉'一段，又为'误窃'一回伏线。晴雯茜雪二婢又为后文先作一引。"

（2）第十八回眉批："至回末警幻情榜，方知正、副、再副及三四副芳讳。壬午季春。畸笏。"

（3）第十九回双行批："以此一句，留与下部后数十回'寒冬噎酸齑，雪夜围破毡'等处对看。"

（4）第十九回双行批："后观情榜，评曰：'宝玉情不情，黛玉情情。'"

（5）第二十回眉批："茜雪至'狱神庙'方呈正文，袭人正文标目曰'花袭人有始有终'。余只见有一次誊清时，与'狱神庙慰宝玉'等五六稿，被借阅者迷失。叹叹。丁亥夏。畸笏叟。"

（6）第二十一回回前批："按此回之文固妙，然未见后三十回，犹不见此之妙。此回'娇嗔箴宝玉''软语救贾琏'，后文'薛宝钗借词含讽谏，王熙凤知命强英雄'。"

（7）第二十一回双行批："故后文方有'悬崖撒手'一回，若他人得宝钗之妻、麝月之婢，岂能弃而为僧哉？"

（8）第二十三回双行批："妙，这便是凤姐扫雪拾玉之处，一丝不乱。"

（9）第二十五回眉批："叹不得见玉兄'悬崖撒手'文字为恨。"

（10）第二十六回眉批："'狱神庙'红玉、茜雪一大回文字，惜迷失无稿，叹叹，丁亥夏，畸笏叟。"

（11）第二十六回眉批："惜'卫若兰射圃'文字迷失无稿，叹叹，丁亥夏，笏叟。"

（12）第二十七回眉批："奸邪婢岂是怡红应答者，故即逐之，前良儿，后篆儿。作者又不得有也，己卯冬夜。"

（13）在上一条批语之后，紧接着又眉批："此系未见'抄没''狱神庙'诸事，故有是批。丁亥夏，畸笏。"

（14）第三十一回回末批："后数十回若兰在射圃所佩之麒麟，正此麒麟也，提纲伏于此回中。所谓'草蛇灰线，在千里之外'。"

（15）第四十二回刘姥姥给王熙凤女儿取名巧姐时说：日

后可"遇难成祥，逢凶化吉"。眉批："应了这话就好，批书人焉能不心伤，狱庙相逢之日，始知'遇难成祥，逢凶化吉'，实伏线于千里，哀哉，伤哉。此后文字不忍卒读。辛卯冬日。"

（一）

笔者研判，《佚红楼梦》文本正是曹雪芹生前所写红楼梦后三十回文本，其原因有四点。一，书名为《佚红楼梦》，作者为"芹溪居士"，证明此文本与曹雪芹有关。二，文本为三十回文本。脂批中提到的后三十回部分回目，在此文本回目中均有出现。三，文本内容与《红楼梦》前八十回衔接自然，叙事风格与文笔特征与前八十回完全一致。四，脂批中所提到的《红楼梦》后三十回故事情节在此文本中均有出现。

也许有人会说，《佚红楼梦》是参考了脂批有关内容而写，故内容能处处吻合。笔者认为，这样操作难度太大，不大可能。因为由别人来续写《红楼梦》后三十回已经很难，要在回目中写入脂批透出的回目，并使故事情节自然衔接就更难。何况脂批中透出的信息本身就有很多谜团，要正确解读和参透其所指已经很难，如关于凤姐扫雪拾玉、卫若兰佩金麒麟和对狱神庙的解读等，红学界有多种解释，议论纷纭，莫衷一是。在将其正确解读后，再写入书中各故事情节并要做到天衣无缝，这是难上加难，是很难做到的。这比人造卫星在太空中与飞船实现对接还要困难。何况《红楼梦》是古典小说，有它的写作环境和写作背景，当代的网络写手水平再高，也无法写出与《红楼梦》具有一致文笔特征的续作。

综合各种因素，笔者认为，《佚红楼梦》文本不可能是当代人所写，它只能是《红楼梦》的佚稿文本。至于此文本是如何流传下来并变成电子文本在网上流传的，笔者认为这可能也与程伟元有关。程伟元在出版《红楼梦》时得到了这部分文本，并利用出书方便的条件，将此佚稿以《佚红楼梦》为书名换名出书，以便使曹雪芹的佚稿文本得到保护和流传。当然，这只是笔者的一种猜测，具体真相如何有待作进一步的考证。本文的重点是对文本内容中涉及脂批批语进行考察与研究。

以下通过《佚红楼梦》中出现的脂批中所记场景进行深入的考辨：

第十九回双行批："以此一句，留与下部后数十回'寒冬噎酸齑，雪夜围破毡'等处对看。"《佚红楼梦》现已出版，在第一〇七回"卖字画狭路逢旧友食酸齑雪夜遣故人"中，有这样一段描述：

> 止剩了宝玉一家，夫妻扶持度日。宝钗带着袭人、麝月与人作些针线浆洗活计，帮补家中用度。宝玉本无一技之长，况他是那会生发的？只好与人写一封书柬，或作一篇铭文，闲了时又作一画去卖，得些润笔养家。幸而他正才不足，偏才尽有，那些书文皆作的风流隽逸，时人皆爱。日子一长，倒博得一个"谪太白"的美誉。有道是"富人苦夏日，穷汉怕天寒"，这年宝玉料理罢周姨娘之事，又早隆冬时节。
>
> 这日正逢赶集之日，宝钗和袭、麝早早便起来了。袭人去抱柴煮饭，麝月已将水缸挑满，又去扫院子。宝

钗将宝玉的衣服拿至灶下就着灶火烘暖，待煮好羹饭，宝钗方请起宝玉来，一家子吃了饭。宝玉便别了家中，挟着几幅字来至市上，寻个地方儿，将字摆开。眼见午错，未曾有人问价。宝玉见集上人渐渐少了，遂收画出来，只顾低头闷走。猛听得头顶上马嘶，宝玉忙抬头看时，只见眼前一匹马人立起来，不觉吓出了一身冷汗。马上之人大怒，勒定缰绳，刚要挥鞭斥骂，忽又笑道："我当谁呢，原来是宝二爷。"宝玉听得声音熟悉，忙往上一认，却是韩奇，当日是常会的。宝玉一见之下，倒也十分欢喜，说道："原来是韩世兄，这是要往那里去？"韩奇不答，且只顾用眼将宝玉上下打谅一番，微微一笑，说道："明日家翁寿诞，我赶着到城外，要打些野味与他滋补，不想空走了一趟。一向少会，谁知宝世兄竟落魄如此了？"宝玉听了，含笑不答。韩奇却也不等他的答，早已加了一鞭，几骑马扬尘而去。

宝玉转身来家，推门看时，他主仆三个都在炕上一条被内温着呢。袭人先下了地，上来接了画。宝玉一面掸衣服，一面问："你们可吃过？"宝钗道："我们打尖了一口，等你回来一同吃。"说话时，麝月也下了地，出去翻晾衣服。宝钗把被让过来，说道："你也暖暖。"一面便拿起针线来。宝玉拿被盖了腿，说道："今日竟无人开张。"宝钗道："想必这几集人少？"宝玉道："人原也不多，有也是量米面扯尺头的。"宝钗道："也难怪，前年夹腊月的，谁家有闲钱买字画呢。"宝玉道："这倒不然，谁家过年难道不买张画儿贴？等过了二十三，还裁几副对联儿卖。"宝钗笑道："只是辛苦你了。"

说话时，袭人做了几碗汤水端来，放在炕桌上，麝月也擦手进来。宝钗先捧一碗与宝玉，袭人将第二碗捧与宝钗，方和麝月各取一碗。只半碗雪菜，四个人让过来，让过去，吃了一回，反倒剩下了。饭罢，袭人和麝月又去洗衣服。宝钗想了一想，因唤麝月进来，吩咐道："你去东边你傅奶奶家，和他说，他们那两套衣服咱们替他做了罢，完了随他给咱们些小米儿。"麝月答应，往傅家讨了针线来，晚上主仆三个赶至二更。

这段描述是写贾府被抄家后，宝玉与宝钗、袭人、麝月艰难度日的情景，与脂批中提到的"寒冬噎酸虀，雪夜围破毡"完全吻合。

（二）

第二十回眉批："茜雪至'狱神庙'方呈正文，袭人正文标目曰'花袭人有始有终'。余只见有一次誊清时，与'狱神庙慰宝玉'等五六稿，被借阅者迷失。叹叹。丁亥夏。畸笏叟。"关于"花袭人有始有终"，《佚红楼梦》第一〇八回回目"贾宝玉耻攀高附势花袭人贵有始有终"与脂批所言正相吻合。

而有关狱神庙和茜雪的文字，是红学家极为关注的话题。这在《佚红楼梦》中也有描述。在《佚红楼梦》第一〇六回"义芸哥尘庵探旧主苦巧姐狱庙遇恩人"中，正巧有关于狱神庙由来的一段文字，也有巧姐在狱神庙得遇刘姥姥而获救的叙述，我们来看这段描写：

　　且说巧姐儿离了舅舅家，也不知跑了几多里地，可怜腿酥筋软，再也跑不动了，一交跌在地上喘气。忽见那边哼哼唧唧的走过来一个醉汉，巧姐心内暗暗叫苦。那醉汉忽见大雪地下有人，先是唬了一跳，睁大醉眼看时，见是一个女子，便仗着酒胆，上前喝道："你是那一家妓院里的姑娘，逃了出来？趁早实说，免了见官受罪。"巧姐哭道："我不是别人，我是好人家的女儿，因白日出门迷了路，求老爷行个方便。"醉汉听了是个小女孩儿，便不理他，走了几步，又转回来，说道："既是良家女儿，黑更半夜的，难道不怕遇见歹人？且随我家去，明日送你回家便是。"巧姐听了，不敢不依，只得战兢兢随他到了一个庄子上，进了一座破院。醉汉开了门，命巧姐进去，自己也跟了进来，前后房门都顶了，便一头丢倒，鼻息如雷了。可怜巧姐方脱天罗又罹地网，远远的躲在墙角内，杀死不敢挪动一步，缩着头，抱着肩，直泣了一夜。

　　天明时醉汉醒了，宿酒散尽，腹中如雷，便起来寻吃的。只见瓮中无米，灶下无柴，心内着实懊恼。忽然想起巧姐来，便带巧姐出了门，到狱神庙前占个地方儿，头上插根草标儿，等人来买。

　　原来离这庄子不远处，早先有座岳神庙，不知建于何朝代，则天皇后时为灵妃行宫，历朝也有官资修缮。此方人家"嶽""狱"二音相近，后来年代久了，乡音篡改，众口讹传，渐渐的唤差了，便唤作"狱神"二字。庙上的匾额也因风侵雨蚀，斑驳模糊，那"嶽"字上面的"山"字头也看不清了，便成了一座实实在在的"狱神庙"。这附近庄子上的人凡遇官司、诉讼、刑狱等事，便到这庙中来烧香禳灾，没有官司的也来求神免灾，至于求子的、问婚姻的、卜前程的，都来此处。是以庙宇虽破，香火颇盛。因此处往来的人多，逐渐便汇成一座大集市，每逢二、七之期，这里便三教九流云集，各色买卖开张，十分闹热。

可巧今日刘姥姥带着青儿也来赶集，来了个绝早，先在别处逛了一回，买了两根篾条回家装算子，并一些年货。转至这一头时，忽见石阶上围了许多人，又听叹道："可惜了一个好姑娘。"刘姥姥听了，抬头看看日头尚早，便拉着青儿挤进去，也瞧个热闹。原来是邻庄的刘九卖一个丫头，正和一个簪花带珠的女人讲价钱。刘姥姥听了几句，回头看那丫头坐在地上哀哀哭泣，好不可怜。刘姥姥见了，心中早已怜悯起来，想道："谁家的女孩儿，这般可怜。"如此想着，一面只管瞧，竟大似当年凤姐的模样儿，刘姥姥就疑惑起来。

原来刘姥姥已知抄家之事，今日见了这丫头，由不得便生了疑心，因弯腰问道："你叫什么名字？告诉姥姥，不要害怕。"刘九听见，连忙断喝道："刘姥姥，你问他怎的？你又不买。"刘姥姥道："许你卖丫头，不许我问问？"刘九道："拿十五两银子来，你再问他。"刘姥姥道："万一是你拐了来的，难道我也买了罢？"刘九忙道："你休胡说，这是我姑妈的女孩儿，只因家里过不得，才托我带出来卖的，何曾拐？”刘姥姥笑道：“这就奇了，你那爷爷奶奶子当日只养了你爹一根独苗儿，兄弟姐妹都无。你那爹也只你一个儿子，你娘又早死了，你爹后赶着也死了，这十里八乡谁不知道？你那里又跑出一个姑妈来了？可见是扯谎。”

巧姐儿正低头哭泣，忽见一个慈眉善目的姥姥问他叫什么名字，他便如得了救命的菩萨一般，忙一把拉住，哭道：“我叫巧姐儿，并不是他家的女儿，我也不认得他。他如今要卖我呢，姥姥快救我。”刘姥姥一听名字，唬的魂飞魄散，忙问：“你可是荣国府里来的？你娘可是凤姑奶奶？”巧姐儿听见这话，那里承望还有这段渊源，越发死死拽住不放，大哭起来，说道：“我正是姓贾，姥姥方才说的名字，便是我母亲。”

那刘姥姥虽是一介村姬，却生来的有些见识，又常好管个闲事儿，听了此话，便劈手一把抓住刘九，高声嚷道：“好呀，你如今竟拐卖起好人家的儿女来了，你卖别人我也不管，这女孩儿和我是带亲的，走，我和你见官去。”刘九一听，贼人胆虚，早吓蒙了，因他幼失父母，无以为生，向蒙刘姥姥周济，今日一见了他，不觉的已气矮三分，因此得便就想一溜。刘姥姥那里肯放，口口声声要见官去。刘九不能脱身，反央告刘姥姥，说道：“既是你家的人，由你领去便是，何苦得理不饶人？”刘姥姥闹够了，才说道：“看在乡邻乡亲分上，今日便饶你。”刘九连忙抱头逃去。刘姥姥在后拍着腿跳着脚还骂：“我把你那忘恩负义的东西，乡里人看你可怜，东家衣、西家饭的养活大了。不承望你不报众人的恩,素日偷鸡摸狗也还罢了,今日越发做出这灭尽天良的勾当来,连天也不容你。"直骂的看不见了方回来。

青儿早已扶起巧姐来,替他拍土整衣。刘姥姥笑道:"姐儿别怕,有我呢。我和你父母家人极熟的,原是一家子。你的名字还是我起的呢,你是七月初七的生日。快不要在这里了,跟我回家去。"巧姐感恩不尽,谢了又谢。

我们再来看有关狱神庙茜雪慰宝玉的叙述,《佚红楼梦》第一〇四回"狱神庙马拥蓝关雪 冻毡裘人忆红楼梦"有如下描写:

宝玉只得睁开眼,却仍在狱神庙内,身上盖的仍是那张破毡。身旁之人也不是林黛玉,却是茜雪,手内捧着汤碗。宝玉犹不信,忙欠身起来细细一认,不是茜雪,又是那个?宝玉看毕,仍旧倒下,叹道:"我当日不过说了一句,究竟也不是说你,你就哭着闹着要去,那样薄情,今日何苦又来?"茜雪拭泪笑道:"你还说呢,我伏侍你几年,你大气儿不曾呵着我。那日偏拿着我撒气,众人跟前不给我脸。分明你要我去,我不去可等什么?究竟我有何罪,不过给了你妈妈一口茶吃,你就那样起来。"宝玉叹道:"也因我从前轻狂无知,今日得了这个报应。就算我不好了,后来我那样留你,你都不肯,一心要去。素日我耽待你们多了,你难道就不能耽待我一遭半回?"茜雪揉着眼睛笑道:"大家早晚一个散,原不在迟早。散在有情时，强如散在情尽时。后来我听见晴雯也死了，太太又派给众人一大堆不是。太太也无情，你也无情，连众人去时，大家都是无情无义的。反不如我执定要去时，你舍不得我，再四留我，那时大家都有情有义的倒好。"

宝玉听了这一篇情论，又合了心意，点一回头，想起眼前之事，问道："你是如何找到这里？"茜雪道："是小红妹妹告诉我的，他们芸二爷日里看见你来。你快别动，好生着喝完这口汤。"宝玉依言喝了两口，叹道："我家遭此劫难，我如今又是这个光景儿，别人躲还惟恐不及，你何苦又来寻这个烦恼。"茜雪闻言落泪道："我虽是个女流，也知道'义'的一字，人家养个猫儿狗儿还报恩呢，你当日那等待我，我难道就没有一个心？我只不平，咱们这样的人家，老太太、老爷、太太，无不是怜贫恤老的，原该大家落个平安才是，神佛也该保佑的。不料今日这样，岂不是好人难做？"

宝玉忙道："这个你就差了，只知其一，不知其二。你只知道老太太、老爷、太太和我这三四个人，你何曾知道别人？一般也是胡作非为，可惜也连累了好的。这是家里，那外头的大事，你又何曾知道？当今天子是亘古少有的明君，断不会怪错了人。我家气数已尽，所以有了这些不肖子孙。总而言之，荣也罢，衰也罢，因果皆是前定，也不必怨天尤人。比如那些遭际不好的，大家都要禳灾，其实灾祸本来就是替夙世还愿来的，早了了，倒好了。不然此一世不了，又报到下一世，总不要叫你安生，所以倒不如现世现报的好。又比如我享了这些年的膏粱富贵，如今这样，必定我的命小福薄，不当受此大富贵的。可惜为报我一个人，也连累了老爷、太太不能安生，我成了一个孽根祸胎了。再比如老爷、太太，虽然一生慈悲好善，总是也有过失之处，方得了我这一个祸胎，使我来败他的家业，完此一报。因事而果，各人皆然，天理昭彰，又怨谁去？"茜雪听他又说起这些疯话来，连忙说道："快喝了汤罢，再一时就冰凉了。"

一语未落，听见外面车子响，又说："是这里了。"茜雪笑道："小红妹妹来了。"宝玉转头看时，只见贾芸和小红走入庙来，见了宝玉，二人忙上来请安。贾芸见宝玉不解，因指小红说道："他是侄儿贱内，曾是叔叔屋里伏侍的人，叔叔难道不认得了？"宝玉道："他我是认得的，但只是几时被你得了？"贾芸笑道："他后来跟了琏二婶子去，蒙琏二婶子作主，许与我作了妻子，今已二年了。"宝玉闻言，拍手笑道："凤姐姐倒是个有心人，看你两个就是天生的一对。"贾芸笑道："虽如此，他到底也是叔叔房里的人，也要领叔叔的恩典才是。"宝玉叹道："不提这个也罢，你一提起，我倒愧起来。"因向小红道："当日你在怡红院，我本来要叫你上来干些轻活，你知道我是作不得主的。后来你去了，倒叫我好生过意不去。"

红玉笑道："二爷何必为这个挂怀，是我自己要跟了琏二奶奶去，与二爷何干？二爷屋里姐姐们多，就上去了也无事可作。二爷素日又是顺从惯了的，自然好伏侍，无非比别处娇养些。我本来不比别人图安逸，素日又最敬伏琏二奶奶好口齿。可巧那日琏二奶奶来园里，他的丫头又没跟来，又可巧琏二奶奶要使唤人出去，我就自荐去了。因此一事，琏二奶奶看上我利落，随叫了去了，倒遂了我的心愿。"宝玉听了，叹道："既如此，我又放了一个心了。"

宝玉因问："你二人可知老爷、太太和家里众人现在何处？"贾芸说道："侄儿这几日四处探听，闻得四家王爷都力保，老爷们如今已获恩赦了。大老爷一家是琏二叔早先在府外的一处产业，大老爷一家现去那里落脚。二老爷无别业，暂都往薛大叔家在京的房舍里去安身。只东府里大爷得了不是，要充军去，珍大奶奶如今随着二太太和薛姨太太一处。各房里众姐姐都是各家买了去，也有作姨娘的，也有伏侍的。"

宝玉听见贾政、王夫人有了下落，略微放心。又听见贾珍获罪，又点头叹息。及闻得众丫头散尽，又自愧悔，落下泪来。贾芸道："叔叔如今怎么样呢？"宝玉道："既知老爷、太太在那里，快去请安，只是不识路径。"贾芸道："这个不难，让我送了叔叔去。"于是茜雪、红玉回去，宝玉和贾芸进城而来。

不知端的，再看下回分解——

按，这段描写与前八十回衔接自然，与脂批中的记述也很吻合，其中宝玉与茜雪对"情""义"的议论不同凡响，应是曹雪芹之文笔与文心。

（三）

脂批中关于卫若兰射圃所佩麒麟的记述，也是红学家关注的一个焦点。第三十一回回末批："后数十回若兰在射圃所佩之麒麟，正此麒麟也，提纲伏于此回中。所谓'草蛇灰线，在千里之外'。"

脂批的这段记述，在《佚红楼梦》文本中也有出现，并写得合情合理。第八十六回"争闲气金桂闹午宴　赴雅会薛蟠结新知"中有宝玉等人在卫若兰家射圃射箭的描写，我们来看这段文字：

到了卫家，只见薛蟠、韩奇、冯紫英等已在那里了，当下一齐迎接进去，径至花园中，只见花稠叶茂，日少荫长。那边蔷薇下已立好了鹄子，架子上插着弓箭，这边设着酒席。宝玉一概不见，惟见席旁有一丛湘竹，竹下泉溅泥封，却是从旁边池塘内引来一股流水。宝玉笑道："原来卫世兄家里也有这丛竹子，倒十分清幽！"卫若兰笑道："此丛湘竹，我所极爱，今日特设宴于此，不知是否合你们的意思。"宝玉笑道："别人不知道，只是倒独合了我的意思。我家里也有这一丛竹子，今日见了他，越发亲切！"说着，大家入座，斟上酒来。

宝玉因问："尊翁等几时回来？"若兰道："昨日家书来，家兄言今年任满，眼下不日即可到京了。"说话之间，冯紫英等已各射了一回，都围过来吃酒，因请宝玉、卫若兰射。卫若兰接过弓来，走至百步之外立定，将弓拽的满圆，射了两次，连中二心。又兼人物潇洒，式样好看，引的众人喝彩不绝。

那卫若兰射了一回，早已汗出，因解去鸳绦，将衣搂起来迎风。宝玉忽见他衣底下纱裤外露出一个文彩辉煌的麒麟来，十分眼熟。忙向身上掏自己带的，早已不知那里去了。想了一回，心中疑惑，只得问道："卫世兄这件麒麟是从那里得来的？倒威武！"若兰笑道："这是前日我生日时，我哥哥的内兄送我的。"宝玉道："尊兄又从何处得来？"卫若兰道："听得他说，是他那日无事，往外头逛去，遇见有人持卖此物。他见雕的精致，就出价买了。后来遇见我过生日，就给了我。但那卖的人从何处得来，连他也不得知道了。宝世兄既问，莫非知道此物的来历不成？"宝玉见问，不便说是自己丢的，便笑道："我倒不知道他的来历，只是我见舍表妹也有这么一个，与兄的这一个倒似同巢之物，所以好奇！"若兰听了，便笑道："如此说来，是天作之合了！不知令表妹才貌如何？就回去禀明尊亲，许与弟作了弟妇如何？"宝玉笑道："若论才貌、根基，与兄倒正是一对佳偶！只可惜我这个表妹已许了人家了。"若兰便笑道："若如此，可惜了！家父母也早为弟定了弟妇了。"说毕，二人大笑，遂丢过不提。日色西向时方散。

按，这段文字与脂批中所提到的卫若兰射圃所佩麒麟的记述完全一致，而这一回的叙述如行云流水、自然生动，完全不是刻意而为，而是承上启下、画龙点睛。仅从这一回文本来看，就完全可以认定《佚红楼梦》文本正是曹雪芹所写《红楼梦》后三十回的佚稿文本。

（四）

再看脂批中提到的《红楼梦》后三十回中凤姐扫雪拾玉的情节。红楼梦第二十三回中凤姐刚至穿堂门前下有一双行批："妙，这便是凤姐扫雪拾玉之处，一丝不乱。"《佚红楼梦》第九十五回"会夜局妻妾博闹欢　饮年酒妯娌营家计"中，有一段写凤姐扫雪拾玉的故事，正与这条脂批相合。我们来看这段描写：

> 凤姐命丫头好生扶了薛姨妈先过去，一面挽了宝钗、岫烟说笑出来。
>
> 凤姐因见贾母穿堂南面一块大青石板上面雪积有一尺来厚，因笑道："常听见你们说，那起酸文人喜什么扫雪烹茶。今日酒席齐备，只是缺点子斯文。"乃止步回头，命丫头去取器皿来。凤姐儿亲自执帚，扫径取雪。方扫几帚，指着说道："瞧那是个什么？"丫头探头一瞧，原来尘下露出一股穗子来，因拾起递与凤姐。凤姐看了看，连忙自己掖入袖内。小丫头捧了雪，大家回来。

这是暗写宝玉丢失之玉被凤姐扫雪拾到，后者悄悄送还给已是宝玉之妻的宝钗。我们来看这一回后面的叙述：

晚间，凤姐将日间所拾之物取出来，用帕子包了，命丫头送与宝钗去。宝钗打开瞧时，不是别个，正是宝玉之玉，当下喜出望外，连忙拿与宝玉瞧了。又拿上来回过薛姨妈，薛姨妈自是喜之不尽，说道："我说他丢不过的，这就是了！"于是合家放心。

《佚红楼梦》这一回写得很有生活气息，很有人情味。其中，薛姨妈、薛宝钗、凤姐等人物形象进一步丰满。这种对生活的细腻描写，正是《红楼梦》特有的笔法，也是曹雪芹的文心所在，是其他人难以模仿的，所以笔者断定，这一文本正是曹雪芹的佚稿文本。

（五）

《红楼梦》第二十一回回前批："按此回之文固妙，然未见后三十回，犹不见此之妙。此回'娇嗔箴宝玉''软语救贾琏'，后文'薛宝钗借词含讽谏，王熙凤知命强英雄'。"这段批语明确指出有《红楼梦》后三十回文本，并且后三十回文本中有一回的回目是"薛宝钗借词含讽谏，王熙凤知命强英雄"。

那么《佚红楼梦》中是否有此回目？

答云，确有。《佚红楼梦》第一〇二回就叫"薛宝钗借词含讽谏　王熙凤知命强英雄"。其中关于"薛宝钗借词含讽谏"是这样写的：

　　宝玉转过身来，只见袭人、莺儿等扶拥着宝钗，挟着一股菊香已走进来。宝玉因笑道："风过处花香细生。"宝钗听了，面上微红，应道："不图你白璧黄金，则要你满头花，拖地锦。"宝玉听了，笑道："珠冠霞帔有什么好？不过畜乎樊中，那如我一身自在。"宝钗笑道："然不入这牢笼，则怕你自在长久不起来。"宝玉听了，将一腔兴致打去，笑道："我还要和你鹿门采药呢，你倒想着春娥封诰了。"说毕，走出去了。

　　按，这段描写中，薛宝钗通过引用戏文规劝宝玉上进，而宝玉也通过对戏文的引用表达了追求自由闲适生活的志向。这种描写很符合宝玉与宝钗的人物性格和才情修养，也反映出作者对古典戏剧有深入的研究。当代年轻人对古典戏剧的了解可以说知之甚少，要在写作中自然自如地加以引用，可以说根本做不到。就是在古代，也只有像曹雪芹和脂砚斋这样的文人才能做到。所以就以这段描写中对古典戏文的随机引用，就能看出这一文本的作者只能是曹雪芹，而不会是当代人。

　　关于"王熙凤知命强英雄"，本回中有以下内容：

　　平儿转身出来，听得一阵脚步，只见贾琏走进来。平儿悄道："二爷轻些儿，奶奶才睡了。"贾琏听说，便踮脚往里瞧，一手拉了平儿过这边来，说道："才觉的有些冷，你替我把那件狐腋袍子寻出来。"平儿道："这个天，就用的着这个？"贾琏道："叫你找，你找就是，只顾罗嗦。"平儿只得与他寻出来，贾琏接了。平儿道："我是要告诉奶奶的。"贾琏道："你敢告诉去，看我揭了你那皮。"又笑道："好宝贝，把你的簪环借我两件，等有了好的一并赏你。"平儿便不肯，说道："你把多少东西填在淫妇那个窟窿眼里去了，你不说拿个什么儿来堵我的嘴，还好意思和我借贷？又要我替你圆谎，又要勒掯我。几时不把淫妇们死绝了，这世界也不得一个清净。"贾琏听说，便搂过他来亲一口，笑道："自古偷来的花儿香，正经把淫妇放在屋里，替你拾鞋也不要，你不犯和他争。罢，我也不要你的了，只把这件褂子拿出去，够淫妇念几日佛了。"说着，走出去了。平儿恨的咬牙，只得掩了柜子，过这边来。一掀帘子，只见凤姐儿倚墙坐着，平儿便吓了一跳。端了茶来，凤姐不吃，问一句，也不说话。平儿只得放下碗，说道："我岂敢欺瞒奶奶，我是怕奶奶听见了生气。况且如今比不得先时，太太几次当着众人给奶奶没脸，又常骂二爷没刚性。从前二爷凡事让着奶奶七分，如今奶奶倒要让二爷七分了，何苦定要讨了没趣才罢。"凤姐听说，低了半日头，说道："所以你们合成捆儿欺负我？"平儿道："我实是为了奶奶好，奶奶不信我，不但辜负我，而且是冤枉我了。"凤姐道："那淫妇是那一房的，叫什么名儿？"平儿道："奶奶何苦问他，淫妇们就是那隔年的烂草根子，死了张家的，又续上李家的，也没有一个完。奶奶不犯和那起下作奴才计较。"凤姐道："你瞧我这会子还有精神淘气呢？你只告诉我是谁，不过使我心里明白。你放心，我不叫他知道是你说的就是了。"平儿只得道："若论这个人，奶奶是知道的，就是厨子多官的媳妇儿。"凤姐听了，冷笑道："原来是他，这原是个美人儿。"又问："他两个几时好上的？"平儿道："多半前阵子老太太事情上的事。"凤姐道："这也罢了，你又如何知道，又替他捣谎？"平儿见问，便红了脸，低头说道："昨日夜里，奶奶睡了，二爷出去，吩咐叫我留门。"凤姐听了，点头笑道："怪道夜里听见有人，原来我这院里唱《西厢记》，红娘作内应，张生去会崔莺莺。"说着，冷笑不已。

平儿劝道："我看二爷在奶奶身上很好，奶奶只一心一计把身子养好了，二爷的心自然收回来了。瞧背后是那冷墙，可是又要凉着了。"说着，便走上来披衣，被凤姐一把推开，瞅着他说道："你那花言巧语也别哄我，心里巴不得我死呢。"说的平儿哭了。凤姐忙又哄他，说道："你如今越发娇了，行动哭着使性子，叫人瞧着我又欺负你似的。"平儿道："爷又要揭我的皮，叫我怎么样呢？不如死了，眼里干净。"当下也不敢十分委屈，走出去洗面去了。

晚上，凤姐正吃饭，外面已来了许多媳妇候着。平儿出来笑道："婶子们走顺脚了，怎么又来了？奶奶身上欠安，有事只回太太和大奶奶去。"众媳妇道："我们今儿这事，除非回奶奶，别人是不中用的。奶奶用完了饭，姑娘好歹告诉我们。"

一时凤姐吃毕饭，媳妇们一齐进来，都跪下了。凤姐不解何意，众人说道："我们听见太太从此不用我们了，所以我们会齐了，来求奶奶开恩，好歹保下我们罢。"那个道："我们都是三四代的陈人，如今革出不用，老脸还往那里搁去？"或说："张材嫂子做错了事，只该叫他一人担承。倘因他一人糊涂，把这些人全都一刀子剐了，我们岂不屈死了。"七嘴八舌，诉了一回。

凤姐听了，笑道："若论这事，你们的胆子也太大了。我早是怎么说来，你们不听，这会子闹出事来，被太太亲自查出，又怨谁去？"众媳妇都道："我们的账物可是清清白白，一个萝卜一个坑。奶奶不信，就查我们。"凤姐道："既这样，你们就该往太太跟前诉去，和我闹什么？"众人道："太太最信奶奶了，奶奶说一是一，说二是二。奶奶就替我们说说去，太太是必听的。"凤姐笑道："我当了这几年的家，出来这样无法无天的事，焉知太太不抱怨我呢？太太只不过才提了一句，真与不真还在两说。倘太太只是一时的气话，你们一闹，太太说出的话不能收回，倒弄成真的了。"众媳妇无法，只得起来了。凤姐又道："你们回去，各人把账物攒一攒，太太既说了叫查，少不得是要查一番的。你们先归拢了一处，我查起来也省力气。"媳妇们答应着，只得出来。

只见费婆子在门外探头儿，凤姐忙命叫他进来，悄悄说道："好妈妈，你听见，太太这两日查东西呢，这事且急不得。妈妈且回去，等太太查过去了这阵子，我再另想法子。"费婆子听了，只得回去回复那夫人。

这里凤姐打发走众人，只见贾琏回来了。凤姐问："在那里来？"贾琏道："珍大哥那边有事呢。"凤姐冷笑道："打架的事，风流的事，都是事。"贾琏笑道："那有此事？"说着，一面看平儿，平儿摇头。

凤姐忽想起一事来，说道："可是我有一件正经事问你，我恍惚听见有人说，珍大哥那里又纳来了一个粉头，可有此事？"贾琏道："你的耳朵倒长，这又是谁告诉你了？这是绝机密的大事，珍大哥再四叮嘱，不许一个人知道的，你又如何得知了？"凤姐冷笑道："既是绝机密的大事，如何我又知道了？那珍大哥也胆子忒大了，国孝明令不许纳妾，又是家孝，这要给外人知道，全家的性命要也不要？只怕这里头也跑不了你。"贾琏道："那里是我？是雨村那厮和珍大哥好，他听见珍大哥为那月满楼和人打了一架，他就寻了个题目，说月满楼私通盗匪，把月满楼拿下狱中。他没法子，使人找珍大哥说情，才得脱了祸。鸨儿也不敢要他了，只索了原卖身价，打发出来。他无处可奔，情愿做了小妾。况且又不曾惊动了人，晚上只一顶轿子抬进来。除府里的几个人，外人又不得知道。"

凤姐道："家里人就必定靠得住的不成？雨村如今又拿在狱中。那珍大嫂子也是个眼里出气的，也不知道张口劝劝。这分家业，早晚要不败在他糊涂两口子身上，我也不信。"又骂贾琏："你也不是好的，成日鬼鬼祟祟，弄的我里外不是人。把丑名儿推给我，你跳在干岸儿上去自在。我们终久是痴人，被你卖了还替你讨账呢。"平儿唬的脸黄了，贾琏笑道："这话从何说起？我听不解。"凤姐道："解与不解，你心知道。我这会子不爽利，懒待理你，有什么咱们完了算账。"命："平儿把门关上，我这屋里耗子成精了。"絮聒了一回，方大家就寝。

次日起来，那夫人便亲来和王夫人说："近来我常病，动辄三五日起不来，家里上紧须用个当家人。二则老爷有了年纪，膝前没有儿孙承欢，也觉的荒凉。婶子是好清净的，人多了也嫌闹的慌。如今那边已收拾好了房屋，就叫他一家搬回去住罢。"王夫人知不能留，乃道："嫂子的这话极是，先时为有老太太，恐怕我伏侍的不周，所以叫他两口子过来帮着。如今也该叫他们在大哥和嫂子的跟前尽尽孝了。我本来也是这么想的，只是这几日瞧着媳妇身上不大爽利，索性等他好一好，再回去不迟。"邢夫人道："媳妇的病不妨事，我们那边方剂尽有，他这一过去了，自门自户的，将养起来也便宜。"王夫人只得称是。邢夫人又道："叔叔不在家，宝玉、兰哥小，婶子有事，只管传唤他们，还和这里住着是一样。"王夫人答应费心。于是贾琏一家仍搬回那边去住，这边益发冷清下来。

下回却是——

（六）

第十九回双行批："后观情榜，评曰：'宝玉情不情，黛玉情情。'"《佚红楼梦》第一一〇回"李宫裁寿终富贵乡　甄士隐梦醒葫芦庙"中有一段关于情榜的描写：

却说一日茫茫大士、渺渺真人谈笑而来，互道济世度人的因果功德。僧道："如此说来，那李家大嫂也算有福之人了？"道人道："这个自然，李家大嫂年青守节，令人敬佩，后来爵禄高登，自然之理也。"僧笑道："可惜这梦里功名也太短。你我下世几日，想不到也染了那红尘之毒了，满口里世俗蠢话起来。爵禄不爵禄，究竟还只是世人的见识。况荣极衰生，周而复始，你我也管他不尽。如今且带了这蠢物，同往警幻仙子案前销了号，你我再定栖止如何？”道人笑道："甚好，甚好。且去，且去。”因谈笑行来，早至太虚幻境。

只见玉石牌坊前犹立着一人，见僧、道来了，那人便迎上来施礼，笑问："二位老师功德圆满，如今送那蠢物回来了？”二仙笑道："你原来还在这里，前事俱已知否？”士隐笑道："尽在一梦中矣。”道人大笑，问曰："此一梦较那邯郸、槐安诸梦何如？”士隐笑道："邯郸、槐安之梦不及此梦矣。”又道："弟子愚顽，尚有一事不明，万乞老师携带则个。”二仙笑问："何事不明？”士隐道："便是那宝玉梦游幻境之时，曾见警幻仙子所制《薄命司》内，有金陵十二钗正册、副册、又副册。梦中只见正册，未见二副册。只此一惑，深为憾事。如今幻境近在眼前，举步可入。若蒙携带弟子进去一观，此生可了矣。”

二仙听说，一齐憨笑道："你有此缘，就去看看何妨？”遂引士隐进入石坊，一路见了那金阙玉殿，朱户琼窗，瑶草琪花，清溪白石，迥非人间景致。士隐贪看不尽，却被二仙催促着，径到了二层配殿薄命司内。二仙道："老先生请自看，我们销号去了。”士隐忙道："老师请便。”二仙便去了。

这里士隐寻着金陵大橱，挨次开橱取卷观看，只见那各橱内芳讳依次为：

警幻情榜

贾宝玉（情不情）

正册

林黛玉（情情） 薛宝钗 贾元春 贾探春 史湘云 妙玉

贾迎春 贾惜春 王熙凤 贾巧姐 李纨 秦可卿

副册

香菱 张金哥 傅秋芳 慧娘 林四娘 尤三姐

李纹 尤二姐 琴心 王秋月 桂三秋 梦云

又副册

晴雯 袭人 鸳鸯 平儿 金钏 紫鹃 绣橘

芳官 司棋 麝月 红玉 柳五儿

看毕，犹欲开下面一橱。二仙已至，催促道："此处
不可久待，快走，快走。"士隐无奈，只得仍随出来。二
仙道："你愿已了，这可该去了。"士隐笑道："后来之事，
我已尽知。不如就此随了老师去，倒省却许多麻烦。"二
仙听了，都埋怨道："谁料老先生竟如此絮烦，此皆超出
分外者。别的可以省，那人生百岁光阴岂可以省得？好
也罢，歹也罢，终须自家一日一刻慢慢的挨过来。快离
了这里，别耽误我二人干事去了。"说着，将士隐猛一推。
士隐立身不住，大叫一声，唬的汗如雨下——

在这段描写里，贾宝玉在情榜中写明是"情不情"，林
黛玉在情榜中写明是"情情"，与脂批所记正相吻合。因此，

这也能证明此文本正是曹雪芹所写《红楼梦》后三十回佚稿文本。

<h1 style="text-align:center">（七）</h1>

脂砚斋在《红楼梦》第二十八回"蒋玉菡情赠茜香罗，薛宝钗羞笼红麝串"总评中这样写道："茜香罗，红麝串写于一回，盖琪官虽系优人，后回与袭人供奉玉兄宝钗得同终始者，非泛泛之文也。"由这段文字可知，《红楼梦》后三十回佚稿中，袭人嫁给了蒋玉菡，并在宝玉和宝钗受困时供奉过二人。

《佚红楼梦》第一〇八回"贾宝玉耻攀龙攀凤　花袭人贵有始有终"中有一段写袭人与蒋玉菡的故事，原文中这样写道：

> 再表袭人那日哭着上轿，一路洒泪到了哥哥家，每日饭也不吃，只在房中哭泣，他哥哥少不得打发嫂子来劝。三日后，只见李媒婆走来告诉："东郊蒋家愿娶去作二房，现今并无大娘子，你妹子这一去，是要当家作奶奶的。他家里颇过得，现有多少田地，多少房屋。女婿年岁不大，人物一等标致风流"等语。花自芳听了，连忙允了。媒人过了话，蒋家便下了聘，择定日子。到迎亲这日，袭人哭的不上轿，他嫂子道："姑娘这是什么意思，也有姑娘家一辈子在娘家的？难道要你哥哥去吃官司不成？"袭人听了，只得上轿，到了蒋家。

姑爷原来便是蒋玉菡，久闻袭人之名，那日见媒婆走来说亲，蒋玉菡问明乃是袭人，便下了聘。是夜一见，那袭人娇啼宛转，曲意委屈，蒋玉菡心内早已是万分怜爱了。及试了两三天下来，又见袭人言语行事，沉稳有分量，心内愈加爱敬。那袭人本是个痴心女子，先伏侍贾母时，心中眼中便只有一个贾母，及伏侍了宝玉，心中眼中又只有一个宝玉了。如今到了蒋家，见那蒋玉菡也极是个多情的，悲戚了几日，也就死心塌地，尽忠竭力伏侍起来，心中眼中又只有一个蒋玉菡了。因有一首诗单道这件事，说道：

多情公子惯成全，红绿牵巾妙入玄。
纵使当年恩主到，料难得续旧姻缘。

一日袭人与蒋玉菡收拾箱子，见箱内有一条松花汗巾，甚是眼熟。袭人拿在手内细看，认得是当年自己腰内系过的，心内诧异，便拿着汗巾子来问蒋玉菡。蒋玉菡见问，方知这条汗巾原是袭人的，便笑着将昔年曾与宝玉相交一节告诉出来。

袭人闻言大惊，说道："那条红汗巾子原来是你的？既是宝二爷当日曾如此待你，如今他潦倒到这步田地，你如此富贵，便不肯助他分毫，岂是那有情义之辈？"那蒋玉菡先娶了袭人，已经心内暗愧，如今听了这番话，益发惭愧起来，说道："我虽不才，到底是丈夫，难道反不如女子？你尚且如此知恩顾义，我岂作那无情义的人？"即令收拾另外一所院子，这日备了车，蒋玉菡亲自来接宝玉。

宝玉见了，先是欢喜，次后闻说是袭人之主，又自惭愧，不肯同来。蒋玉菡说道："我闻人伦有五，友占其一。天地二理，义在其中。二爷若当日没把我作好朋友，今日便不当去。况我独身在此，又无亲故，甚觉孤凄，二爷去了，早晚也热闹些。只怕二爷嫌我卑贱，恐怕辱没了二爷，若如此，我便不敢叨光了。"宝玉见他诚意相邀，只得答应，遂命宝钗和麝月收拾东西，跟了他来。

至蒋家，只见庄院小巧，门庭雅致，虽非大户，却也丰足。蒋玉菡备席，与宝玉接风洗尘。袭人在后堂拜见了宝钗，大家不免涕泪交零，悲喜不尽。饭罢，令人送宝玉一家至西院歇息，一应衣食供给俱是袭人亲手治办。只是袭人断不肯见宝玉，每日只与宝钗请安，奉如母仪。宝玉、宝钗从此便在蒋家住居，无复衣食之忧。只是宝钗心中，虽是袭人不比别人，然寄人篱下，终非长策，遇着机会，仍婉劝宝玉读书功名等事，且不在话下。

这段叙述与脂批中所言蒋玉菡与袭人在后回供奉宝玉和宝钗的批语正相吻合。这是《佚红楼梦》为《红楼梦》后三十回佚稿文本的又一明证。

曹雪芹在写作《红楼梦》时有一个最大的创作特色，那就是前后呼应、结构严密，所谓"草蛇灰线，伏线千里"。对袭人的结局，如何描写才能尽善尽美，曹雪芹在写作中是有深思熟虑的：既要让她有一个好的结局，还要写出她的忠义。在前八十回中，他通过写宝玉与蒋玉菡互赠汗巾，使袭人系过的汗巾到了蒋玉菡身上，为后来二人的姻缘埋下了伏笔，同时，也给后来袭人与蒋玉菡共同供奉宝玉和宝钗埋下了伏笔，为袭人的结局和袭人的判词做了完美的收结。从中我们能看出曹雪芹在写作《红楼梦》时有严密的构思与整体的布局，而这种构思与布局，是作者内心的筹划，其他人很难掌握。《佚红楼梦》文本内容与《红楼梦》前八十回紧密衔接，前八十回中所留下的所有伏笔，脂批中有关后三十回的所有记述，以及红楼梦判词中所有人物的判词命运，都能在《佚红楼梦》中找到答案。这就充分说明了《佚红楼梦》文本只能是原作者的佚稿文本，而不可能是后人靠"灵感"能写出的文本。

要说清《红楼梦》后四十回文本是从初稿文本中嫁接过来以及《佚红楼梦》一书正是红楼梦佚稿文本，还可以从对刘姥姥与板儿、青儿的描写与前后不一致中看出因果关系。

读过《红楼梦》的人都知道，《红楼梦》前八十回中，刘姥姥第一次进贾府见凤姐带的是外孙板儿，到了后四十回，刘姥姥再进贾府带的是外孙女青儿，凤姐居然说青儿长高了，这是一处破绽。出现这种破绽的原因不是续作者糊涂，而是用初稿嫁接出现的问题。在初稿《金玉缘》中，夏嬷嬷初进定府带的是孙女香儿，再进定府带的仍是孙女香儿，所以慧兰（对应凤姐）说她长高了，这是合理的。改写后，刘姥姥在《红楼梦》前八十回进贾府带的是外孙板儿，后四十回则说成带的是外孙女青儿，与前面的描写衔接不上。值得注意的是，《佚红楼梦》后三十回中，巧姐为刘姥姥所救并最后与板儿成亲，这与《红楼梦》前八十回中刘姥姥带板儿进贾府是有呼应关系的，是一种"伏线千里"的写作手法。由此同样可证《佚红楼梦》正是改写本《红楼梦》后三十回文本内容。只有当我们了解了《红楼梦》一书的成书过程并找到了《红楼梦》一书的初稿与佚稿，我们才能对《红楼梦》后四十回中出现的各种破绽作出合理的解释。

还有一点值得注意，在《红楼梦》前八十回中，旺儿作为凤姐的得力家奴有多处描写，但是到了后四十回，旺儿忽然不见了，无任何交代，这是另一处破绽。旺儿命运的变化其实在《红楼梦》初稿与佚稿中都有大篇幅的描写。注意细读这些细节，弄清事情的原委，对我们了解《红楼梦》的成书过程会有很大帮助。